LAISHI DE LU
来时的路
亲历者讲述红色故事

平原游击战

聂荣臻 等◎著

杨建平 傅晓文◎编

中国文史出版社

图书在版编目（CIP）数据

平原游击战／聂荣臻等著；杨建平，傅晓文编.
北京：中国文史出版社，2024. 12. --（来时的路：亲
历者讲述红色故事／朱冬生主编）. -- ISBN 978-7
-5205-4913-4

Ⅰ. I251

中国国家版本馆 CIP 数据核字第 2024FM2465 号

责任编辑：金　硕　胡福星

出版发行：**中国文史出版社**

社　　址：北京市海淀区西八里庄路 69 号　　邮编：100142
电　　话：010-81136606/6602/6603/6642（发行部）
传　　真：010-81136655
印　　装：廊坊市海涛印刷有限公司
经　　销：全国新华书店
开　　本：700mm×1000mm　1/16
印　　张：18
字　　数：172 千字
版　　次：2025 年 1 月北京第 1 版
印　　次：2025 年 1 月第 1 次印刷
定　　价：79.00 元

丛书编委会

总　主　编　朱冬生

执 行 主 编　史延胜　金　硕

执行副主编　吕　鹏　任德才　左厚锋

编　　　者　庞召力　孙召鹏　丁　伟　杨顺雨

　　　　　　彭　曾　倪慧慧　冯长青　牛胜启

　　　　　　冯华安　刘英芳

选题缘起

一是贯彻落实习近平总书记提出的"要讲好党的故事、革命的故事、根据地的故事、英雄和烈士的故事，加强革命传统教育、爱国主义教育、青少年思想道德教育，把红色基因传承好，确保红色江山永不变色"重要指示精神，深入挖掘红色资源，丰富精神宝库。"采取青少年喜闻乐见、易于接受的形式"，讲好"四个故事"、加强"三个教育"，以高度的历史自觉培育有理想、有本领、有担当的时代新人。抚今追昔、鉴往知来，不忘初心、牢记使命，始终牢记"我们走得再远都不能忘记来时的路"，让信仰之火熊熊不息。

二是引导人们树立正确的历史观。中国共产党百年非凡奋斗历程为我们留下了丰厚的精神遗产，随着时间的推移，现阶段人们尤其是年青一代对当年那一段血与火的历史已渐感陌生；网络时代媒体传播的多元化，极大丰富了人们的信息资源，但在一定程度上也干扰了人们对历史的正确认知，特别是关于党史和军史，存在不准确甚至不正确的史料传播。本丛书旨在通过收集和整理史料，让历史说话，用史实发言，为人们树立正确历史观提供翔实资料。

三是文史资料再开发的尝试。现存的权威军史资料大都时日已长，为防止宝贵的红色资源湮没在历史尘埃中，迫切需要对其进行深度挖掘、梳理整合，以"亲历、亲见、亲闻"的"三亲"史料的形式，让红色资源以新的体系、新的样态呈现在世人面前，更好地发挥教育功能。

编选原则

一是坚持正确的政治立场。牢牢坚持党性原则，牢牢坚持马克思主义新闻观，牢牢坚持正确舆论导向，牢牢坚持正面宣传为主。

二是主题鲜明。丛书反映了中国共产党团结带领中国人民，以"为有牺牲多壮志，敢教日月换新天"的大无畏气概，书写了中华民族几千年历史上最恢宏的史诗；展现了坚持真理、坚守理想，践行初心、担当使命，不怕牺牲、英勇斗争，对党忠诚、不负人民的伟大建党精神。

三是史料权威。丛书内容来源于《中国人民解放军历史资料丛书》《中国抗日战争军事史料丛书》《中国工农红军长征史料丛书》所收录的文章及老一辈革命家的回忆录等。涉及党内路线斗争的题材概不收入；涉及犯有重大错误的人员的情况只做客观描述，不做评述；理论性较强，不便于一般读者理解的文章慎重选录。

四是注重"三亲"性。所选文章紧扣"亲历、亲见、亲闻"的特点，内容感人至深、思想丰富深刻、语言通俗易懂，为加强红色资源的故事化提供生动范例，做到知识灌输与情感培养并举。

卷册专题划分

一是在纵向上按照中国革命的历史进程，讲述了土地革命战争时期、抗日战争时期、解放战争时期及新中国成立初期的党史和军史故事。

二是在横向上各个历史时期再按区域或按部队序列进行分述。如土地革命战争时期的各地武装起义，按照当年武装起义比较集中的地区，如湘赣、湘鄂西、鄂豫皖、苏浙闽沪、陕甘等分别编辑成册。抗日战争时期，按照八路军第一一五师、第一二〇师、第一二九师、新四军、华南抗日游击队、东北抗日联军等分别编辑成册。解放战争时期，按照第一、第二、第三、第四野战军和华北军区部队，以及剿匪斗争、策动国民党军起义投诚等分别编辑成册。后勤工作、军队院校等特殊领域，单独成册。

　　囿于文史资料的自身特点，作者个人身份立场、视野角度不同，一些人撰稿时年事已高、事隔经年，记忆恐有偏差，细节难求完全准确，有意偏重或弱化亦难避免。对此，我们力求维持原貌，体现多说并存，只对一些显而易见的讹误进行了谨慎订正。诚然如此，由于我们能力水平和主客观条件的限制，难免有疏漏之处，恳请广大读者批评指正！

　　　　　　　　　　　　　　　编　者

　　　　　　　　　　　　　　　2024 年 6 月

1937 年底，中国共产党在河北省大部和山西省、察哈尔省边界地区领导创建了第一个敌后抗日根据地——晋察冀抗日根据地。抗日战争时期，晋察冀军区依据"基本的游击战，但不放松有利条件下的运动战"的战略方针，发动群众，实行坚壁清野，以小部队不断袭扰、消耗、疲困敌人，主力部队灵活转移，选择有利战机集中歼敌一股或一部，与日军进行了大小数百次艰苦卓绝的战斗，创造了以弱胜强、以劣胜优的战争奇迹，被中共中央誉为"敌后模范的抗日根据地及统一战线的模范区"。本书所收文章真实记录了晋察冀军区部队在坚持和发展山地及平原游击战的同时，广泛开展群众性的游击战。在平原地区，开展地道战、村落战、地雷战、麻雀战；在山岳地区，利用有利地形，开展冷枪运动和地雷战；在白洋淀水域，采用水上游击战；在铁路和公路干线上，开展破坏交通、通信设施的破袭战。文章内容充分反映了晋察冀抗日根据地广大指战员和人民群众坚守信仰、英勇善战的战斗历程，体现了根据地广大人民群众争取解放的斗争精神和支持支援人民军队的无私奉献精神。

目 录

晋察冀抗日根据地*

聂荣臻

平型关大捷后，毛泽东同志指出，应全力布置恒山、五台、管涔三大山脉的游击战争，重点是五台山脉，整个华北工作，应以游击战争为唯一方向。不久，我就接到党中央决定，在五台山区创建晋察冀抗日根据地。

五台山地处山西、察哈尔、河北三省边界，大山连绵，地形险峻，地理位置十分重要。1937 年 11 月 8 日太原失守，标志着华北以国民党军队为主体的正规战争已告结束，以八路军为主体的游击战争转入主导地位。在被隔绝的敌后建立抗日根据地，对于钳制敌人兵力，威胁平津等敌占城市和尔后的对日反攻，都有极其重要的战略意义。

1937 年 11 月 7 日，中央军委任命我为晋察冀军区司令员兼政治委员，不久任命唐延杰同志为参谋长，舒同同志为

---

* 本文原标题为《晋察冀抗日根据地的创建和发展》，收录时做了适当修改。

政治部主任，查国桢同志为供给部部长，叶青山同志为卫生部部长，在山西省五台县河东村成立了晋察冀军区。当时的部队，只有师独立团、骑兵营、教导队的两个队，还有八路军总部特务团、一一五师三四三旅、一二○师三五九旅等单位工作团的部分同志，共约3000人。这就是日后开辟晋察冀抗日根据地的基本力量，虽然数量不多，但都是红军时期的骨干。

在晋察冀军区成立前后，参加开辟五台地区的部队，趁日军后方空虚，大刀阔斧地在敌后展开了活动。杨成武同志率领的独立团，连续收复了涞源、广灵、灵丘、蔚县、阳原、浑源、易县等县城，开始向平西和平绥路、平汉路北段挺进，在晋察冀边区的北部打开了局面，成立了第一军分区，杨成武任司令员，邓华任政治委员。赵尔陆等同志率领的工作团和少数部队，开辟了以五台山为中心的地区，迅速组织起抗日武装，成立了第二军分区，赵尔陆任司令员兼政治委员。王平等同志领导的工作团和刘云彪同志率领的骑兵营，以阜平为中心，组织起若干支抗日义勇军和游击队，使晋察冀边区的腹地逐步稳定，成立了第三军分区，陈漫远任司令员，王平任政治委员。在正太路以北的山地，周建屏、刘道生等同志率领的工作团和小部队，组建了平山团，并在井陉、获鹿、正定、平定、阳泉、寿阳等农村，组织起若干支游击队，使晋察冀边区的南部也出现了抗日新局面，成立了第四军分区，周建屏任司令员，刘道生任政治委员。

11 月 18 日，晋察冀军区领导机关从山西省五台县河东村转移至河北省阜平县。12 月，以一一五师随营学校为基础，成立了抗日军政干部学校。这个学校短期内培训了 1500多名干部，满足了开辟根据地和扩充部队的迫切需要。晋察冀军区的成立，大大振奋了这一地区军民的抗战精神。饱受国破家亡之苦的人民群众踊跃参军，很短时间内，各分区都成立了 3 个相当于团的大队，再加上新建的游击队，抗日武装力量迅速壮大。

　　根据地是游击战争的依靠。在中国革命进程中，根据地的问题特别重要。我们既有创建中央革命根据地成功的经验，也有失去根据地的惨痛教训。所以，尽管战局瞬息万变，留下的兵力很少，有千头万绪的事情要做，但我们首先着手的是在晋、察、冀三省边界地区创立一块进可攻、退可守的抗日根据地。

　　根据地的抗日队伍士气很高，他们主动出击，四处袭扰敌人，断敌交通，收复城镇，使一片片沦陷的国土回到了中国人民手中。军区成立半个月后，日本侵略军就调集 2 万多兵力，从平汉、平绥、正太、同蒲等路沿线，分八路围攻刚建立的根据地。面对猖獗的日军，抗日武装勇敢地进行了还击。进攻平绥路方面的日军，在广灵、蔚县遭我军还击；平汉路方面从保定、易县向涞源进攻之敌，在易县大、小龙华遭我军袭击；同蒲路的日军刚一出动，就遭迎面痛击，我军乘机袭占了原平；正太路进攻之敌，一路大败于盂县清城镇，一路中我军埋伏惨败而归。这次反围攻不到一个月，接连打了几个胜仗，打死打伤敌军 1000 多人，缴获了大批武器、弹药和军用品。敌人除占领了根据地边缘地区的几座县城外，别无所获，不得不于 12 月下旬全线撤退。

1938 年 1 月 10 日，在阜平县隆重召开了晋察冀边区军政民代表大会。出席会议的有共产党和国民党的代表，各抗日军队、抗日阶层和蒙古、回、藏等少数民族的代表，共 149 人。代表们从深山僻壤、从冀中平原、从游击区和敌占区，跋山涉水远道而来，共商抗日救国大计。大会开了 6 天，通过了统一全区军事、行政、财政经济、文化教育、民运工作等各项决议案，用民主选举的方法产生了边区政府——晋察冀边区临时行政委员会，推举宋劭文、胡仁奎、刘奠基、张苏、吕正操、孙志远、李杰庸、娄凝先和我共九人为委员，宋劭文为主任委员，胡仁奎为副主任委员。

晋察冀边区政府的成立，是我们正确地执行了党的抗日民族统一战线政策所取得的巨大成果。全区政权系统、政策法令得到了统一，实行减租减息，改善人民生活，社会秩序开始稳定。有了政府，人民群众就有了靠山，同时，也使我们在华北坚持敌后抗战，有了一个坚强的依靠。

4 月，晋察冀省委召开边区第一次党代表大会，北方局派彭真同志来传达中央精神。会后，将原晋察冀省委改为晋察冀区党委，刘澜涛同志任书记。

冀中区作为晋察冀根据地的一个重要组成部分，为在平原地区开展游击战争，开辟平原抗日根据地做出了重要贡献，提供了宝贵经验。

冀中地区是华北比较富饶的地方，平原广阔，河流较多，土地肥沃。七七事变后，党派孟庆山同志到冀中组织抗日武装，在高阳、安新、任丘、蠡县一带，培养了一批武装斗争的骨干。1937年10月，在国民党军队败退的时候，吕正操同志率东北军第五十三军六九一团挥师北上，在晋县改称人民自卫军，誓师抗日，并在高阳一带解决了一些流窜在这里的杂色武装，进一步壮大了队伍。12月，吕正操、孙志远同志率人民自卫军2000多人到平汉路西整训，其余部队编为河北游击军，由孟庆山任司令员。

人民自卫军经整训回到冀中后，在河北游击军配合下，又解决了十多股汉奸土匪武装，于1938年2月开赴大清河北，在北平、天津、保定三角地带，开展游击战。4月，胜利地粉碎了日军第一次春季"扫荡"，扩展和巩固了冀中根据地。

西起平汉路，东至津浦路，北至平津路，南达沧石路，整个冀中平原的广大农村，几乎都为抗日武装所控制。各县建立了抗日政权和各种群众性的抗日组织，广泛地动员群众参军参战。同时，也改造了许多杂色武装。

1938年4月，黄敬同志到冀中主持召开了第一次党代表大会，成立冀中区党委，黄敬任书记。接着统一整编冀中部队为八路军第三纵队，并成立冀中军区，吕正操任第三纵队司令员兼冀中军区司令员，孟庆山任第三纵队副司令员兼冀中军区副司令员，孙志远任政治部主任。5月初，又成立了冀中区政权机构——冀中行政主任公署，吕正操为主任。8月间，王平同志任第三纵队政治委员兼冀中军区政治委员。冀中军区又先后组成了5个军分区。

与此同时，冀东地区也到处燃起了抗日烽火。根据毛泽东同志的指示，我们从红军骨干较多、战斗力较强的第一军分区抽调了部分兵力，组成邓华支队，进军冀东。1938年5月，中央军委和八路军总部将在雁北活动的宋时轮支队调到平西，与邓华支队合并，组成八路军第四纵队，宋时轮同志任司令员，邓华同志任政治委员。1939年2月，根据中央决定在平西组建了冀热察挺进军，萧克同志任司令员，并由萧克、马辉之、伍晋南、宋时轮、邓华同志组成冀热察军政委员会。不久，又分别成立了冀东军分区，由李运昌同志任司令员；冀热察区党委冀东分会，由李楚离同志任书记。

抗战初期，北平中共地下党组织一批爱国学生，在这里进行武装斗争，晋察冀军区第一军分区的部队曾到这一带活动，后来逐步发展成比较巩固的根据地，成立了平西军分区。平北地区，也长期反复地进行过发动群众的工作，后来单独成立了平北军分区，所辖区域延伸到冀热察三省边界。这样，冀西、冀中、平西、平北和冀东，就形成了一个能够充分回旋的广阔战场。

1940年，我们总结了晋察冀抗日根据地执行党中央

《抗日救国十大纲领》的经验，产生了一个地方性的具体行动纲领——《中共中央北方分局关于晋察冀边区目前施政纲领》。这个纲领是彭真同志主持起草的，因为恰恰是20条，所以又称《双十纲领》。它受到根据地人民群众和抗日爱国的地主、名流及友党人士的热烈拥护，很快在全区掀起了声势浩大的学习贯彻的群众运动。不少伪军和伪组织人员，拿着《双十纲领》来找我们，携械投诚者日益增多。整个边区的各项建设进入一个新的发展阶段。

晋察冀军区对部队政治工作、基层党的建设一直很重视。供给、卫生等后勤保障工作搞得也比较好。这时，已组建了工业部，可以修理武器，还能制造炸药、枪弹、炮弹和一些枪支。部队的战斗力有了明显的提高。

1943年1月15日，在晋察冀边区政府成立五周年时，我们召开了边区参议会，总结了五年来获得的成就。这时，边区部队已达到8.3万余人，民兵40多万人。五年间，粉碎敌人"扫荡"和"蚕食"，作战1.5万余次，毙伤日伪军17万余人，连同俘虏、投诚人员，共计歼敌21.3万余人。边区政府领导着13个专区、98个县、650多个区、1.53万余个行政村，共约2000万人口。五年来，边区军民从战争中学习战争，经受了严酷的战火考验，不管敌人何等疯狂残暴，施展多少阴谋，依然不能摧毁晋察冀抗日根据地。我们愈战愈强，不断壮大。

为夺取抗日战争的最后胜利，根据中央指示，晋察冀边区采取了一系列重要措施。1944年8月，晋察冀军区成立了4个二级军区：冀晋军区由赵尔陆任司令员，王平任政治委员；冀察军区由郭天民任司令员，刘道生任政治委员；冀中军区由杨成武任司令员，林铁任政治委员；冀热辽军区由李运昌任司令员兼政治委员。二级军区建立后，连续向日伪军展开攻势，使晋察冀根据地迅速扩大。同时，边区军民开展了轰轰烈烈的大生产运动，使耕地增加，粮食增产，克服了困难，人民群众的生活有了改善。为迎接战略反攻，1944年11月又掀起了大练兵运动。

1945年8月8日苏联对日本宣战，苏联红军向盘踞我国东北的日军展开进攻。晋察冀军区遵照总部关于向察哈尔、热河以北行动，冀热辽部队向辽宁、吉林挺进的命令，立即组织力量向北平、天津、张家口、保定、石家庄、唐山、山海关等地进军。党政军民各界夜以继日地展开了全面大反攻和准备接受日伪军投降的工作。同时，针对国民党顽固派积极部署独占抗战胜利果实的企图，贯彻我党中央关于"针锋相对，寸土必争"的方针，军区将部队大部集中，整编为正规兵团。

我军边开进边扩编，在中国共产党的号召下，边区青年踊跃参军，短期内扩编了原有的38个团，又将各地区的区、县武装扩编为62个团，总数达100个团。边区人民政府动员了大量民兵随部队出征。晋察冀分局还从机关和各级党校，抽调了大批党政干部随军行动。

1945 年 8 月 15 日，日本法西斯政府正式宣布无条件投降，但日伪军庞大的武装尚未解除，仍然盘踞着许多城镇和交通要道。蒋介石在美帝国主义支持下，一面调兵遣将，在华北抢占大中城市，一面极力阻挠我抗日军民向日伪军反攻和受降，无理要求我军"原地驻防待命"，却令日伪军就地"维持治安"，并公然利用汉奸特务进行接收工作。我晋察冀军区部队，根据党中央的预定方针，以武力收复了华北大片失地，向敌人占领的大中城市展开了猛烈进攻。

经过 3 个多月的反攻作战，到 11 月，晋察冀军区共歼灭日伪军 7 万多人，解放了察哈尔、热河两省，河北省的大部，辽宁、山西、绥远的一部，收复了张家口、宣化、山海关等 70 多座城市。野战军和地方军发展到 32 万多人，基干民兵扩大到 90 多万人。形成了以张家口为中心的晋、察、冀、绥、热、辽纵横数千里，人口达 4000 万人的战略基地。

晋察冀抗日根据地在中共中央、毛泽东同志和中央军委、八路军总部的领导下，经过八年英勇卓绝的斗争，前仆后继，浴血奋战，共歼灭日伪军 30 多万人，完成了党中央赋予的任务，取得了伟大的胜利，同时也丰富了我党开创革命根据地的经验。晋察冀抗日根据地的创建和发展，开辟了广阔的地区，锻炼了广大军民，培养了大批干部，为华北解放战争的胜利奠定了基础。

平原游击战 *

吕正操　程子华　杨成武

    冀中，地处北平、天津、保定、石家庄、沧州之间，千里平原，周围有平汉、北宁、津浦、德石铁路，大清河、子牙河、潴龙河、永定河、拒马河纵横其间，公路干线四通八达。

    1937 年 9 月，日军占领保定，接着又攻占沧州、石家庄等地。仅仅 3 个多月的时间，冀中境内的铁路沿线及主要城市皆沦于敌手。面对日军的疯狂侵略，我冀中党组织领导广大人民群众，积极投入抗日斗争。

    为了适应全面抗战形势的需要，中共中央北方局指示在国民党军第五十三军一三〇师六九一团（原属东北军）任团长的吕正操（共产党员），待机留在敌后开展抗日游击战争。根据北方局的指示，吕正操在随国民党军南撤途中，一

---

* 本文原标题为《冀中平原的抗日游击战》，收录时做了适当修改。

方面在任丘留下人员找中共地方党组织联系；另一方面发动本团已秘密建立的共产党组织和党的外围组织"东北武装同志抗日救亡先锋队"，分头进行思想动员，宣传脱离国民党军队，到敌后坚持抗日游击战争的道理。1937 年 10 月 12 日，这支部队到晋县小樵镇后，吕正操认为时机成熟，即主持召开了全团官兵代表会议，讨论了脱离国民党军队，挥师北上，到敌后开展游击战争等问题。10 月 14 日，全团举行抗日誓师大会，正式宣布将六九一团改称人民自卫军，吕正操任司令员，李晓初任政治部主任，下设 3 个总队，赵承金、于权伸、沙克分任第一、二、三总队总队长。全军约法三章，严明纪律，不准扰民，官兵平等，坚决抗战。

小樵改编后，吕正操率领人民自卫军北上到达深泽县，与地方党组织取得了联系，并提出了"减租减息"等口号，深得民心。当地党员和男女青年知识分子积极支援部队，踊跃参军，人民自卫军迅速扩大，并继续北上安国，与中共保属特委军委负责人孟庆山、侯玉田、刘亦君等取得了联系。经共同商定，人民自卫军又从安国、博野到蠡县，然后进驻高阳县城。在高阳县武装解决了与当地反动奸商勾结、图谋不轨的原伪冀东保安队尹松山中队 200 余人，当众枪决了罪大恶极的尹松山。除暴安民，使人民自卫军军威大振，人民群众抗日情绪更加高涨，出现了踊跃参军的热潮。特别是各县师范、中学的师生和其他知识青年等纷纷投笔从戎，大批平、津、保青年学生和学有专长的知识分子来到冀中参加抗日工作。人民自卫军迅速发展到5000多人，成立了3个步兵团、1个特种兵团、1个特务营。

中共保属特委直接领导的抗日游击队也得到很大发展。冀中地区其他各县，在当地党组织的领导下，也纷纷组织起人民自卫团或县大队，以及各种名称的地方抗日武装，各县人民政权也相继建立起来。整个冀中到处呈现出一派蓬勃的抗日新气象。

晋察冀军区聂荣臻司令员得知到达冀中地区并打开了高阳县城的消息后，即派人来了解情况。后又派曾在东北军中做过地下工作的孙志远来到人民自卫军工作，并带来了电台呼号和密码。从此，人民自卫军与晋察冀军区正式建立了关系。为了提高人民自卫军的战斗力，吕正操主动请求带人民自卫军主力部队到军区去见习受训，聂司令员回电同意。于是吕正操和孙志远率人民自卫军主力，于1937年12月12日出发到平汉路西山区。留在冀中的人民自卫军，组成游击司令部继续活动。

1938年春节前后，人民自卫军主力从平汉路西整训回来，驻在安平县。经地方党委决定，人民自卫军、河北游击军开始分头解决冀中地区的杂色武装。首先对我军危害大、群众极端痛恨的土匪武装和同敌伪勾结的汉奸武装，进行武力解决。冀中军民在这年春天与进犯之敌进行了大小战斗百余次，除击退进攻之敌外，还收复了高阳、安新两县城。这些战斗使广大军民经受了锻炼，取得了反围攻的新经验，并显示了冀中军民团结抗日的威力。

为了加强对冀中部队的统一领导，根据中央决定，1938年5月初，冀中主力部队统一改编为八路军第三纵队并成立冀中军区。吕正操任纵队司令员兼军区司令员，孟庆山任副司令员，孙志远任政治部主任。下设第七、八、九、十支队并分别兼第一、二、三、四军分区，七、八、九支队各辖4个大队，十支队下辖4个大队、7个独立团、1个特务团。另外，第三纵队还直辖5个独立支队，并有张仲瀚的第一师、高顺成的游击第一师、回民支队和天主教连。

1937年底，人民自卫军主力在平汉路西整训期间，聂荣臻司令员曾对冀中的工作做了不少指示。根据这些指示精神，晋察冀军区划定了冀中的行政区域，明确了冀中下一步的工作任务：改造杂色武装，扩大人民武装力量，改造旧政权，广泛发动和组织人民群众，安定人民生活，建立抗日秩序。

在抗日战争中，游击战已经突破历史的成例与地理条件的束缚，开展平原游击战是抗日战争形势发展的必然结果。但在平原地区究竟如何开展游击战和建立根据地，当时由于缺乏实践经验，还不是十分明确。因为受历史和地理条件的限制，我们进行武装斗争的范围，还没有突破在山岳、湖沼、森林等地区的游击活动。

1937年12月下旬，晋察冀军区召开政工会议，专题讨论了冀中区的工作，讨论了在平原开展游击战争的必要性、可能性和艰巨性的问题。在平原，我军同具有机械化装备的日军作战，确实有很大困难。为了提高大家对坚持平原游击战的认识，聂荣臻司令员在会上发表了重要的意见，他说："开展敌后战争，老靠山是不行的，首先要靠人民群众，只要有了人民群众，不论是山地，还是平原，我们都可以牢牢地站住脚。人民群众比山靠得住。就说大山吧，如果山上没有群众，山路又很窄，敌人把山路一堵，我们根本不能坚持，不用说别的，吃的问题就没办法解决。没有群众供养我们，难道能吃石头？对于建设敌后根据地，首要的问题是发动群众，得到人民群众广泛的支持，地形的作用是比较次要的，而且也是可以改变的，晋察冀这块根据地虽然发源于五台山，但我们不是因为有了五台山，才有了这块根据地，而是敌后的群众支持我们，拥护我们，才使我们能够得到这样大的发展。"聂司令员的讲话，使大家受到很大的启发和教育。吕正操也谈了自己的看法和决心：冀中区地处平津保三角地带，在这里开展游击战争，创建抗日根据地，比起在山区，虽然有一些不利的地形条件，但这里人口众多，群众基础好，又有山区根据地做依托。日军兵力不足，只能固守大城市和沿铁路线上的城镇，而各乡村和铁路线以外地区都处在我军手中。只要我们依靠广大人民群众，正确执行党的方针政策，冀中平原抗日游击战一定可以结出丰硕的成果。最后，聂司令员鼓励大家说："冀中将是我们党领导的首创的平原根据地，成功了，对于全国其他平原地区的抗战，将提供出可借鉴的经验。"

人民群众是靠山，这是指导冀中各项工作的一个基本思想，也是冀中平原抗日根据地建成的主要因素。

人民群众在冀中平原战场建设中，显示了强大的威力。

日本侵略军装备先进，特别是摩托化程度高，行动快，平原的地形条件有利于敌军快速部队的运动，不利于我军活动；日军占领城市，凭借坚固的城墙据守，不利于我军攻夺。为了长期坚持平原游击战，建设一个有利于我、不利于敌的战场，冀中军民创造性地开展了一场破路拆城、改造平原地形的运动。

冀中军民开始破路时，提出的行动口号是"破路就是抗日"，首先把高出地面近 2 米的沧石公路和平大公路北段彻底破坏，将地基夷为平地，由附近的农民分种。1938 年秋末，不但破坏了公路，连乡村土道也进行了破坏。最初是拦路挖横沟，但群众来往耕作运输极感不便，而日军的快速部队仍可绕道通过。后来改为顺道挖沟，纵横贯连各村庄的大道沟，深 2 米多，宽 3 米多，乡村的大车、人力车可在沟内通行无阻。而且每隔 80 米筑一个圆形土丘，围绕土丘筑上下道，两辆车可以在这里错车，还可以防止敌军顺道沟射击。这样，道路纵横变为沟道纵横，我军民从这个村庄到那个村庄，可以在沟内行走，还不会被沟上敌人发现，大大方便了我军行军、伏击敌人和运输等，而敌人的机械化部队则无用武之地了。此后，群众又在沟道两侧挖了各种作战掩体和防空洞，就更便于我军民与敌人做斗争了。

在破路的同时，我们还发动军民拆城。1938 年 1 月，首先拆肃宁县城墙，后来又拆河间县城墙，接着便拆素以"金汤"闻名的蠡县城墙。几百年前封建统治者修筑蠡县城，曾用了 12 个年头，城墙是巨砖灌石灰凝成一体，十分坚固，但不到一个月即被我军民全部拆除。在两个多月的时间里，冀中腹心地区 24 座城墙均被拆掉。城墙被拆掉以后，给敌军固守城池增加了困难，大大方便了我军的作战。

1942 年春，冈村宁次调集第四十一师团主力，独立混成第九旅团的步兵的两个大队，第一一〇师团白龙部队，配属第二十六师团的坂本支队，骑兵第十三联队，独立混成第七旅团小川部队，共 5 万余人，另有第二十七师团、第二十九独立飞行队和大批伪治安军、警备队配合，从 5 月 1 日到 7 月 1 日，对我冀中进行了空前残酷的"十面出击"、"铁壁合围"和大"扫荡"。因开始于 5 月 1 日，所以也称"五一大扫荡"。此次大"扫荡"的作战方针是："对以吕正操为司令员的冀中地区的共军主力，进行突然袭击的包围作战，摧毁其根据地，同时在政治、经济、思想上采取各种措施，以便将该地一举变为治安地区。"

敌人这次对冀中的大"扫荡"，分为三期：5 月 1 日至 10 日为第一期；5 月 11 日至 5 月 15 日为第二期；5 月 16 日至 6 月 20 日为第三期。第三期又分为两个阶段：5 月 16 日至 25 日为第一阶段；5 月 26 日至 6 月 20 日为第二阶段。

为了粉碎敌人的大"扫荡"，事先我们采取了有力措施：对军区、区党委、行署机关进行大量缩减，并调二十七团保护党政军领导机关，机关缩减下来的 2000 多人，分散深入基层，隐蔽在群众中领导坚持反"扫荡"斗争。

　　5 月 1 日，滹沱河北岸的敌人沿河设立临时据点，设游动哨，意在封锁滹沱河。就在这一天，我冀中区党委在饶阳县张保村外一片枣树林里，召开了直属机关纪念五一国际劳动节大会。黄敬和吕正操在会上讲了话，他们讲了当前的形势和我军的任务，明确指出："我们这次反'扫荡'任务，就是要突破敌人的包围圈，由内线转到外线，到敌人后面去寻机打击敌人，消耗敌人的有生力量。我们有党的正确领导，有广大群众的拥护，又有民兵游击队的配合，取得反'扫荡'的胜利是有把握的。"

　　之后，我冀中广大军民，在广阔的平原上，与敌人开展了英勇斗争。冀中领导机关和直属部队于 5 月 10 日顺利跳出了敌人合围圈，与敌人展开了巧妙的周旋，并在人民群众的密切协同下，不断给敌人以杀伤。同时，坚持在当地作战和向外线转移的部队互相配合，广泛开展群众性游击战争，不断消耗敌人有生力量。

　　敌人为了打通定县至无极的公路，于 5 月 1 日闯进无极县赵户村，当即遭到我军二十二团和民兵的伏击，死伤 40 多人。第二天敌人又来，又遭我军伏击，死伤 20 多人。5 月 8 日，敌人又遭我军第三次伏击，死伤 80 多人。5 月 28 日，敌人纠集了周围据点的伪军 1000 余人，并配有汽车骑兵，又一次包围了赵户村。我军与民兵联合作战，先后击退敌人四次冲锋。下午 5 点，敌人施放毒气，我军利用屋内墙角工事袭击敌人，坚持战斗。另由侦察员带 12 名游击队员，从地道转移到村外从背后袭击敌人。敌误以为我军援军来接应，仓皇撤退。这次战斗，共毙伤敌人 200 余人。

5 月 10 日，我警备旅一团二营，在深县护驾池村遭到四五千敌人围攻，敌人还有装甲车、坦克、飞机助战。我二营与敌人展开村落战，顽强抵抗，打退敌人多次进攻，歼敌 300 多人，我仅伤亡 40 余人。

5 月 30 日上午，日伪军 1000 多人包围了深泽县白庄村。当时驻在该村的有我十七团和警备旅各一部，不足 2 个连，另有民兵 30 人。在敌我力量悬殊情况下，我两支小部队充分利用地道展开村落防御战，连续击退敌人五次冲锋，歼敌 400 多名。

6 月 9 日早晨 7 点多钟，日军支队长坂本率步、骑兵 300 余人，围攻我军驻地深泽县宋庄。我军 3 个连配合晋（县）架（城）（无）极县大队、区小队和民兵据守村落，猛袭敌军，坂本被我军击伤，敌逐次冲锋均被我军击退。上午 10 点，敌又从安国、定县、保定、深泽、无极、安平、旧城等地陆续增援 1800 余人，向我军发动猛烈围攻，并施放烈性毒瓦斯。我军沉着应战，血战 16 个小时，击退敌人 38 次冲锋，毙伤敌官兵 400 余人，我伤亡 73 人。

我冀中各部队和各军分区广大指战员，以不畏艰险、不怕牺牲的英雄气概，与前来"扫荡"之敌展开了英勇的斗争。第八军分区司令员常德善、政委王远音率部与敌人进行殊死战斗，在肃宁薛村突围时壮烈牺牲。束（鹿）冀（县）地区第七、八小队，在与敌人激战中大部分牺牲。深东第四小队坚持战斗，最后子弹打光了，当敌人围攻上来时，他们喊着口号，拉响仅有的手榴弹，壮烈殉国。第九军分区十八团在连日坚持内线作战中损失过半，分区政治部主任袁心纯也壮烈牺牲。

　　5月中旬，敌人在"扫荡"中进攻定县北町村，遭到我县大队和群众武装的沉重打击，并破坏了敌人在沙头围修炮楼的计划。因此，北町成了敌人的眼中钉、肉中刺。5月27日早上6点左右，日军一一〇师团驻保定的一六三联队主力，连同安国、定县敌人，共200多人，在联队长上坂雄率领下，包围了北町村。驻北町村的县大队和群众武装，在县大队政委赵树光指挥下，沉着应战，坚守村沿工事，打退敌人三次冲锋。下午，我军依托地道与敌逐屋争夺，先后毙敌五六十人。最后，敌人冲进村，挖开地道，施放毒气，烧杀抢掠，无恶不作，用军犬撕咬活人，把人填入井内。但北町村人民坚贞不屈，面对敌人的枪口高呼："打倒日本帝国主义！""中国人民是杀不完的！"视死如归，光荣殉国。后我定南县县长、县大队长和三十二区队赶到现场，安置善后，掩埋尸体上千具，村边的两口水井都被尸体填满。这就是惊人的"北町惨案"。

不久，日军驻定县东车寄据点的黑田，又纠集了定县、安国、伍仁桥等20多处据点3000多名日伪军，对沙河两岸村庄的群众进行了血腥镇压，先后在西町村、王耨村、齐家庄等32个村庄，杀害群众1189人，还抓走群众2000多人。

冀中军民在两个月的反"扫荡"中，共作战270余次，毙伤敌1万余人，粉碎了敌消灭冀中领导机关和主力部队的企图，但我军损失也十分严重。敌据点增到1635处，公路增到6000公里，封锁沟增到了3000多公里，根据地被分割成2670多个小块，形成"格子网状"，大部沦为敌占区，各村普遍成立了保甲组织、伪自卫团。地方党政机关和群众团体受到很大破坏，群众伤亡和被掳走的共达5万多人，造成了"无村不戴孝，处处闻哭声"的悲惨景象。军区部队减员46.8%，军区领导机关和主力部队被迫转移，冀中主力部队十余个团，有的到北岳区，有的到冀鲁豫区，只留下一个二十四团，还是个小团。各县、区的游击队仅能在少数村庄活动，各军分区留下的少量部队也仅能在本区很少几小块地区隐蔽活动。冀中敌后游击战争进入了更加残酷和困难的阶段。

在"扫荡"中，日伪军经常轮番突然包围村庄，把全村群众集中到广场上，男女老幼分别站队，威逼指认八路军和抗日干部，供认不出，就采取灌凉水、压杠子、刺刀挑、火烧、军犬咬、装入麻袋摔等各种凶残手段，直到折磨死。每当遇到这种情况，人民群众总是舍死忘生地保护我们的干部和战士。许多青年妇女往往把我们的干部、战士、游击队员认作自己的"丈夫""兄弟""姐妹"；有的老太太情愿牺牲自己的儿子也要保护我们的干部。安平县佟家羽林，有母子俩，母亲姓范，当时30多岁，儿子只有12岁。敌人先威逼母亲指认我干部，她一口咬定"不知道"。接着敌人把她儿子拉出来毒打，母亲忍着悲痛，高声叮嘱儿子："你死了也不能乱讲，可不能给祖宗丢人留骂名!"敌人威胁、利诱，把孩子打得死去活来，他始终是一句话："不知道!"最后被敌人杀害了。

"五一"大"扫荡"的残酷是史无前例的。为了夺取反"扫荡"斗争的胜利，冀中人民进行了伟大的斗争。冀中人民为反对日军的侵略暴行，为保护我们的战士和干部，为彻底打败敌人，用生命和鲜血写下了不朽的篇章。

1945年春天，毛主席发出了"扩大解放区、缩小沦陷区"的号召，鼓舞了冀中区的全体军民。冀中区党委、军区、行署立即决定，在全区范围内进行扩大解放区的战役。战役的总方针是：发挥人民战争的威力，选择时机，集中兵力打歼灭战，以军事打击与政治攻势相结合，先由西而东，从白洋淀指向渤海边；尔后由南向北，席卷北平以南，天津以西，进而穿过永定河、子牙河，切断北宁线、津浦线，协同冀热辽、冀察部队夹击平津。

从 4 月 13 日至 7 月 18 日，我军连续展开了任丘、河间，文安、新镇，安平、饶阳，子牙河东和大清河北五次战役。这五次战役是一个有机联系的整体，极为紧凑而又有节奏地向前发展。

整个战役以攻克平大公路上敌人的坚固据点辛中驿的胜利，揭开了序幕。当初战告捷，攻下辛中驿后，即乘胜集中第八、第九军分区的主力，突然包围任丘、河间两县城之敌，经七昼夜激战，攻下任丘，继克河间，切断了平大公路，打通了大清河至滹沱河之间的联系，巩固了东进北上的后方。

在围攻河间之际，即转移第九军分区的兵力于津西、平南接合部文安、新镇，发起文新战役，同时以第七军分区部队展开安平、饶阳战役，使敌首尾不能相顾。在文新战役中，以第八、第十军分区的部队分头插向大城、霸县，做两翼配合，而以第九军分区的全部兵力实行中央突破，强攻新镇、文安。拿下文安、新镇，就打开了向平津发展的走廊，进一步威胁津浦路和天津。

安平、饶阳战役，则由围攻转入伏击，尔后又转为围攻。先以第六军分区的主力袭击深县、晋县、辛集、石家庄，吸住各点之敌，而以第七军分区主力和第八军分区部分兵力围困安平、饶阳，采取"围三缺一""网开一面"的战术，乘敌逃窜时，集中兵力于韩村铺伏击，将其歼灭大半，乘胜攻克安平、饶阳，拔掉了日军在滹沱河以南的最后据点，将根据地扩展到沧石公路和德石路一带。

这时日军企图依托子牙河和津浦路两条封锁线，挡住我之攻势，确保大清河以北、天津以西、北平以南和子牙河以东地区。为了粉碎敌人包围，我军立即发起子牙河东战役，首先向敌子牙河防线的中心子牙河镇开刀。为了攻其不备，采取了奇袭手段，先以第八军分区的部分兵力围攻滩里镇，吸敌南顾，以第九军分区主力在暴风雨之夜，乘船由文安起航，通过文安洼25公里的水面，一举袭入镇内，全歼守敌，并拔掉了周围的碉堡。接着，我们挥兵南下，解放了大城、献县。当敌人与我周旋于子牙河沿岸时，我军又以津南支队跨过津浦路，开辟了天津以南的广大地区。

子牙河东战役刚结束，我军又挥戈北上，展开大清河北战役，横扫平南、津西诸据点。大清河北地处平、津、保三大战略要点之间，敌人在北（平）霸（县）、（天）津霸（县）公路沿线配有所谓"华北精锐"的伪绥靖军守备，自我吹嘘万无一失。这一战役，我军实行了对敌全面钳制，重点突击。以第十一军分区涿（县）良（乡）宛（平）支队、津南支队，分头插至平、津近郊，迷惑平、津之敌；以第七军分区部队攻入安国，钳制保定之敌；以第六军分区部队肃清赵县、宁晋周围之敌据点，威胁石家庄；以第八军分区部队进逼津浦线上的沧县、泊镇。把敌人弄得迷惑混乱之后，以第九军分区的全部兵力为右纵队，突然奔袭津西胜芳、信安、堂二里，将其紧紧包围，立即转入强攻，全歼伪绥靖军第七集团军指挥所、伪治安军十九团、伪保安队 1 个大队。同时，以第十军分区的全部兵力，并加强以总预备队为左纵队，围攻牛驼、霸县、南孟、渠沟、独流诸点，粉碎了敌之重兵增援，取得了歼敌大部的战果。

这五次战役，"拳头"使用的总方向，始终只有一个，就是敌之突出部、接合部、翼侧等弱点和要害。又从多方面钳制了敌人，陷敌于迷惑、混乱、恐慌的困境之中，这就保证了我军行动的秘密和战斗的突然。在战术使用上，将奔袭、围攻、伏击灵活结合，使被围之敌跑不了、援敌进不来，同时充分发挥了政治攻势的威力。因而势如破竹，无往不胜。

在五次战役中，冀中党政军民在区党委统一领导下全力以赴。兵马未动，到新区工作的党、政、民干部就已配备齐全，武工队已深入敌后查明敌情，男女老少都投入了支援前线的热潮。有些正在举行婚礼的青年，不约而同地说："打完鬼子再入洞房。"戴着红花就走向战场。队伍出动时，前面走的是主力部队、游击队，紧跟着是广大的民兵，随后是有组织的广大群众扛着担架、推着粮车，浩浩荡荡地支前。当我军围攻敌人时，强大的民兵和群众队伍，连营数十里，使敌人胆战心惊。在作战中，民兵和群众协助我军挖战壕、打坑道，冒着敌人的炮火抢救伤员，把烙饼、鸡蛋送进战壕。部队一有伤亡，民兵就立即扑上去，加入战斗行列。

英雄的人民、英雄的人民子弟兵，在冀中平原上布下了层层火阵，任凭日军这头凶恶的野牛左冲右突，也逃脱不了被烧死的命运。

激战方太口

陈正湘

1938 年秋，日军华北方面军司令官寺内寿一，调集 3 个师团和 2 个独立混成旅团 5 万余人的兵力，从 9 月中旬起，以我晋察冀边区之阜平、五台等地为主要目标，进行规模空前的围攻，企图分割、围歼我军有生力量，摧垮我党政军首脑机关和晋察冀抗日根据地。

反围攻开始前，晋察冀军区司令员兼政治委员聂荣臻同志在部署反围攻作战时，将第一、三分区主力及冀中独立旅一部，布防于王快镇（属阜平县）至阜平城之间（重点在东、西庄），意在敌进攻时，沿线袭击、疲惫之，并寻机予以歼灭性打击。第一军分区一团是晋察冀军区主力团之一，全团 1800 余人，排以上干部多数是红军战士。我是一分区一团团长，王道邦同志任政治委员，黄作珍同志为总支书记。

9 月 16 日、17 日，我团先后接到晋察冀军区和一分区的电报，命令我团立即集结，向西开进到阜平城附近待命。9月20日，我团从河间地区的卧佛寺、齐会一带出发，10月2日抵达阜平城以北的八里庄至史家寨一线。

10月3日，一分区司令员杨成武同志在分区司令部下达口述命令："根据聂荣臻司令员的决心，一团在西庄以西担任正面阻击；三团控制西庄、东庄、瓦泉沟以北山头阵地，由北向南侧击敌人。已请三分区和冀中独立旅按聂司令员的决心执行。各团应切实隐蔽在各山头的内斜面，严禁暴露目标。为了便于同各方联系，分区指挥所设于庙台。"

任务明确后，我同王道邦、黄作珍同志商量后，决定由他们召集各营教导员和各连连长、指导员，研究、布置战斗动员工作。我带领各营营长和骑兵侦察班，去预伏阵地勘察地形。

我们策马依次勘察了西庄、东庄、寺口、大榆树沟和方太口、水口等地及附近地形，决定将伏击阵地设在阜平县城东的南北走向的小派山以东、以南山头，并以方太口至韩家沟为第一线伏击阵地，二八八、三三四、三五四高地一线为第二线反冲击阵地。

一、二营担任坚守这两线阵地的任务。二营（营长宋玉琳、教导员罗霄文）在右，为主要阻击力量，控制方太口至水口小沟一线高地。一营（营长李德才、教导员朱遵斌）在左，控制水口小沟（含）至韩家沟一线高地。当敌遭我军突然打击，沿鹞子河向北推进，企图从其右侧向我攻击，或截断我一、三团的联系通道时，则向敌实施火力侧击与拦阻射击，以掩护三团向敌突击。

团特务连（连长彭德胜、指导员刘金华）派小分队带轻机枪，埋伏在方太口以西大路北侧的小沟口，封锁通向阜平的大道，阻敌西进，以确保二营右后侧之安全。

三营（营长杨上堃、教导员霍至德）为团预备队，隐蔽集结于上大叶沟至指甲沟一线，随时准备从左右两侧出击敌之侧翼，或及时增援遭敌攻击的我方阵地。

团指挥所设在上大叶沟以西、小派山主峰以东的445高地。

晚饭后，我将下午勘察地形和选择阵地的情况向王道邦、黄作珍同志及各营干部做了介绍，并进一步研究和确定了兵力部署、作战方案及情况处置办法。同时，决定次日早7点部队进入伏击阵地。

与此同时，阜平县支前委员会组织了担架队、运输队，以保证前送后运任务的完成。

10月4日凌晨，当灰色的天幕慢慢拉开，曙光逐渐照亮山野时，部队已经进入了预选阵地。各营、连抓紧时间挖掩体，修工事。

10月3日，敌之先头部队近百人由王快镇向西搜索前进至东王林口以东时，遭我三团一部兵力的打击后，便急忙撤回，龟缩进了王快据点。4日晨，日军七八百人，附37毫米山炮和92毫米步兵炮共12门，向西进犯。上午8点左右，进至东、西庄地区。

当敌前卫部队约200人从西庄山口大摇大摆地越过鹞子河，就要接近我二营前沿阵地的河滩时，宋玉琳同志猛喝一声"打！"我军轻重机枪、步枪居高临下，一起开火，枪声顿时响彻山谷。

敌人被这突然的袭击打蒙了，其余仓皇撤回到西庄山口附近，并立即向北抢占了东、西庄西北，猴石顶以南的一片高地。为了避免敌纵深火力杀伤，我们并未下山追击。

敌人清醒过来后，即以密集的火力向我军压来，各种火炮向我二营和一营四连山头阵地猛轰，重机枪也"哒哒哒"向我狂扫过来。

按照战前确定的方案，当敌炮火集中向我阵地轰击时，除在山头阵地两侧各留少数人监视敌步兵行动外，我军主力有秩序地疏散、隐蔽到山头阵地的内侧面，以尽量减少伤亡。

在炮火掩护下，200多名敌人又越过鹞子河，集结于河西岸我二营占领的主阵地山脚下。敌炮火一停，这股敌人便端着刺刀，向我阵地扑上来。

此时，隐蔽在阵地后面的我军勇士们早已迅猛地奔到了各自的战斗岗位。等敌人接近我阵地前沿时，一声令下，我各种火器又一起喷出火舌。见面前的"骨头"不好啃，敌人集中炮火继续向我山头阵地猛烈轰击，同时调遣飞机临空助战，轮番向我第一线阵地狂轰滥炸。

敌第三次进攻开始了，以一部兵力继续从正面攻击我二营控制的三个山头，又向其左右两侧各派出一部兵力，妄图钳制、分割、包抄我军。当其左路一股绕着山脚接近大路，就要向西迂回攻击时，突然遭我军预先埋伏在山口后面的团特务连的猛烈射杀，敌鬼哭狼嚎，忙掉转屁股缩了回去。

敌右路一股也在其火力掩护下，涉过鹞子河，向我阵地左翼攻击。在水口阵地上的我一营四连指战员，在连长陈文高、指导员郑三生的指挥下，全连健儿们一边甩手榴弹，一边迅猛出击。敌丢下20多具尸体，落荒而逃。随后，各种火炮和轻重机枪、掷弹筒，更加密集地向我阵地轰击、扫射，敌机怪叫着，更加疯狂地向我阵地投掷炸弹。战壕和掩体全被打塌了，黄土加沙石的山表层，几乎被翻了个儿。

当敌人快接近我阵地时，我轻重机枪、步枪、手榴弹，又劈头盖脸地朝敌人打去。二营战士伊学恩见敌扑来，一颗手榴弹甩去，炸死四个敌人。我军一连打退了敌人数次进攻。在我阵地前沿及河滩上，到处是敌人丢弃的枪支和横躺竖卧的尸体。

敌在正面遭我军坚决拦击，虽经多次猛攻，仍未越过方太口。下午3点左右，发狂的敌人开始施放烟幕弹和催泪瓦斯弹。这时，正赶上刮东南风，烟雾、毒气顺着山谷弥漫到我阵地上，一线指战员大部分中毒，一个个气促、头痛、流泪、打喷嚏。我急令大家用湿毛巾或湿土将嘴捂上。没有水，不少同志急中生智，以尿代水，将毛巾或土搞湿。

乘此机会，敌人又重新组织进攻。我们的战士不愧为钢铁勇士，一边忍着毒瓦斯的侵袭，一边坚守阵地，顽强抗击。然而，我们的伤亡也在不断增加。二营七连已经伤亡一半以上，连长曾自仁（现名曾治）同志也负了伤。二营营长宋玉琳身边的文书、通信员、司号员、卫生员负伤后，同许多轻伤员一样，坚持不下火线。一位来不及后送的重伤员，仍趴在阵地上向敌人甩手榴弹。

天色渐渐黑了。敌人除留约一个连的兵力在我一、二营接合部下面的几个独立家屋处进行警戒外，其主力则乘夜色撤到了西庄一带。深夜，一营营长李德才带领两个连袭击这股敌人，一部从小山口处直插过去，另一部由北面沿鹳子河向南迂回。打响后，敌惊慌失措，利用院墙抵挡一阵后，便仓皇逃回西庄去了。

定县、曲阳等地之敌被我骑兵团拖住后腿；郑家庄、王快等地敌之二梯队西犯途中，又连遭我地方游击队和游击小组的袭扰，行进迟缓，这就使我得以与敌前梯队激战一天。但是，第二天上午，敌二梯队进抵西庄，其纵深主力也在源源不断地西进，陆续增援到3000人。

方太口一战，我团冒着敌机和火炮的狂轰滥炸、催泪性毒气弹的袭击，顽强抗击日军的轮番进攻，经受了严峻的考验。在杀伤敌400余人，给敌以重大打击后，我团审时度势，机动灵活，经请示分区指挥所批准，于10月5日上午9

点，及时撤出了阵地，寻找新的战机。

方太口战斗，迟滞了敌人对阜平城的攻击，对保证中共晋察冀区党委、晋察冀军区、晋察冀边区行政委员会及机关的安全转移，起到了极为重要的作用。

"名将之花"命丧太行山[*]

杨成武

　　1939 年 11 月，日本东京有家报纸开辟专栏，哀悼日本侵华军"蒙疆驻屯军"最高司令兼混成第二旅团旅团长阿部规秀中将在察南黄土岭战役中被打死。其中一篇题为《"名将之花"凋谢在太行山上》的悼文里，如泣如怨地写道："自从皇军成立以来，对中将级将官牺牲，是没有这个例子的。这次阿部规秀中将的隆重牺牲，我们知道，将士们一定是很奋力作战的，战斗力已超过了阶级的区分。"

　　阿部规秀中将是日本很有名气的战术家，对日本所谓的霸业"赤胆忠心，战功卓著"，因而取得了日本军阀给予的"名将之花"的称号。然而，法西斯将军中的"名花"，毕竟经不起中国人民民族解放战争风暴的冲击，终于"花落瓣碎"，"饮恨"在太行山上。

---

　　* 本文选自杨成武回忆录《敌后抗战》，解放军文艺出版社 1985 年版，收录时做了适当修改。

1939 年 10 月 30 日，我在冀西阜平参加晋察冀分局召开的工作会议。当晚，接到了我分区司令部的报告：坐镇张家口的阿部规秀中将派出辻村大佐，率领 1000 多名日伪军进驻涞源，分兵三路，有向我分区的银坊镇、走马驿、灰堡地区"扫荡"的迹象。其主力 2 个步兵中队、1 个炮兵中队及一部伪军 600 余人，由辻村大佐亲自指挥，经龙虎村、白石口、鼻子岭向我银坊镇地区逼近，企图消灭在银坊一带活动之我军。

　　敌人的这一行动，早在我们的意料之中。涞源地区是敌我必争之地，我们可从涞源两侧经察南挥戈北上，直捣阿部规秀的老窝——张家口。在敌人方面，则把张家口——涞源一线的据点，看成插进我晋察冀军区的一把"尖刀"，企图用这把"尖刀"，把我平西、察南、雁北根据地割裂，以阻挡我向张家口进击，巩固其察南占领区，因而在涞源常驻重兵，并以此为基点，不断向我"扫荡"。9 月底，敌人已从南线开始秋季"扫荡"的尝试，出动日、伪军共 1000 多人进犯我四分区之陈庄，但落得个全军覆没的下场。现在，敌人又在北线开始其报复性的"扫荡"了。

　　对于粉碎敌人的秋季"扫荡"，我们已做了充分的准备。部队已经过整训，特别是陈庄全歼敌人的胜利，强烈地鼓舞着部队，纷纷提出："向陈庄作战的兄弟部队学习，我们也要来个歼灭战。""用粉碎敌人秋季'扫荡'的胜利，庆祝晋察冀军区建立二周年。"面对这块送上门来的"肥肉"，指战员当然不会轻易放过。

同时，在这一带作战，我们有许多有利条件：涞源是我八路军进入敌后最先解放的一个县城，有坚强的党组织，经受过 1937 年敌寇十三路的残酷"扫荡"和 1938 年秋季大进攻的考验。群众斗争情绪高涨，经验丰富。1938 年秋末县城被敌人进占以后，周围的乡村政权仍由我控制，就是在城里，我们也有隐蔽的组织及情报网，因此敌人一有动静，我们便能立即掌握。这些有利的条件，形成对敌斗争的"无形长城"，使我们有了"千里眼""顺风耳"，陷敌人于被动挨打的窘境。

从地形上看，这一带东连紫荆关，西接平型关、雁门关，南面有雄伟的内长城横跨过白石山。从涞源到银坊只有一条道，一过内长城，就是光秃陡立的石山。从白石口到雁宿崖一段，两面是高插入云的大山，中间是一条宽仅四五十米的河套，这是一个天然的口袋。如果把部队埋伏在两边，再把白石口的口子堵住，管叫敌人进得来，出不去，插翅难逃，只有束手就擒。

根据这些条件，经研究后，我们拟订了一个基本作战方案。决定采用伏击的战术手段，集中兵力歼灭向白石口—银坊一线进犯之敌，伏击点选择在雁宿崖附近，并立即请示晋察冀军区聂荣臻司令员。

聂司令员批准了我们的作战方案，为了有把握消灭敌人，决定以主力一、二、三团参战，并命令我立即回分区组织指挥这个战斗。

11 月 1 日，我从阜平赶回分区司令部——管头。途经银坊，与驻地三团团长纪亭榭、政委袁升平同志进一步研究作战方案，指示各团按方案行动。在从银坊回管头的路上，雁宿崖的主峰强烈地吸引住我的视线。这山峰在我们的眼前显得无限秀丽，然而它在民族敌人的面前却会喷射出万道烈火，把他们烧成灰烬。

次日，我们在分区司令部召开了干部会议，具体研究怎样打击敌人。我们决定以部分主力和地方游击队牵制堵击插箭岭、灰堡之敌，第二团由团长唐子安、政委黄文明率领，第三团由团长纪亭榭、政委袁升平率领，分别埋伏于雁宿崖东、西两面，以一部游击队在白石口诱敌深入，待敌进至伏击圈后，一团由团长陈正湘、政委王道邦率领，从东北插至白石口截住敌人的退路。会后，干部分头察看地形，部队立即进入战斗位置。

11 月 3 日清晨，晴空万里，朝霞映红了群峰，太行山显得格外壮丽。早上 7 点左右，我军同三路敌人先后打响。白石口之敌在我游击队诱击下，疯狂地向三岔口前进。当敌进至雁宿崖时，我二、三团突然从东、西两面漫山遍野地压下来，一团则从敌人背后杀出，200 多挺轻重机枪一起向山下的敌人开火。手榴弹爆炸声、喊杀声震得山岳颤抖。敌人遭此猝然打击，显得惊慌失措，但仍占领河套附近的小高地顽强抵抗，并以机枪大炮掩护，向我三团阵地组织了五次反扑。三团的指战员们以手榴弹、刺刀奋勇迎击，一、二团从敌人侧后猛烈扫射，打得敌人纷纷滚落山坡。接着我们展开了全面攻击，至下午 4 点，敌人已被杀伤大半，被压缩在上、下庄子附近和雁宿崖西北的一个高地上。

黄昏前，上下庄子之敌被我消灭干净，只剩下西北高地上的敌人。这时，我各路部队集结高地下面，把敌人围得水泄不通。数千把雪亮的刺刀，在落日余晖的映照下，闪射出万道金光。山顶上的敌炮兵，疯狂地向我轰击，发出临死前的哀鸣，群峰被蓝烟笼罩着。

三团一营担任这个山头的主攻任务，营长赖庆尧在最前沿指挥。冲锋号一响，三连的支部书记脱下棉衣棉裤，高举驳壳枪，呐喊一声，领着全连一股疾风似的刮上山头，把敌人压了下去。突然，一排 60 毫米迫击炮弹飞来，山头成了火海，敌人反扑上来，三连的勇士们被压下山腰。不一会儿，山腰上杀声冲天，三连又冲上去了，控制了整个山头。垂死挣扎的敌人，倾全力再次反扑上来，山头上展开了激烈的白刃战。支部书记身负数伤，浑身是血，仍挥动着染满鲜血的驳壳枪，指挥部队同敌人搏斗。但因后续部队没及时赶到，勇士们又被压下山来。

夕阳已西沉，山头一片朦胧。难道还能让残存的敌人继续疯狂挣扎吗？第三次冲击立即开始。绰号"病号排"的曹葆全排也投入了战斗。冲锋号震荡山谷，枪弹像骤雨一样浇落在敌人阵地上，神枪手孟宪荣的机枪所指之处，敌人纷纷倒下。站在他旁边指挥的纪亭榭团长大声喝彩："好呀，神枪手狠狠地揍呀！"紧接着他振臂一呼："同志们，冲呀！"随着团长的喊声，曹葆全排长领着全排像猛虎一样冲在队伍的前头，刹那间就冲上了山顶，大队如狂潮一样涌了上去。敌人被压下沟底，手榴弹像冰雹似的倾泻在沟里，敌人被浓烟烈火吞噬了。600 多名日伪军除生俘 13 名外，全部被消灭在河套里。

打扫战场时，在敌尸堆中找到了负重伤的辻村大佐，他还要保持"皇军"的"体面"，不让我们的医务人员为他包扎急救。后来因伤势过重，死在雁宿崖上。其余两路的敌人，慑于我军威力，仓皇溃退，缩回涞源城去了。

雁宿崖歼灭战，使得号称"名将之花"的阿部规秀中将恼羞成怒，于 11 月 4 日，倾张家口之兵力 1000 余人，亲自率领，出动数百辆卡车疾驰涞源，沿着辻村大佐的旧路，向我进行报复性的"扫荡"。企图再让我在雁宿崖伏击，以优势兵力反击我们，消灭我们的主力，然后扑银坊，再西取走马驿或东进黄土岭、寨坨一带实行"三光"政策，以挽回"皇军"的"体面"，巩固其察南占领区。我立即将这一情况在电话里向聂司令员报告。

聂司令员决心让这个"名战术家"领略领略毛主席革命游击战争的战略战术，给他一个下马威，指示我们以小部兵力在白石口一带迎击敌人，把敌军引向银坊，让他们扑空，然后隐蔽起来，迷惑敌人。然后以游击队一部在银坊北出击，诱敌东进，待敌进至黄土岭一带有利地形，集中主力将其包围歼灭。除以一、二、三、二十五团和炮兵营等参战外，并命令一二〇师特务团从神南北上，归我们指挥，参加这次战斗。

部队立即进行再战动员。"给阿部规秀中将一个下马威""再来一个歼灭战"的战斗口号，强烈地扣动着指战员的心弦。

11月5日，1000多敌人从龙虎村向白石口前进，曾雍雅同志指挥的游击支队，在白石口与敌打响。以忽而坚堵，忽而大踏步后退的巧妙战术，紧紧缠住敌人，使敌人求战不能，追又追不上，气得暴跳如雷，到达银坊后，只能以"三光"泄愤。当晚，银坊一带，熊熊大火，彻夜不熄。

阿部规秀中将急于寻找我主力决战，次日即挥师东进。我们则放长线钓大鱼，丝毫不惊动他们，让他们"平安"地在黄土岭、司各庄一带宿营。这时，我一团和二十五团在寨坨、煤斗店一带集结，卡住了敌人的去路，三团、特务团从大安出动，占领了黄土岭及上庄子以南高山，二团则绕至黄土岭西北，尾随敌后前进，形成了对敌人的包围形势。

是夜，黄土岭上黯然无光，寂如坟墓。从太行山上吹来的寒风发出"嗖嗖"的声响，好像为法西斯匪徒敲起了丧钟。

7日，黄土岭上阴雨绵绵，群峰被白雾覆盖着。拂晓，敌人继续东进，中午12点进到上庄子，先头部队已到达寨坨附近，下午 3 点，其尾巴才离开黄土岭。这时，我一团、二十五团拦头杀出，三团、特务团及二团从西、南、北三面合击过来，把敌人团团围住，压缩在上庄子附近约 2 公里长，宽仅百十米的山沟里。数百挺轻重机枪喷射出的子弹像暴风骤雨一样倾泻在敌人头上，炮兵部队也以猛烈的炮火轰击沟底密集的敌人。只打得黄土岭上火光闪闪，硝烟蔽天。

敌依仗其雄厚兵力，向我寨坨阵地冲击，企图跳出包围圈；遭到我军坚决反击后，掉头向黄土岭突围，企图回窜涞源。我三团、特务团和二团把口袋口紧紧扎住，逼使敌步步后撤。

战斗在激烈地进行着，部队因连日奋战，吃不好饭，睡不好觉，伤员也逐渐增多。一、三分区的群众全部动员起来，协助我军作战。民兵悉数出动，替我们放哨、警戒、侦察敌情。青壮年组成担架队到火线抢运伤员，妇女们挑着热气腾腾的窝窝头、开水，送给我前线作战部队。群众参战的热潮，大大鼓舞着我军歼敌的决心和信心。

战地医院也紧张地进行着对伤员的急救、包扎。白求恩大夫出现在哪里，哪里的伤员就感受到无比的温暖。这位国际共产主义战士、加拿大劳工进步党党员，长期和我们并肩战斗，以他对共产主义和人类解放事业的赤诚，以他精湛的医术，治愈了我们的许多同志。在雁宿崖战斗前夜，他带领着手术队从军区赶来参战，深夜了，他还要我向他介绍作战计划，研究战地抢救伤员的工作，并立即赶赴战地，夜以继日地为我重伤员动手术。当他处理完雁宿崖战斗的伤员时，黄土岭上已传来了炮声，他立即带着手术队赶赴干河净分区医院。刚要动身，忽然发现一个头部负伤的伤员感染丹毒，如不立即动手术，便有生命危险。为了抢救这个伤员，他立即卸下已绑在牲口上的手术器械，为这个伤员施行手术。经过抢救，这位伤员安全脱险了，而他却因此使自己原来手上的伤口，受到致命的传染，虽然用尽各种方法医治，最后还是光荣牺牲了。这消息立刻传遍整个战地，白求恩大夫对法西斯敌人的深刻仇恨，忘我地为阶级战友服务的崇高精神，感召着我们的指战员。

部队在群众的热情支援和白求恩大夫精神的鼓舞下，向敌人展开全面的激烈攻击，经过反复冲杀，把他们压缩在上庄子附近的山沟里。这是发挥我炮兵威力的大好时机，炮兵营营长杨九秤立即命令炮群向沟里集中射击，只震得群山抖动，轰得沟底的敌人鬼哭狼嚎。阿部规秀中将这朵"名将之花"就在我们神勇的迫击炮兵的排炮下"花落瓣碎"了，他的绣着两颗金星的黄呢大衣和金把钢质的指挥刀，也成了我们的战利品。这朵"名将之花"被打死的经过情形，东京那家报上的那篇悼文里也有详细的叙述："皇军"被敌人逼退到上庄子，中将仍很果敢地到第一线观察地形、敌情。忽然，飞来了敌人的迫击炮弹，在距中将数步的地方爆炸，破片打中了中将的左腹及两腿等数处，中了致命的伤，等到晚上 9 点 50 分遂与世长辞了。阿部规秀中将被击毙后，敌人恐慌异常，8日早晨飞来了5架飞机，投下几个指挥官维持黄土岭的残局。我围攻至8日下午，消灭了900多敌人主力之后，正在围歼残敌之际，敌人以重兵从灵丘、涞源、唐县、完县、易县、满城等方向分多路向黄土岭合击，均进至距黄土岭30里左右，企图围歼我们，来个大规模的报复"扫荡"。我们遵照军区的指示，主动撤离黄土岭，跃出外线，转入积极的反"扫荡"斗争，不断从敌人侧背打击他们。至11月底，敌人终于经不起我们的打击，垂头丧气地全线溃退，我们取得了反"扫荡"的彻底胜利。

经过了近一个月反"扫荡"斗争洗礼的太行山，此刻显得格外威武。"名将之花"凋谢在太行山上，但是中国人民英勇、智慧之花——八路军，却以更鲜艳多彩的姿态盛开在太行山上，开遍敌后战场。

经过雁宿崖、黄土岭两次致命打击，阿部规秀中将和辻村大佐相继被击毙后，平时如狼似虎、咆哮惯了的日军，却换成了一副狐狸的狡猾脸孔，发出嘤嘤哀鸣之声。黄土岭战后不几天，敌警备司令小柴，突然给我一封信，里面写道："杨师长麾下中日之战是中日两国政府之事，麾下与鄙人同是人类一分子，没有私仇，参加战争仅是为了吃饭。国家之争论与我们无关，别因此影响我们的友谊。麾下之部队武运亨通，常胜不败，鄙人极为钦佩。现鄙人有两件事情求教：一是请通知鄙人在黄土岭、雁宿崖被麾下部队生俘的皇军官兵的数目、军职、姓名及他们的生活近况；二是战死的皇军官兵是否埋葬，埋在何处，可否准予取回骨灰，以慰英灵？"

我们立即回他一封信，首先揭穿其所谓"国家之争论与我们无关"的胡说，指出他自己就是日本法西斯侵华的工具，是全中华民族的死敌；并告诉他，八路军一向优待俘虏，对于已放下武器的敌人，一律宽大处理。他们生活得很好，已开始认识侵华罪行，表示反对侵华战争；对于做了你们的"炮灰"，蒙受你们给予的灾难的战死者，我们已妥为埋葬，并立有石碑，以资标志……

法西斯匪徒的嘤嘤哀鸣之声，当然丝毫牵动不起我们的怜悯之情。我们以更积极的战斗行动打击日军，太行山上燃起了更加炽烈的民族解放战争的烽火。让万恶的侵略者永远在英雄的太行山面前发抖吧！

上下鹤山鏖战急

韩　伟　肖文玖

1938 年 10 月，日军侵占武汉后，调集重兵回师华北，妄图摧毁我敌后根据地，消灭我抗日武装。为了粉碎敌人的阴谋，晋察冀边区军民深入进行了反围攻的各项准备工作。1939 年 2 月，晋察冀军区对部队进行了整编，组建了 6 个主力团。我们第二军分区第四团，就是由原第四大队全部和第五、六大队各一部合编而成的，由韩伟任团长，肖文玖任政治委员，曾保堂任副团长，刁生荣任参谋长，林接彪任政治处主任。

当时，我们四团驻扎在五台县河北村、耿镇、高洪口、松岩口一带，团部在河北村。一天，我们接到军分区郭天民司令员和赵尔陆政委命令：日军侵占滹沱河南岸大片地区后，又由点到面地开始向我根据地进行扩张，于 3 月 9 日占领了盂县东北的上社镇。现正在那里构筑工事，组织伪政权，并叫嚣要消灭滹沱河南岸的八路军，实现其打通盂县至五台县的交通线之目的。现决定派你们团突然出击，歼灭这股敌人。

我团于3月22日进至上社东北10公里的上、下石塘地区集结待机。通过侦察，我们很快搞清了盘在上社据点的敌人是日军独立混成第四旅团河村部的一个中队，配有轻、重机枪和小炮，武器装备较强，又有新修的工事，是一块硬骨头。当时我们团的装备虽然较差，但部队刚经过整训，士气旺盛，求战心切。全团2000余人，党员约占总人数的25%，排以上干部大都是经过长征的红军，有丰富的战斗经验，加上群众的积极支持，消灭这股敌人是有把握的。因此，我们决定夜袭上社镇。

24日午夜，部队悄悄地进到攻击出发地，并按三营担任主攻，一营和二营一部分担任预备队、一部分做战斗警戒的作战方案，各自占领了有利地形。三营首先冲入镇内，并迅速占领了上社北之枫坡山上敌人的两个堡垒。梦中被惊醒的日军，跑出来仓皇应战，又被我军的手榴弹炸死炸伤。经过4个多小时的激战，歼敌50多人。因天近拂晓，再战对我不利，我们即撤出战斗，转移到上社以东的上鹤山、大水头、窄门子一带隐蔽。

在转移的路上，我们看到上社镇火光四起，枪炮声不断。这是敌人为壮胆玩弄的伎俩。韩伟笑着对肖文玖说："这下子打得敌人晕头转向了！"

"是啊！"肖文玖稍停了一会儿说："敌人会来报复的。"

韩伟又风趣地说："来了正好，我们还嫌打得不过瘾哩！"

第二天我们团的几个领导同志分头到各营、连参加干部会，总结夜袭上社镇的经验，并动员部队准备再打一仗。

韩伟来到三营，会上，干部们发言非常热烈，一个个坚决表示，不打下上社决不罢休。中午 12 点钟，侦察员气喘吁吁地闯进屋来报告："上社的敌人又出动了。"我们原来估计敌人定会出来报复的，但没想到会来得这么快。

原来，上社镇之敌遭我夜袭后，日军讨伐队即由孟县城出动 300 余人驰援上社镇。两股敌人在上社镇会合后，便在飞机的掩护下，分南北两路，向我团驻地上、下鹤山方向袭来。南路为敌之主力，由中队队长石冢带领，取山路直向大水头方向袭来；北路之敌沿谷地向白藏、下鹤山进犯。

三营在韩伟的组织下，立即做好了迎战的部署。刚进入阵地，就见日军分两股攻下来：另一股顺大道向上鹤山蠕动，一股沿着山沟小路直奔 1480 高地而来，1480 高地是这一带群山的主峰，只要我们控制住它，就能灵活地应付敌人的进攻，夺得整个战局的主动权。韩伟当即命令三营火速派部队抢占这个高地。九连连长姜启武抢领了这个任务，带领全连直奔 1480 高地。与此同时，我们又派七连占领了右翼之 1147 高地，以便抗击当面（北路）之敌，并命令八连在稍后的阵地上隐蔽，作为营的第二梯队。接着，又派通信员通知在上鹤山、秋林坪之间的一营和在窄门子村的二营立即出动，协同三营围歼敌人。

此时，我们从望远镜里看去，只见敌人先头部队已到达高地山脚下，并与我警戒分队接上了火。于是韩伟命令司号员吹号，督促九连跑步前进。九连指战员听到号声，飞快地向1480高地奔跑。当时，我们特别担心，万一敌人抢先爬上1480高地，那这一仗就很难打胜了。所以，我们几乎是屏着呼吸双目注视着九连的行动，恨不得让他们一步蹦到山头上。突然，我们看到1480高地的山顶上高高飘扬起我军的红旗，我们的心才像一块石头落了地。顿时，九连的步枪、机枪、手榴弹一齐向正爬得上气不接下气的日军开了火，把企图抢占1480高地的敌人揍了回去。

当三营打响后，一营也立即在曾副团长指挥下，按原定部署迅速奔向三营阵地前沿，他们以一个连向1147高地前进，增援三营七连，营主力由营长洪大平率领，跑步抢占大水头右翼的坟丘，准备向敌人侧翼发起攻击。

在这同时，肖文玖骑马赶到窄门子指挥二营翻山越岭，扑向下鹤山西南之敌，准备从敌人背后，协助一营向正在与三营对峙之敌发起猛烈攻击。林接彪主任也带几名警卫员和通信员赶到二营，刁生荣参谋长率特务连、工兵连等直属分队，选择有利地形待机行动。

1480高地的战斗，打得非常激烈。敌人用迫击炮、山炮向我阵地轰击，过后，又发疯似的向我发起冲击。面对凶恶的敌人，我指战员个个沉着应战，在敌人炮击时，大家一动不动地注视着敌人的动向，炮火一停，马上乘着烟雾迅速进入阵地。当进攻的日军在其指挥官明晃晃的战刀督促下，成群结队地快要到山顶时，我们的部队一起开火，一下子打乱了敌人的队形。紧接着，坚守1480高地的九连连长姜启武，猛地从地上跃起，驳壳枪一举，率领全连勇猛地冲向敌群。突然，姜连长跟跄了一下，他中弹了。稍停片刻，他又挣扎着向前跃进了一步，朝着敌群扬了一下手，便壮烈牺牲了。姜连长英勇牺牲后，指导员周同喜接替指挥战斗，全连干部战士越战越勇，高地上的争夺战愈来愈激烈。敌人冲上了山头，九连指战员临危不惧，勇敢地与敌人拼杀。三排排长易先兰右手负伤，仍坚持战斗。副排长李文林和一班战士张焕龙负重伤后，拉响了手榴弹与敌人同归于尽。敌我双方互相争夺、冲杀，持续了两个多小时，我九连虽遭受很大伤亡，但同志们仍顽强地继续坚持战斗，在打垮了敌人最后一次冲锋后，终因弹药用尽而被迫退出了阵地。

敌人占领1480高地后，居高临下，发疯似的向我指挥所的山头俯射，炮弹不断地在我们周围爆炸，子弹在耳边嗖嗖乱飞。接着，右侧七连的阵地，经过反复争夺后，也因众寡悬殊而被敌人占领了。三营营长彭光柄也负了伤。在指挥所附近待命的八连指战员被激怒了，他们再三向团首长请求："让我们打出去吧，为死难的战友们报仇！"在这千钧一发之际，曾副团长率领一营冲上来了。韩伟马上兴奋地向八连命令道："立即出击，一定要把阵地夺回来。"八连接受任务后，立即在副营长李学琴的率领下，与九连的同志一起向 1480 高地冲去。

刚刚赶上来的一营除一部分与七连共同消灭 1147 高地之敌外，大部分也扑向 1480 高地。高地上的敌人见我主力赶到，惊恐万状，疯狂地向我冲击部队射击，我英勇的指战员们冒着枪林弹雨，继续前进。在冲击中，一营营长、优秀的共产党员洪大平同志光荣牺牲了。

八连和九连的同志们协同战斗，越战越勇，很快冲上了高地。敌人慌乱了，他们交替掩护着向上社镇方向溃退。我指战员逐山挨沟地和敌人战斗着、追逐着。正在这时，肖文玖率二营在打退从上社镇增援的 200 多名敌人后，从敌人的背后冲杀过来，堵住了逃敌的退路。敌人左突右窜，四处碰壁，而我勇士们乘胜追歼，并不时大声呼喊："日本士兵，快快投降吧，缴枪不杀！"但是，日军的武士道精神十足，他们有的躲躲藏藏，有的还拼命抵抗。在追击中，我一个战士敏捷地抱住一个日军小队长，不防这个狡猾的家伙转过身来向他劈了一刀；我另一个战士猛扑上去，举起枪托狠狠地砸倒了这个野兽。在另一个小山沟里，战士们正在围歼日军石冢中队队长和几个日本兵，有两个敌人见走投无路，互相举枪瞄准对方的胸膛自杀了。日军中队队长负隅顽抗，当场被我击毙，两个负伤的日军士兵做了我们的俘虏。

经过约 6 个小时的鏖战，不可一世的日军独立混成第四旅团河村大队的 300 多人，除 30 多人逃跑外，均被我歼灭。

抗战中的冀热察挺进军

萧　克

1938 年 11 月 15 日，中央军委决定成立八路军冀热察挺进军，由我负责组建。我随即找中央组织部部长李富春同志要些干部，还向毛泽东同志请示要了 1:200000 的热河地图。会后，我与贺龙、关向应、彭真、程子华诸同志一同从延安回到晋西北。在晋西北，我们又进一步研究了组建冀热察挺进军和调干部等问题。1939 年 1 月初，我们一行近百人随一二○师师部东越同蒲路，到达晋察冀军区司令部——河北省平山县蛟潭庄，聂荣臻等同志热烈欢迎了我们。

1939 年 1 月初，在晋察冀军区司令部，聂荣臻司令员主持召开会议，讨论了党中央和中央军委关于成立冀热察挺进军的决定，他还就冀热察挺进军及地方党和政府的有关问题做了进一步说明。参加这次会议的有彭真、贺龙、关向应、马辉之和我，还有其他几位同志。

会后，我和程世才同志便向平西进发。1 月下旬，我们刚到平西，就和宋时轮、邓华、马辉之、姚依林等同志商量着手组织挺进军的工作。根据党中央、八路军总部的决定和一二〇师、晋察冀军区的部署，于 1939 年 2 月 7 日，八路军冀热察挺进军在平西的三坡（现称野三坡）正式成立，编制序列直属八路军总部，由晋察冀军区代管。同时，还成立了以我、马辉之、伍晋南、宋时轮（后为程世才）、邓华等五人组成的军政委员会，成立了由马辉之为书记的中共冀热察区党委。挺进军由我任司令员兼军政委员会书记，程世才任参谋长，伍晋南任政治部主任。接着，司令部、政治部、供给部、卫生部、随营学校、兵工厂、被服厂、医院等也陆续建立起来了。这年秋天，在区党委领导下，又创办了《挺进报》。

接着，我们开始对挺进军下辖部队进行整顿工作。挺进军的主力是宋时轮支队和邓华支队，其他还有来平西整训的冀东抗日联军，蓟县、遵化游击队等武装。期间，整顿抗日联军的工作是比较费力的。冀东抗日联军是国共合作建立的抗日武装，干部成分较复杂，我们将抗日联军大部和由白乙化同志领导的抗日先锋队进行了合编。抗日先锋队的干部多数是东北的流亡学生，党员占很大比例，七七事变前在绥远屯垦，事变后，在山西敌后与八路军协同打游击，是一支军政素质很好的游击支队，是王震同志介绍他们来平西，准备打回东北的。这两支部队的合编，使党对抗日联军的改造进了一大步。

3月间，军政委员会和区党委召开了全区党员代表会议，冀东党的组织和平津地下党组织也派同志来参加了会议。我们大家一起学习了党的六届六中全会精神，学习了毛泽东同志的《论持久战》等著作，初步总结了前一时期工作的经验与教训，确定了巩固地向前发展的方针。并且以"巩固平西抗日根据地，开展冀热察游击战争"，作为军队和全区人民当前的斗争任务。

4月21日，我们收到了朱德、彭德怀给我和聂荣臻、彭真等同志的电示，指出：根据敌情，我军暂时不宜深入冀东、热河。你们的行动方针是：以北平西山及攀山堡、东西斋堂地区为根据地，巩固地向北发展，求得创造赤城、龙关、丰宁、昌平地区之游击根据地；在冀热察三省边区山岳地带之游击根据地建立后，再相机向冀东、热南及察哈尔省沽源县三方面发展。因此，我们根据朱德、彭德怀的指示，决定采取巩固发展的方针，主力不再东进，只派出刘诚光等20多名干部去冀东加强工作。

1939年冬，根据八路军总部的指示，挺进军取消了支队的建制，将平西地区的部队进行了较大的整编：撤销了原第四纵队第十一、十二支队的番号，将第十一支队的第三十一、三十二、三十三大队和房（山）涞（水）涿（县）游击队改编为第六、第七团，把第十二支队第三十四、三十六大队及平西游击队一部分编为第九团，原已合编的抗日先锋队和冀东抗日联军及平西游击队之一部，合编为第十团，冀东临时来平西整训的 800 多人编为第十二团，仍在冀东的包森支队编为第十三团。部队在整编后，一边战斗，一边进行了三四个月的政治教育和军事训练，普遍召开了政治工作会议，建立了各种制度，加强了党的工作，从而提高了军事、政治素质和组织纪律性，增强了战斗力。

在部队整训的同时，平西还在群众中掀起了参加子弟兵的热潮，进一步充实了部队。这时期，平西全部兵力已达到1.2 万多人。

从 1938 年八路军第四纵队东进配合冀东人民武装起义，尤其从挺进军成立到 1941 年这段时间，经过同敌人的反复斗争，在平西、平北、冀东的广大地区消灭了不少日伪武装，基本上摧毁了日伪的区、村政权，迫使敌人龟缩到大中小城市和重要城镇，小股武装和汉奸特务也不敢轻易出来活动。

冀热察挺进军和区党委亲密合作，在中共中央北方局、北方分局和晋察冀军区的领导下，执行了党中央和八路军总部的指示，控制了广大农村，根据地人口 320 万人，建立了7 个正规团和几个区队共 1.6 万余人，还有其他脱产的游击部队 1 万人，并建立了广大民兵组织。根据地以军分区为单位（平北前期以团为单位，后期以分区为单位），形成该地区党、政、军、民一套完整的抗日游击战争的战斗组织，各军分区都有无线电台和挺进军、晋察冀军区相联系，实现了巩固平西、坚持冀东、开辟平北，建立冀热察抗日根据地的光荣而又艰巨的任务。

冀热察抗日根据地的建立和发展，说明在抗战进入相持阶段仍然可以在敌后甚至在伪满、伪蒙长期统治的地区发展和建立抗日根据地。但是，由于处在关内与东北的衔接地带，处于华北抗战的前线，正像一把钢刀插在敌人心脏，直接威胁着敌人在华北、伪满的统治和交通要道，因此，敌我斗争一直十分尖锐、残酷。在开辟冀热察抗日根据地的斗争中，日军组织了大规模"扫荡"和残酷的"蚕食"，实行抢光、烧光、杀光的"三光"政策，推行"治安强化运动"等，我挺进军的许多优秀共产党员干部、战士，如白乙化、包森、王仲华、陈群、刘诚光、刘开绪等同志，为了中华民族的解放事业，献出了自己宝贵的生命。地方党、政权、群众工作、文艺工作等各条战线上，同样有很多同志为革命事业光荣地牺牲了。他们的英名将永远铭刻在人民心里！

挺进军从成立到撤销共三年，时间不算长，但由于所处地区与斗争的特殊性，使它具有比较突出的影响和历史作用。根据地的建立及建立以后，都和北平天津这些大城市的地下党的工作密切配合。太平洋战争爆发前后，班威廉、林迈可、史平烈等国际友人，就是从北平进入平西根据地去延安、重庆的。美国飞行员奥利渥·欣斯德尔，在山海关附近被我救起时，异常惊讶地说："真想不到这里还有中国军队！"由于对日伪军工作做得较好，反正起义或能够掩护我活动的伪军伪组织为数不少。

由于敌占区工作的开展，主要是中共地下组织的艰苦斗争，使我们同东北抗日联军与城市点线工作声息相通，得到许多有价值的情报。平津的进步青年学生，在地下交通员的引领下，一批批地来到根据地；我们的干部也可以到平津去办事或治病。李运昌同志 1939 年初夏为迅速赶回冀东，就是从平西化装进北平城然后转去蓟县的。我们用的药品、纸张、电讯器材、服装染料以至某些武器弹药、小型车床，都可以从敌占城镇弄到；我们的宣传品，经常出现在火车里、城门上；连《挺进报》和画刊，也偶尔被带进北平城。

1941 年 6 月，北方分局在《对冀热察工作意见》中指出：完成上述任务，"这是由于正确地执行了开展冀热察游击战争的方针与抓住敌人的某些弱点与空隙"的结果。同时，分局在《关于冀热察形势及今后任务向北方局、中央的报告》中，对冀热察抗日根据地在这一时期的工作予以充分肯定。报告说："以冀热察边区为中心，创造大块游击根据地的任务，目前基本上已经实现。因此，冀热察党委目前工作中心，应放在巩固现有阵地，在巩固中向前发展。"

大龙华歼灭战

罗元发

　　1939 年三四月间，我们晋察冀军区第一军分区主力部队正按照晋察冀军区的计划，在河北省易县北娄山村一带进行军事、政治整训。在整训将要结束时，忽然接到情报：驻易县城之敌第一一〇师团第一四〇联队第三大队及部分伪军，共 700 多人，携炮 3 门，于 4 月中旬出城，沿涞易公路西进梁各庄。敌企图打通涞易公路，扩大其占领区，迫使我军退缩，或与敌主力决战，最后切断我北岳区与黔西地区的联系。

　　当时驻守大龙华的是日军一个中队，还有西陵警备队，共 300 多人。附近的梁各庄驻有日军 400 多人，解村、姚村、易县、满城等敌人据点各有一二百人，总计 1200 人左右。当时我们在这一地区的部队除第一团外，还有分区第三游击支队、第三团三营、第五游击支队的二十五、二十六团和分区特务营、骑兵营、炮兵连等。同时，我们的部队又刚刚经过整训，军政素质有很大提高，武器弹药也有很大改善，一旦出击，保准取得胜利。根据这个情况，分区最后做出了歼灭大龙华之敌和同时打援的具体战斗部署：一团一营和二营七连，由一营长林必元、教导员邓经纬率领，以勇猛坚决、秘密迅速之手段消灭大龙华之敌；一团主力和第三游击支队一个连，由一团政委王道邦、副团长熊奎和第三游击支队支队长曾雍雅率领，分别隐蔽在小龙华、老虎岭东南高地上，配合一营歼灭大龙华逃出之敌；分区特务营、骑兵营、炮兵连和三团三营隐蔽集结于大龙华至梁各庄之间的大红门地区，待梁各庄西援之敌行至西大地、官地附近（即清西陵一带）以猛烈炮火南北夹击，以求在运动战中彻底消灭敌人；第五游击支队一部隐蔽在井尔峪一带山村，待西援之敌通过大红门到达西大地、官地与我军接火后，立即从敌侧后出击堵敌后路，全歼援敌。同时监视梁各庄之敌动向；第五游击支队余部分两股分别警戒姚村、解村之敌，配合主力牵制敌增援部队。

会上，杨成武司令员信心百倍地对大家讲："这一次一定让敌人领略毛主席的游击战争的战略战术！"作战计划很快得到军区批准，我们马上召开分区干部会议，下达作战命令，部署各部队的具体战斗任务，接着又召开了动员大会，由我做了动员报告，将敌人的活动情况与企图，以及我们的战斗决心，取得胜利的有利条件等，向全体干部战士做了充分说明，使大家心里有了底，战斗情绪空前高涨。

听说我们要打大龙华，当地党组织立即动员一切力量，准备配合部队作战。自卫队连夜出动破坏公路，设立岗哨，封锁消息，还集中了 2000 多名青壮年和 500 多副担架以及大量驮子，准备担负战场运输和救护。战地附近村庄的妇女也动员起来，为部队烧水、做饭。战斗开始前 4 个小时，大龙华镇党支部书记又带着六名共产党员到我们指挥机关，把敌人在大龙华村的驻扎地点、兵力、火力配备等情况做了详细的报告。

大龙华镇坐落在两山中间。敌人在山上设有哨所，镇南镇北都有碉堡，其主力驻在镇西头的几间大房子里。我一团等部队，在大龙华镇党支部书记和六位党员的引导下，于 5 月 20 日 0 点 30 分，神不知鬼不觉地隐蔽绕过山上敌人的警戒，迅速包围了大龙华。当我们部队摸到镇南碉堡跟前时，敌人竟无察觉，一个个还在蒙头大睡。凌晨 1 点整，我一团一营和二营七连，分别从镇东北和镇西南勇猛发起冲击。一营二连副连长高万言首先带领一个排，悄悄砍断了围在碉堡四周的铁丝网，向敌碉堡内投进十几颗手榴弹，随着手榴弹的爆炸声，碉堡里的敌人全部"报销"了。与此同时，我一营一连三班班长柴士贵带领一个班冲入村内，秘密绕过三层铁丝网，进入敌人一幢住房，用手榴弹将屋内敌人全部炸死。接着，隐蔽在大龙华镇四周的战士，趁着夜幕，犹如猛虎下山，直扑向敌人住的另外几间大房子。愚蠢的敌人开始以为是游击队来骚扰，没有放在心上。当我们的战士冲进院子时，敌人才恍然大悟地尖声号叫："八路的来了！八路的来了！"晕头转向地握着枪慌慌张张地往外窜。敌人一出屋，在院子里的我军战士马上端着刺刀冲了上去，将敌人一个个刺倒。

在我军向敌发起攻击的同时，大龙华镇的民兵和群众也立即投入了战斗。特别是为我军当向导的大龙华镇党支部书记等七人，战斗打响后，都自愿留下来，同我们战士并肩战斗，他们有的搬起石头砸死了一个日军；有的活捉了一个日军，还缴获了一挺轻机枪；有的赤手空拳与日军摔开了跤，最后抓住日军的两条腿，像拖死猪似的将其拖死。到天亮时，敌人被杀伤五六十人，我军只有五名轻伤。敌人处处挨打，到处乱撞。最后，剩下的敌人逃进了镇东头一所大院子里。

这时天已大亮，我们考虑部队经过一夜激战，弹药也需要补充，加上敌人已被我围困在院子里，我们的炮兵还没赶上来，攻破这所院子也有困难。所以分区决定，以一部分兵力在镇内坚守阵地，其余暂时撤出镇外进行休整，以利再战。

20日上午8点，从易县和梁各庄出动的援敌，已在大红门附近与我预先埋伏的部队发生了激战。同时，困在大龙华镇的敌人听到炮声，拼命突围，其中有130多名敌人，在野炮和重机枪的掩护下冲出大龙华镇，朝小龙华方向逃窜，企图与增援的敌人会合。敌人万万没有想到，他们逃窜的方向，正是我一团和分区骑兵营、特务营及第三游击支队的埋伏圈。

因此，当130多个日军刚刚逃到小龙华村外时，隐蔽在那里的我一团二营和分区骑兵营、特务营，立即在宋玉琳、马辉和张宗坤分别指挥下，勇猛地从山坡上、草丛里冲出来扑向敌人，将大部分敌人歼灭，残敌纷纷向路旁的一片小树林逃去。我们部队又迅速冲进树林，与绝望的日军展开了白刃格斗。为了配合二营歼灭这股敌人，三营副营长罗招辉立即率十一连投入战斗。战斗打得非常激烈和艰苦。一团二营五连八班班长邱岗身上多处负伤，仍连续刺死两名日军，二班班长朱贵长身负重伤，仍刺死一名敌人。分区骑兵营一连七班班长高占言和几个战友同时开枪撂倒了几个敌人，缴获了一挺九二式重机枪。经过一两个小时的拼杀，逃进小树林的敌人大部被歼，剩下的30多个敌人向东逃到官地一带，又被我骑兵营、特务营、三支队的一连死死咬住。当敌进到二三十米处时，我们的部队冲出工事，一阵阵猛打，敌人被歼多半，剩下的十来个敌人钻进一家老百姓的菜窖。战士们把住菜窖口喊话，这几个家伙死活不出来，还不断向外射击。我们的战士向菜窖里扔了几颗手榴弹，"报销"了这几个罪有应得的家伙。

还有一股敌人，刚刚逃出大龙华镇，被我一团二营痛打了一顿之后，又窜回了大龙华镇，企图固守待援。下午，我一团二营在营长宋玉琳带领下，配合一营营长李德才率领的四连再次包围了大龙华。镇内的残敌凭着坚固的建筑物，仍妄图拖延时间，等待援军。我一营和二营奋力攻打，因碉堡坚固，进攻受阻。正在这时，分区炮兵连及时赶到了，立即架炮向敌人猛轰，十几发炮弹落在敌人的炮楼和房顶上，顿时炮楼、房子燃起了大火，敌人慌了手脚，扔下枪四处乱窜。我一团一营和二营战士们乘机冲了进去，经过 20 分钟白刃格斗，全歼了这股日军。这时，另一部分敌人据守在镇西小山上，仍不断向我进攻部队疯狂射击。我一团一连指战员奋勇冲上山头，把敌人打垮。同时，我其他连队也迅速向镇内发展，残敌做最后挣扎，又向我军反扑过来，展开白刃格斗。有的日本兵在"八路军优待俘虏""缴枪不杀"的喊话声中举枪投降。最后，还有 30 多个敌人固守房屋抵抗，房东亲自放火把房烧着，将敌人活活烧死。

在我军围歼大龙华之敌的同时，驻梁各庄 100 多名日军，分乘五辆汽车，从上午 8 点钟开始向大龙华增援。先头部队进到大红门附近时，由于我五支队一些战士隐蔽得不太好，狡猾的敌人发现我们有埋伏，便停止前进，跳下车向我五支队进攻。敌人哪里知道，为了打其增援，我们在大红门附近地区，除了五支队外，还埋伏了由三团团长纪亭榭指挥的三团三营及分区特务营等部队。所以敌人刚展开进攻，即遭到我设伏部队猛烈反击，敌人扔下 30 多具尸体，惊慌失措地爬上汽车，退回了梁各庄。

上午 10 点左右，梁各庄据点的敌人又出动了，150 多名敌人，还拖着 3 门火炮，急急忙忙向大红门涌来。敌人进到离大红门约 200 米时，忽然停了下来，在公路上架起火炮，向山上我隐蔽地区猛轰，持续了半小时之久。当时我们担心五支队受损失，即命令分区骑兵营调转头来，从东南往西出击。这样，我两支部队像一把钳子，紧紧把敌人夹在中间，打得敌人顾前顾不了后，顿时乱成一锅粥。我们的部队趁势发起冲锋，歼敌大半，剩下的敌人拼命逃到大红门与梁各庄之间的地带。

大约中午 12 点，梁各庄和易县城 400 多名日军乘坐 17 辆汽车，拖着 5 门山炮，还有 100 多名骑兵，又气势汹汹地第三次向大龙华方向增援。因为前两次敌人增援部队过大红门时，都遭我伏击，所以这次敌人穿过大红门时，集中所有炮火向我设伏的三团三营、五支队和分区骑兵营、特务营阵地猛轰，在很短的时间内，就有五六百发炮弹倾泻在我军阵地上。在这块只有 50 米高的小山丘上，我们的指战员以大无畏的革命精神，始终坚守着阵地。骑兵营一连八班战士王友宾、张富禄被炮弹炸起的黄土埋住了，他们爬起来，抖抖身上的土，继续固守阵地。敌人一阵狂轰滥炸后，便组织 200 多人向我北山坡进攻。当敌人爬到距我前沿阵地 30 多米时，我指挥员一声令下，战士们勇猛地从泥土里跃起，一起向敌人开火。步枪、机关枪怒吼着向敌人扫射，颗颗手榴弹在敌群中开了花，敌人丢下一片尸体，连滚带爬地退了回去。

敌人接二连三地向我发动了几次进攻，均被我击退。这时，敌人见西援大龙华连遭失利，已招架不住，妄图溜走，我们的部队乘胜追击。正在这时，我一团三营在营长杨尚塑的带领下，从老虎岭一带绕到大红门敌人背后猛杀过来。我第三团三营和分区骑兵营、特务营也从南面绕到敌人侧翼向敌群发起猛冲。在我三面夹击下，敌人溃不成军，扔下200多具尸体，沿着河沟狼狈退回梁各庄。至此，大龙华歼灭战胜利结束。

这次战斗共歼敌400余人，其中俘日军易县指挥官兼西陵警备队队长穴田以下9人，伪军20余人，并缴获大批武器弹药及其他军用物资。特别使我们高兴的是，在打扫战场时，搜缴到两箱子日军文件。

这些文件记述的是日本政府的对华战略、政治目标和各师团战区的任务。其中有日本侵略军华北方面军司令部发布的《关于剿匪与警备的指针》《关于使用特种武器（毒气）之参考》和对我晋察冀根据地的《1939年一、二、三期肃正作战概要》，还有情报工作、伪政权建设与利用，以及日军一一〇师团司令部颁发的《对山区方面匪军封锁计划》，等等，共50多册。

大龙华歼灭战的胜利，粉碎了敌人妄图打通涞易公路和切断我一分区与平西抗日根据地联系的阴谋，对于巩固和发展晋察冀抗日根据地起了重要作用。

巩固平西　开辟平北*

萧　克

北平以西和北岳恒山东北的宛平、百花山、涿县、涞水以西以北小五台山一带，约 12 个县的地区，从战略上讲，这里逼近平津，是晋察冀根据地北面的屏障，是向冀东和平北发展的前进阵地。因此，巩固平西就成为挺进军向东北地区发展的先决条件。

在平西一带，活跃着几个方面的部队，有共产党领导的八路军和东北流亡学生组织的抗日先锋队，还有冀东武装起义后来平西整训的抗日联军及其他五六支抗日武装，各不相属，各有防区，自筹粮饷，行动不大协调。这对于根据地的巩固和对敌斗争是不利的。因此，我们和区党委协同，提出"巩固平西"的口号，并加强党政组织的领导和政治宣传工作，逐渐使所有部队在这个口号下团结起来，

＊ 本文节选自《抗战中的冀热察挺进军》，收录时做了适当修改。

统一归挺进军指挥。我们边战斗，边整训，在执行四个月扩军计划中，扩大了主力3000人，成立了平西各县游击大队及房、涞、涿游击支队，边沿区还建立了游击小组。之后，第六团去雁北（划归北岳区第五军分区领导），第十团去平北，第十二团去冀东（第十三团已在冀东），平西只留下第七、九团。

在整训主力部队的同时，我们还抓了平西的地方武装建设，扩大和巩固县、区游击队。在工作有基础的村庄，建立起游击小组，各县、区、村还普遍建立了民兵组织，这些群众性的武装，在巩固平西根据地中发挥了很大的作用。

1940年1月，挺进军主力一部出击宛平、房山境内的王平口、佛子庄、长沟峪、周口店一线，袭占了南窑、北窑等日伪军重要据点，破坏了从这里运煤至北平的高线铁道，歼敌200多人。在永定河畔、门头沟地区、北平近郊，挺进军也频频出击，连获胜利，给北郊日伪军以很大震动。

3月初，敌从察南、平郊各据点集结了日伪军9000多人，分十路向我平西根据地发动了一次大规模的"扫荡"。

敌人在这次"扫荡"中，除以航空兵配合外，还使用了毒气。为了粉碎敌人的"扫荡"，我军适时转移到外线，在广大群众的配合下，机动灵活作战。在碣石防御战、齐家庄伏击战、谢家堡夜袭诸战中取得胜利，又在杜家庄全歼日军坂田中队和猛袭双塘涧，共毙伤敌伪军900余人，击落敌机1架，使敌伪军纷纷败退。这一次敌人对平西根据地单独举行的大"扫荡",只半个月就被打破了。我们根据地得到了进一步的巩固,部队战斗力进一步提高。此后,平西除了不遗余力支援平北、冀东以至雁北及冀中第十分区等地外,百团大战时,还攻袭了上下河、巩山堡、坨里车站、阳坊镇,连克蔚县以北以东6个据点,并派小部队活动于西山、妙峰山,震动了北平、张家口等地。

秋后,我们的部队外调,敌乘隙向我大举进攻,我军民经过协同苦战,恢复了大部分中心地区,斋堂川虽被敌占领,但宛平大部地区仍然保持了抗日政权,被敌侵占的村镇也保持两面政权和秘密工作。恢复的地区,工作更深入。这种局面,一直持续到1941年秋。这时期我主力和游击队常常向根据地边缘及外线行动,打击敌人,破袭敌人从北平沿永定河到怀柔的修路工程。九团在上下河战斗中还取得全歼敌一个中队100多人的胜利。

为了巩固和发展平西根据地,开辟北平近郊的工作,从1939年上半年起,我们派出1个营的兵力,以连、排、班为单位组成武工队,经常到十三陵、妙峰山、卧佛寺、周家花园、潭柘寺等名胜古迹和风景区,宣传党的抗日民族统一战线政策,打击汉奸特务活动,以教育群众,扩大游击区,缩小敌占区。每逢农历初一、十五或星期天,是游人最多的时候,也是我们宣传的最好时机。通过上述活动,我们和各阶层人民建立了不同程度的联系,逐步建立了一些精干的秘密抗日组织和据点。

此外，我们还大力开展对伪军官兵的宣传教育和争取工作。当时，在平西周围约有 4000 名伪军，经过艰苦的工作，他们大都和我们建立了不同程度的关系，其中表现较好的还能暗中掩护我们。在敌人要"扫荡"根据地时，出发前，他们有时就事先通知我们，成为我们获得敌人情报的渠道之一。所以，当时敌人的行动，我们差不多都事先知道。在敌强我弱的形势下，我们之所以能掌握战斗的主动权，立于不败之地，主要是依靠军民团结抗战，而瓦解、争取伪军工作，也起了重要作用。

中共冀热察区党委做了大量工作，他们从抓紧党的组织建设入手，开办党校训练班，发展党员。仅头三个月，党员就发展了 500 人左右，并很快建立了县、区党委和平西地委。到 1941 年底，平西五个县党员已达 3900 多人。同时，又根据抗日民族统一战线政策建立了平西专员公署及各级政府，与各种群众团体以及地区性的群众武装。在反"扫荡"中，地方党、政、群众团体的领导人，带领群众和部队一起打击敌人，真是全民战争。

在财政经济政策方面，区党委也做了不少工作。平西人员约 30 万人，面积约 4 万平方公里。按当时平西根据地的人口和生产情况，经济负担和抗战勤务是很重的。区党委和挺进军为减轻人民的负担，认真贯彻执行《双十纲领》，发动群众，实行减租减息，推行合理负担，实行统筹统支，精简节约，减少脱产人员，减轻抗战勤务，并整理财政，调剂贸易等，还从第十分区调运了一部分粮食。同时我们还对游击区、敌占区的商人、小贩开展了争取、团结工作，保护他们的合法利益，通过他们把平西根据地的一些土特产品运出去，换回根据地军需民用的布匹、食盐等急需物资。这对改善根据地人民生活和支援抗日游击战争起了积极作用。

由于冀热察党政军民认真贯彻了中共中央、中共中央北方局、北方分局及晋察冀军区关于创建、巩固和发展平西根据地的一系列指示、方针和政策，经过全体军民三年多的艰苦奋斗，终于把平西建成了一个巩固的敌后抗日根据地，并以平西根据地为依托，逐步开展与建立了张家口以南，包括蔚县、涿鹿、宣化、万全、怀安、阳原等县的察南根据地，西部与北岳区的雁北连成一片，为日后解放察哈尔省全部领土创造了有利条件。

北平北部长城内外广大地区，是敌人经营已久的占领区。抗战进入相持阶段以后，敌人又增强了统治力量。在平绥路东段和平古（北口）路沿线，分别驻有日军独立第二、十五旅团的大部和伪满、伪蒙的军队。在张家口，敌人除设伪蒙疆自治政府外，还设蒙疆派遣军司令部，在蒙疆广大地区建立战略基地。我挺进军在战略上对这个地方予以极大注意。

因为开辟北平、承德、张家口之间的冀热察三省边界广大地区，将使平西和冀东连接起来，使三个地区的游击战争互相配合，也可同大青山的游击战争相呼应。这是坚持长期斗争和将来反攻的重要阵地。

1939 年青纱帐时节，我挺进军第三十四大队向平北发展，首先进入十三陵地区开辟根据地。但是，在执行对土匪的政策上有偏差，没有站住脚，只一个月即返平西。虽然没有成功，但在平北人民中播下了革命的种子，使这个地区的群众对我党我军有所了解，这给以后的开辟工作创造了有利条件。

鉴于平北地区是伪满洲国，伪蒙疆政府统治较久，并有一套较严密的统治机构的地区，同时又紧靠伪华北统治中心北平及日军的重要战略基地张家口、承德，这是我开辟平北工作的不利条件。但是，由于这里地处伪满、伪蒙疆、伪华北这三个政府统治区的接合部，使我有隙可乘；敌人对这里残酷地掠夺和奴役，激发了各族人民对敌人的仇恨和抗日情绪；此外，又有平西和冀东人民的斗争相呼应和依托，这是开辟工作的有利条件。

当时抗战已进入战略相持阶段，敌人增强了后方的统治。因此，要开辟平北，不仅要正确执行党的各项政策，还要采取正确的战略方针。在军事战略方面，我们吸收江西红军游击战争初期的经验，采取波浪式的发展，在发展中求巩固的方针。在战术上以小部队（加上党、政、民、干部形成一元化的对敌组织）多点渗透，发动和依靠群众，隐蔽开辟，站稳一点再找一个新点，逐次展开，先开辟几个小块根据地，随着根据地力量的壮大和发展巩固，逐步连成大块根据地。

1939 年底，冀热察区党委和挺进军根据北方分局关于巩固地向前发展的方针，决定采取以小部队渗透的办法，开辟平北地区，并于 1940 年 1 月，派钟辉琨同志率 20 多名党政干部和第九团八连，进到昌平、延庆之间后五村一带，同原有的一支小游击队会合，很快建立了包括 5 个区的昌（平）延（庆）县政府。此后，继续向怀柔、延庆、赤城、龙关之间的广大地区发展。经过四个月的努力，他们基本站住脚。4 月、5 月又派第十团去丰（宁）、滦（平）、密（云）之间开展游击战争，他们和区党委派去的地方党政干部密切配合，开展地方工作和游击战争，也很快站稳了脚。这样，平北西部和冀东的游击战争也能呼应了。在十团去平北稍后，又派段苏权同志任平北军分区政治部主任。地方党这时也建立了中共平北工委，苏梅任书记，当时还建立了平北办事处，张致祥任主任。这样就组成了平北地区的党政军领导机关。

1940 年六七月间，又派程世才同志率第七团进入平北，计划开创更大局面，但由于七团是个正规大团，目标大，很快引起敌人的注意。敌立即增兵前来，不断"围剿"，加上根据地小，容不了那么多人，发生了物资供应上的困难。第七团过去较习惯于集中作战，还不熟悉也没有适应该地区的斗争环境和方式，虽然消灭了一些敌人，但消耗较大，最后不得不撤回平西。这种结果，在思想上，是前期在较顺利的发展情况下，我们有急于求成的情绪。在战术上，一次派出兵力太多，敌人在我游击战争处于发展时期已有教训，所以很快警惕，不让我站稳。这是我们在发展中的一个挫折，也是我军事指导上的一个失策。

1941 年开始，平北中心区大海坨、龙（关）、延（庆）、怀（来），经常处在反"扫荡"的环境中。我取得阎家坪阻击胜利后转到外线，攻袭刁鹗堡、东山庙、怀柔车站等地，这时期，我们取得了白莲峪、沟门、柏查子、一撮毛等战斗胜利，恢复了基本地区。10 月，敌开始大规模"扫荡"丰滦密地区，在柏查子、白马关等地区受到打击后，伪满又成立了"西南防卫司令部"；伪蒙疆也配合华北日伪的"治安强化"运动，大挖封锁沟，制造无人区。我军则一直活动到沽源县境内，增编了第四十团，又开辟了两个县，成立了专员公署。经过近两年的苦斗，从初创的几个小块根据地发展为大块的平北游击根据地。至 1941 年 5 月，平北主力部队已有第十团、四十团 2000 多人。1942 年 4 月，又从平西派第八团到平北，后相继与四十团合编。这时，又抽调了一批得力干部，开展了组织群众和建设政权及统一战线工作，相继成立了昌（平）延（庆）等 5 个联合县政府和滦（平）昌（平）怀（柔）办事处。在 240 个村中，发展了 2250 名党员，并建立了民兵、工农青妇等群众组织，地方武装也在不断加强。

虽然自 1941 年 10 月至次年 7 月、8 月，根据地遭到敌人不断的"蚕食""扫荡"，损失不小，但从总的情况看，我们开辟平北抗日根据地的战略意图实现了。

潘家峪惨案和佐佐木的覆灭[*]

曾克林

1941 年 1 月 25 日，日本鬼子在冀东制造了震惊全国的"潘家峪惨案"，干出了灭绝人性的禽兽勾当。

潘家峪，是冀东丰润县一个美丽幽静的小山村。南山苍松翠柏，北岭果木成林。这里的人民勤劳、勇敢。但是，当日本侵略者的魔爪伸到山村的时候，潘家峪人民从此陷入了水深火热之中。

早在 1938 年 7 月 7 日，在我党领导的冀东抗日大暴动中，潘家峪就有 30 多名青年响应，在潘济川的带领下夺了地主的枪，杀上抗日救国的战场。

从抗战开始到 1940 年，鬼子来这里"清乡"138 次，仅潘家峪报国队就跟鬼子打了 54 次村头仗，常常打得鬼子人仰马翻，焦头烂额。

---

  * 本文选自《曾克林将军自述》，辽宁人民出版社 1997 年版，收录时做了适当修改。

日本鬼子面对这样一个吓不倒、打不垮的潘家峪，坐立不安，早就扬言要血洗潘家峪。

1941年1月25日，唐山、丰润、滦县、遵化、迁安、卢龙等16个据点的3000多鬼子和2000多伪军，在佐佐木二郎的指挥下，趁着黎明前的黑暗，里三层外三层地把潘家峪围了个风雨不透。

天亮后，敌人闯进庄，挨门挨户地搜人、抓人。砸门声、吼叫声、咒骂声顿时响成一片。人们反抗着、叫骂着，被一个个地逼出来，逼进了潘家大院。

走在前头的乡亲发现院子里铺满了厚厚的松枝和柴草，柴草上面还浇着煤油。这是敌人布下的杀人场啊！鬼子要在这里下毒手了！人们知道上了当，便呼喊着转回头来，拨开刺刀，向门外冲去。但是，已经晚了。鬼子像恶魔一样扑上来，连砍带刺，20多个乡亲倒在血泊中。

这个大院是地主潘惠林的，四周是一丈四五尺高的围墙，墙上站满了鬼子兵，房上、门洞里架着机枪。这时，人群里有人高喊一声："乡亲们，狗日的想把咱们赶尽杀绝呀！拼啦，跟他们拼啦！"人们都抄起木棍、铁锹，抓起砖头，狠命地向鬼子打去。

鬼子马上开始了大屠杀。大门洞里，鬼子的机枪开始疯狂扫射，像魔鬼喷出的火舌吞噬着冲过来的人群。同时，东墙上的鬼子扔下手榴弹，北墙的鬼子点着了中院的大围栅。顿时，弹片横飞，浓烟四起，火光冲天。

这次惨案，全村 241 户，1537 人中有 1230 人遇难，96人受伤，1300 多间房屋被烧毁。

当天夜里，地方党组织派人赶到在丰润县东北山区宿营的我十二团，报告了潘家峪惨案的经过。合围干部战士于第二天赶到潘家峪。干部战士协助地方政府掩埋尸体，组织救护领航员的慰问、安抚，并到现场哀悼、祭奠。

1941 年 3 月 5 日，在安葬了亲人之后，从潘家峪逃出的30 余名青年在潘化民的带领下，草草收拾了一下被烧毁的家园，安顿好老人孩子，便凑到一块儿，组织起"潘家峪复仇团"。手握钢枪，在亲人的墓前宣誓："我们一定要讨还血债，为你们报仇！为你们雪恨！不打倒日本帝国主义，死不罢休！"5 月，冀东军区在火石营镇召开大会，正式宣布成立"潘家峪复仇团"，1942 年"复仇团"改编为十二团独立连，1943 年编为七区队二连。

潘家峪惨案发生以后，我团干部战士发誓要为乡亲们报仇，并一直寻找战机。

1941 年 7 月 12 日，侦察员前来报告："佐佐木带着 100多名鬼子到了沙河驿，说是要'扫荡'湾河以西地区。"

我和十二团其他领导仔细研究了这一情况，认为目前正是"青纱帐"期间，既然敌人送上门了，就决不能放过他。

7 月 18 日拂晓，部队悄悄地出发，埋伏在甘河漕（干河草）附近的高粱地里。日上三竿的时候，一队伪"治安军"大摇大摆地开了过来。我断定这是开路的，没有下命令打，1个营伪军过去后，是180多个鬼子，押着140多辆粮车，鬼子的后面又是伪军，大约有2个营。

鬼子全部进入了伏击圈，我率先扣动扳机，顿时我团所有的机枪、步枪一齐射击，子弹像狂风暴雨一般压向公路。鬼子被这突如其来的打击搞乱了套，人撞马，马踩人，车翻粮撒，自相践踏。

在我团猛烈的攻势下，日寇招架不住，仓皇逃窜，企图占领路边的小山。我团五连七班抢先一步登上山头，冲着蜂拥而来的鬼子甩了一顿手榴弹，炸得他们鬼哭狼嚎，血肉横飞。活着的鬼子又卷回公路，退到路边的一个坟圈子里，架起重机枪拼命向我团扫射。

我团连续组织几次冲锋都未成功。急切中，我令二营营长杨思禄、教导员刘光涛率全营发起冲击。一营三连和团部警卫连、特务连以及"潘家峪复仇团"插到敌人背后。警卫连一排排长李学良绕到敌人重机枪的后面，先投出一颗手榴弹，接着又一个箭步跳上去，踢翻机枪射手，夺过那挺打得通红的重机枪。这时，二营各连和一营三连战士一跃而起，端着刺刀冲进敌群。一场短兵相接的肉搏战开始了。霎时，杀声、吼声、刀枪撞击声和鬼子的惨叫声响成一片。

有个沧州籍的战士，一口气挑了七八个鬼子。刺刀挑弯了，他就把枪往地上一摔，顺手拣起一把日本战刀向敌人扑去。当他看到一个小同志被几个鬼子逼得步步后退，眼看就要吃亏时，便纵身一跳，站在一个鬼子的背后，猛吼一声，一刀把那个鬼子斜劈成两半儿。另外几个鬼子吓得扭头就跑。他矬下身，来了个"扫堂腿"，一个鬼子便摔倒在地，闹了个"狗吃屎"。他赶上前去，一只脚踩着那个鬼子的后背，两只手握着鬼子作恶用的战刀，狠狠地扎下去，把鬼子扎在地上。

战斗很快就结束了。180多个鬼子全部被消灭。坟场和附近的庄稼地里，到处是鬼子残缺不全的尸体，到处是鬼子的污血。战士们踢踢这个鬼子，翻翻那个鬼子，寻找制造"潘家峪惨案"的罪魁佐佐木。突然，谷子地里传来一声欢呼："杀人魔王佐佐木完——蛋——啦。"战士们闻声一齐涌向谷子地。在他们的脚下，仰面朝天躺着一个满脸络腮胡子的家伙。他龇着金牙，斜着兽眼，一枚六角银质勋章（这是佐佐木在血洗潘家峪后获得的）压在他血肉模糊的胸脯上，一把蓝穗战刀，泡在他身下的血泊里……

甘河漕点战斗，是我们复仇战斗中最为漂亮的一仗。这次战斗的胜利，给滦河西岸的敌人以极大的震撼。

狼牙山五壮士

宋玉琳

　　1941 年八九月间，日本侵略者向我晋察冀抗日根据地进行了历时 66 天的大"扫荡"。当时，我任晋察冀军区第一军分区一团副团长（代团长）。8 月中旬，军区决定，我团随军区机关和边区机关一起行动，在狼牙山只留下七连坚持战斗。七连的任务是：采取多种斗争方法，袭击和迷惑敌人，掩护我军主力和地方干部群众转移，并配合主力部队粉碎敌人的大"扫荡"。

　　七连连长刘福山、指导员蔡展鹏接受任务后，立即带领全连在狼牙山下之灵泉、山地北、东水、西水、楼山等地，广泛发动群众，坚壁清野，平毁沟墙，破坏交通，并组织小分队和民兵开展麻雀战、地雷战，瞅准机会狠狠打击敌人小股部队，有效地迟滞、疲惫、迷惑和消耗敌人的有生力量。

　　9 月 23 日凌晨，我团团长邱蔚，接到分区司令员杨成武的电话，得知正在疯狂"扫荡"的敌人对狼牙山可能有较大的行动。邱团长立即赶到七连，命令全连立即进行反"扫荡"斗争的准备。

9月24日，驻营头、龙门庄、界安之敌共2000余人，兵分九路，在飞机、大炮掩护下，扑向狼牙山。我当地党政机关和群众几万人，被围困在敌包围圈内，情况十分危急。邱团长根据杨司令员的指示，命令七连："要采取机动灵活的战术，把敌人死死拖住，明天中午12点以前，不准让敌人越过狼牙山顶峰——棋盘陀，以掩护我党政机关和群众转移！"邱团长还嘱咐七连："要很好利用狼牙山的险要地形，灵活作战，以一当百，消灭敌人。"七连接受任务后，立即向山上开进，攀到半山腰一个稍平坦的山坡时，全连停下来，指导员蔡展鹏进行战斗动员，连长刘福山带领班、排长勘察地形。连长带领一、三排，指导员带领二排，还有20多个民兵配合，从山脚到山腰，凡是敌人可能经过的山路和险要地段都埋上地雷，并选择有利地形，做好战斗准备。

大约午夜时分，被敌围困的我党政机关干部和群众，在部队的掩护下开始突围转移。这时，狼牙山四周突然大雾迷漫，沿着山坡轻轻飘飘地向上漫卷，整个狼牙山被淹没在浓雾之中。我被围困的几万干部和群众，趁机向辗子台方向转移出去了。

9月25日凌晨4点左右，山下传来枪声。刘连长果断地命令二班、机枪班抢占北山口右翼无名高地，控制上狼牙山的各条通路。

不一会，一股敌人沿着弯弯曲曲的山路向山上爬来，待敌人距七连阵地几十米时，刘连长突然一声令下："打！"顿时，敌人在七连阵地前倒下了一片。蔡指导员也指挥其他班的战士和民兵，在几处山梁上开了火，造成了漫山遍野都是八路军的假象。

七连前沿阵地上的二班、机枪班的同志大都牺牲了，刘连长也负了重伤。敌人逐步缩小了包围圈。这时，蔡指导员命令六班长马宝玉说，带领全班留下阻击敌人，一定要坚持到中午。

六班军政素质好，班长马宝玉是共产党员、红军老战士，作战勇敢，有丰富的战斗经验，并多次参加狼牙山预备战场演习，对山上大大小小的山头和道路很熟悉。副班长葛振林也是共产党员和有丰富战斗经验的老同志。胡德林、胡福才和宋学义，不仅作战勇敢，枪也打得很准。

为了把众多的敌人吸住、顶住，并不断给予杀伤，马宝玉带领全班把连里留下的几箱手榴弹捆成一束一束，埋在敌人可能经过的险要路段上。

突然，山下远处闪起一片火光，越来越大。这是日军在放火烧村庄。葛振林气得用拳头直捶山崖。不一会，山下隐隐约约传来女人的哭声，而且越来越近。"是老乡们！山上我们埋了那么多集束手榴弹，要是踩上那就糟了！"宋学义说着就要跑下山去看看，只见葛振林忽地跳起，向班长说了声："我去看看！"影子一晃就不见了。不大工夫，他领来一群妇女和孩子。她们一边哭，一边诉说着敌人的暴行。六班战士强压着心中的愤怒，耐心地把老乡们劝走。

东方刚刚露出鱼肚白，山下就响起了枪声，大约有五六百名敌军，正向山上移动。马宝玉忙对大家说："准备好！没有我的命令谁也不准开枪。"五个人同时揭开手榴弹盖，把子弹推进枪膛，目不转睛地盯着上山的敌人。

突然，一声巨响，紧接着，又响了两声。顷刻间，响声隆隆，烟尘四起，一个个敌人随着硝烟飞上了天，又摔进山谷里。硝烟过后，敌人战战兢兢地向山上爬来。伪军在前面开路，日军随后，似一条长蛇顺着山路蠕动。

只有二三十米了。

"打！"马班长猛地挺起半截身子，把手榴弹狠狠地投向敌人。紧接着，其他四个人的手榴弹也一齐飞向敌群。敌人乱七八糟地退了下去。马班长料到敌人定会用炮击来报复，所以迅速带领全班向"阎王鼻子"转移。

"阎王鼻子"是通往狼牙山顶峰棋盘陀最险要的地段。它的右侧叫"鬼见愁"，左侧是"小鬼脸"，两座险峰像两尊凶神恶煞守卫在"阎王"两旁，两边都是绝路，中间只有一条宽不盈尺，状似鼻子的盘陀路，藏在草丛和乱石之中。从"阎王鼻子"到棋盘陀，只能用手指和脚趾抠住长在石缝里的小树，攀缘而上，一不小心就会摔下悬崖。

果然不出马宝玉所料，敌人开始向山上炮击。敌人摸不清山上的虚实，以为山上埋伏着千军万马，因此炮击很猛烈，"阎压鼻子""小鬼脸""鬼见愁"等几个山头浓烟滚滚，土石四溅，硝烟弥漫。密集的炮火足足打了半个小时。六班五位战士抖掉满身灰尘，睁开眼睛四处察看敌人的动静。马班长关切地问："同志们，没伤着吧?"副班长葛振林一边摆弄着手榴弹，一边不紧不慢地说："要咱死，可不那么简单，我还要亲眼看看日本鬼子怎样投降，亲眼看看社会主义呢!"胡德林、胡福才也风趣地说："炮弹可能长了眼睛，见到咱八路军都绕道走了。"

这次敌人变换了战术，不再一窝蜂似的向上冲，而是分五路进攻。马班长命令全班每人对付一路，要尽量放近打。他们每人死死盯住自己要打的那路日军，心里默默地估计着："50米、40米、30米……"

"打!"马班长的手榴弹"嗖"的一声飞了出去，正好打在他这一路敌人的中间，把一个挥舞洋刀的日军军官和一个机枪手炸倒。其他同志也向敌群投弹、射击。刚刚进入"阎王鼻子"的敌人被打蒙了，他们上不来也下不去。前面的被我打倒，后面的也一连串跟着摔下悬崖见了"阎王"。

为保证我主力部队和地方党政机关、群众更安全地转移，马宝玉决定继续把敌人往山上引。"宋学义，你年纪小，先走，其他同志随我来。"

宋学义听到班长的命令后，端起机枪就走。突然马班长听到刺耳的"嗤嗤"声，他判定这是敌人的炮弹正在下落。说时迟，那时快，他一个箭步跃上去把宋学义按倒。炮弹在

20 米处爆炸了，弹片从马宝玉的身边擦过去。

　　敌人两次进攻失利，又摸不清我山上有多少兵力，所以再也不敢横冲直撞了。只是一会儿用机枪扫射，一会儿用炮轰，一会儿又用少数兵力轮番冲击，企图寻找能攀登上山的道路。我六班战士们心里明白，唯一上棋盘陀的路我们扼守着，让敌人慢慢找吧，只要靠近了，我们就送他们"回东洋"。六班从头天开始，一天滴水没沾，又渴又饿，加上烟呛火烤，嘴唇干裂得淌了血，但战士们都顽强地坚持战斗。敌人号叫着，向山上冲来。马宝玉立即命令："葛振林、胡德林负责正面阻击，宋学义、胡福才随我到左边侧击。""打！"五个人同时开火。马宝玉一枪一个，弹无虚发。葛振林也不示弱，每打一枪，都要大吼一声："哈哈，小鬼子，尝尝八路军的厉害吧！"宋学义的子弹不多了，他抢起手榴弹狠狠地抛向敌人。胡德林和胡福才却不喊也不叫，脸绷得紧紧的，一枪一枪地瞄准敌人射击。他们利用有利地形，越打越勇，接连打退敌人几次进攻。

　　马宝玉擦了擦脸上的汗水，抬头看看太阳，估量时间已过了中午 12 点，便下命令："撤，我们的任务完成了！"但他刚迈出两步突然又停住了。他望了望棋盘陀顶峰，又望望部队和群众转移的方向，心想，眼下摆在我们面前有两条路：一条向南，一条向北。向北是主力部队和地方干部群众转移的方向，走这条路，我们很快就可以回到部队。可这样，敌人也会马上跟来，会给转移的部队和地方干部群众造成威胁。向南，是通往棋盘陀顶峰的路。到了顶峰，三面都是悬崖绝壁，上去后再往其他地方转移就困难了。马宝玉毫不犹豫，带领全班向棋盘陀顶峰攀去。

太阳还有一竿子高，六班战士登上了狼牙山的顶峰棋盘陀。敌人也像一群疯狗似的跟了上来。马宝玉果断决定抢占牛角壶。牛角壶位于棋盘陀的右侧，异常险要，一对尖刀似的山峰直插云天，活像一对牛角。

"马班长，去不得，那是绝路！"紧随六班的冉元同焦急地喊着，"快！往山梁左拐，那里有一条小路可以绕到山背后。"六班战士们再次谢绝了老冉的关心，抓住石缝里伸出来的小树，踏着突出的岩石，继续向牛角壶攀登。

敌人紧紧追上来了，马宝玉瞅了一下周围的地形说："在这儿顶一阵子。"于是五个人忙隐蔽在乱石和草丛中，做好了战斗准备。

马宝玉的"三八大盖"第一个"发言"，一个端机枪的敌人往后一仰倒了下去，紧跟在后面的两个敌人正要俯下身去扶。宋学义一个点射，两个敌人又一齐倒下。后面的敌人吓得屁滚尿流，滚下去十多米远。敌人的第四次冲锋又被击退。就在这时，山峰脚下又集结了100多敌人，还有两架敌机呼啸掠过山顶。之后，山脚下的一群日伪军又往山上冲来。马宝玉率领全班奋力登上了牛角壶之巅。

"副班长，还有手榴弹没有？"胡德林问。葛振林一摸，没有了。班长和宋学义、胡福才摸了摸也没有了。敌人向顶峰爬来了，马宝玉吸了一口凉气，狠狠地扣紧三八枪的扳机，子弹没有了。葛振林拉开枪栓，枪膛里也空空的。胡德林、胡福才和宋学义摸了摸子弹袋，也都打光了。突然，胡福才从草地上捡起一颗手榴弹，他正准备投向敌群，被马宝玉夺了过来，用牙把手榴弹盖咬掉，拉出了半截弦又按进去，然后别在腰间。大家明白，这是班长最后的一着。

葛振林搬起一块十多公斤重的石头，狠狠地向敌人砸去，正好击中一个日军的天门盖。

全班一齐举起石头，向冲上来的敌人砸去，霎时间，敌人号叫着滚下山。不一会，身边能搬动的石头用光了，敌人在督战官的威逼下又爬了上来，眼看快要到六班跟前。马宝玉从容地从腰间抽出那颗手榴弹。大家明白了，都自动向班长靠拢，昂头挺胸，准备与敌人同归于尽。敌人越爬越近。马宝玉看着凶狠残暴的日军，民族仇恨的烈火在胸中燃烧。他拉掉手榴弹弦，大吼一声："他妈的，老子优待你们一颗手榴弹！"随着"轰"的一声，几具日军尸体滚下深谷。这时，敌人已知道我六班战士弹尽路绝，所以又组织兵力向峰顶逼近。马宝玉毫不畏惧，立即带领全班撤到悬崖边，坚定地对葛振林说："老葛！我们牺牲了，有价值……光荣……我们无论如何不能当俘虏！"

葛振林深知班长的意思：五个人中只有他和班长是共产党员，应该做出榜样。他说："人牺牲，枪也不能叫敌人得到。"话没有说完，山崖边已经有敌人的钢盔乱晃了。马宝玉随手抡起那支从日军手中夺过来的三八大盖扔下山谷。葛振林举起手中的枪往石头上摔去。宋学义、胡德林和胡福才也噙着泪水举起心爱的枪，狠狠地摔坏扔下山崖。

把枪扔进深谷，马宝玉与葛振林交谈了几句，然后从口袋里掏出一个小本子，匆匆写了几行字，激情地对胡德林、胡福才和宋学义说："同志们，我和葛振林商量了一下，认为你们入伍虽然时间不长，但在党的培养教育下进步很快。通过这次战斗，证明你们都已具备了共产党员的优秀品质，所以，我们俩介绍你们三个人入党。这是我俩写的证明，将来同志们找到我的尸体，在我衣兜里发现这证明信会吸收你们入党的。现在让我们用实际行动表达对党的无限忠诚吧！"胡德林、胡福才、宋学义，听着马宝玉那充满深情的话语，不由得心潮翻滚，激动不已。

我五位英雄的战士，面对凶狠的敌人和深不见底的万丈峡谷，从容自若，毫不畏惧。他们宁愿粉身碎骨，也决不当亡国奴！狼牙山上，是他们学习、练兵的地方，在山下，他们多次吃过乡亲们慰问时送来的柿子、核桃，多次听分区领导同志讲过古代壮士荆轲的故事，今天，他们又在这座山上，与五六百敌人激战一天多，歼敌近百名，胜利完成了掩护战友和亲人安全转移的任务。马宝玉从容地整了整军帽和八路军臂章，然后，像每次向敌人发起冲锋时那样，大喊一声："同志们，跟我来！"第一个纵身跳下悬崖。接着，在"打倒日本帝国主义！中华民族解放万岁！中国共产党万岁！"的口号声中，葛振林、胡德林、胡福才和宋学义也一个一个跳了下去。

隐藏在山洞里的棋盘陀寺庙的李老道和隐蔽在一旁的冉元同，看到了这一切。他们还看见日军爬上崖头后惊呆了：与敌五六百之众激战一天的八路军，仅仅五个人！

五位英雄战士跳崖后，班长马宝玉、战士胡德林、胡福才壮烈牺牲，葛振林和宋学义被悬崖上的树枝挂住，负了重伤，后在战友和乡亲们的援救下返回连队。

狼牙山五壮士的英雄事迹很快就传遍了一分区，传遍了晋察冀抗日根据地。

粉碎日军"铁壁合围"

罗文坊

　　1941 年秋，日本侵略军为了扭转在华北战场屡遭挫折的局面，由冈村宁次接替多田骏出任华北方面军总司令官。日军先后调集 7 万余兵力，采取"分区扫荡""梳篦式清剿"等所谓"新战术"，对我晋察冀抗日根据地的北岳、平西地区，发动了一次秋季"铁壁合围"大"扫荡"。

　　为发动这次大"扫荡"，日军第二十六、一一〇师团，独立混成第二、三、四、八、九、十五旅团，早在二三月间，就不断对我根据地边沿地区进行小规模的进袭、分割、封锁，并在晋东北与冀西边境建立起一条南北 250 多公里长的封锁线。7 月上旬，日军又开始向我第一、二、四军分区的易县、满城、五台、井陉、行唐、平山等地发动连续进攻。

　　7 月下旬，敌人又在石家庄、正定、娘子关、寿阳、盂县、五台、广灵、浑源等地集结了大批部队，还在铁路沿线大修公路，挖封锁沟，建碉堡。到 8 月，仅在北岳、平西地区，敌人的碉堡就由 283 个增加到 613 个，公路由 2000 公里增加到 3000 公里，封锁沟由 219 公里增加到 800 多公里。同时，到处建立伪政权，强化伪组织，疯狂镇压人民群众，并大肆实行"三光"政策，制造无人区，企图毁灭我根据地。

7 月 22 日，晋察冀军区领导发出了反"扫荡"训令和政治工作指示。第一军分区于 8 月 1 日至 9 日，在易县、满城间，易县、涞源间展开了大规模的破击战。9 天中，摧毁敌碉堡 4 个、桥梁 9 座，破坏公路数十公里、电线杆 100 余根，平毁封锁沟近百公里。第三军分区于 7 月底到 8 月 15 日，展开了破路、填沟和收割敌电话线活动，并主动打击敌人，先后进行大小战斗 20 余次，歼敌 107 名。第四军分区于 7 月下旬至 8 月初，进行大小战斗 24 次，歼敌 330 余人。第二军分区第四团于 8 月中旬，伏击从五台县城开往柏兰镇之敌，阻击从横岭增援狐峪沟之敌；第二十六团伏击从盂县城开往上社之敌；察绥支队在白水岭袭击搜山之敌；第十九团袭击上社之敌等，均给敌人以有力打击。

8 月 13 日，敌人的"铁壁合围"大"扫荡"开始了。这次大"扫荡"，日伪军集中了 7 万余人，分三步进行，第一步是"分进合击"，以 2 万余人，分别从正太路西段和同蒲路北段的灵丘、五台、代县、繁峙等地出动，由西向东，进占冀晋两省边界的上寨、下关、高洪口、柏兰镇、上社至娘子关各点，控制恒山、五台山主峰，居高临下，逐步压缩，欲将我第二军分区和其他军分区割裂，并沿线建立据点，不断对我军进行"扫荡""清剿"，同时向平汉线以东我第七军分区投入万余兵力，进行佯攻，使我军造成错觉，以隐蔽其主攻方向，妄图将我晋察冀军区领导机关和主力部队合围在长城两侧加以消灭。

面对敌人的疯狂"扫荡"，我各部队遵照上级的指示，一面化整为零，适时分散、隐蔽，与敌人周旋；一面采取广泛的游击战，运用伏击、阻击、袭击等手段，积极打击进犯之敌。在此期间，敌人曾数度寻找我第二军分区第十九团、二十六团决战。我十九团、二十六团则避开敌主力，巧妙寻机主动打击分散之敌。同时我第四团在横岭、狐峪沟及门限石附近先后阻击和袭扰进犯之敌。我特务团和第四军分区第九区队在滹沱河南岸辛庄、建都口一带阻击北犯之敌，歼敌60余名。我第三军分区第七区队在羊山庄歼灭小股进犯之敌30余名。我第七、九团在易县、涞水一带，结合开展地雷战，先后与进犯之敌激战5次，毙伤敌150余名。由于我广泛开展游击战，灵活机动地打击敌人，迟滞了敌人的进犯，使敌人的第一步合围"扫荡"落了空。

8月21日，军区根据第一阶段反"扫荡"的经验，发布命令，指出敌人在"扫荡"第二、七军分区之后，其主力将转向我第一、三、四军分区及平西地区，要求各部队及时侦察敌情，加强作战准备，防敌突然进攻。

8月23日至28日，敌人的第二步"扫荡"开始。果然，这次敌人的"扫荡"目标是我北岳、平西地区，运用的战术是"分区扫荡"。敌人一面以万余人，控制我冀晋边界从南向北的纵断线，待机而动；一面以主力分别对我第一、三、四军分区和平西军分区连续进行"分进合击"和"铁壁合围"。敌调集其在平汉线上的第二十一师团和第一一〇师团，共8000多人，对以易县娄山为中心的我一分区领导机关和以水泉为中心的后方机关进行"分进合击"；敌第三十三师团和独立混成第八旅团1.5万余人，则由南向北，对以阜平、灵寿、平山三县交界处的陈家院、陈庄、六亩园为中心的我北方分局、晋察冀军区政治部、第四军分区等机关和抗大第二分校实行包围合击。8月26日，控制在冀晋边界的敌第四十一师团，独立混成第三、四旅团，共5000多人，也分别从马家庄、东峪、上社等地出发，配合东南方面进犯的敌第三十三师团、独立混成第八旅团，向平山县蛟潭庄、古道、湾子里为中心的我军区机关及二、四分区的后方机关，进行压缩合围。在平西，敌人出动兵力合击以房山十渡为中心的我冀热察挺进军第七、九团等部队。敌人所到之处，占领要点，封锁要道，实行"三光"，企图消灭上述地区我党政军机关和主力部队。

为了粉碎敌人的第二步"扫荡"计划，晋察冀军区于8月23日及时发出指示，要求各主力部队按地区范围适当分散（以营为单位）隐蔽，极力避免与敌决战，但可派出部分兵力配合地方武装广泛开展游击战，机动灵活地主动出击，阻击、侧击敌人的"清剿"搜山活动，袭扰敌据点，破坏交通运输，迟滞、疲惫、迷惑、消耗敌人，掩护我领导机关和主力部队转移。转至外线的部队，则应积极向敌人据点和封锁线展开活动，平毁沟墙，破坏交通，钳制和分散敌人兵力，同内线部队互相配合，粉碎敌人的合围"扫荡"。

敌人第二步合围"扫荡"，首先向我一分区所在地易县娄山地区实施了远程迂回，层层合围。8月23日，敌第二十一师团从徐水出发，迂回至易县金波、紫荆关一线，又转回进至解村、姚村，从东、北两面进行合围；24日，敌一一〇师团一部，由保定乘车向南绕到望都，再转向西北，经完县、杨各庄进到刘家台，从南面合围过来；同日，金波之敌也进至娄山西北的苑岗和上下铺。同时在满城的1500多敌人，也于24日由东向西北，经白堡、龙门庄向娄山进犯，形成了对我娄山地区的层层合围。8月25日，各路敌人向我发起猛烈进攻，先以炮火轰击，然后在飞机的掩护下，各路敌人同时向我进犯。在接近合围目标时，又一路变二路，二路变四路，最后分成十几路，从四面八方直扑娄山，形成"铁壁合围"。为了割断我友邻各区的相互支援，敌还对正太线、平汉线等，以重兵严加封锁。但当各路敌人进到娄山时，我驻娄山地区的第一分区机关和第二十团、第一区队，早于 24 日夜间按照预定计划向外转移到煤斗店地区。我第三、六团和第三、四区队也同时跳到了外线，所以当敌人到了娄山后，除了疲惫、困惑之外，什么也没有捞到。

8 月 23 日，敌人合围的第一天，就先后遭我教导团和第九区队两次伏击。24 日，在干河、南城寨、滩子、红姑娘、沈家庵等地，又接连遭我第七、九、二十团的袭击和伏击。8 月 27 日，敌 600 多人从平山县温塘出发，分两路北渡滹沱河，当敌渡至中流时，分别遭我第八区队和第五团的猛烈打击，敌人狼狈逃回。

8 月 29 日至 9 月 6 日，敌人倾巢出动，又开始对我根据地进行第三次合围"扫荡"，首先对以阜平为中心的沙河两岸地区和以蓬头、小峰口为中心的平西地区，进行多纵队多梯次的大合围，企图以重兵同我最后决战，一举消灭我晋察冀党政军机关和主力部队。

8 月下旬，当敌第三步"扫荡"向纵深发展时，为了指挥方便，军区机关开始由阜平县娘子神向西南方向转移，27 日夜到达马驹石村时，遭到敌人飞机的轰炸，当场亡 7 人。8 月 31 日，除西线、北线的敌人仍在原合围地区进行反复"扫荡"外，合围一分区的敌军分两路进到涞源县的银坊、齐家佐，合围三分区的敌军到达阜平县的迷城、五丈湾，合围四分区的敌军占领了团泊口、陈庄、岔头、口头一线，并有一股敌军已绕道王快进到平阳。这样，三方面的敌人距我军区机关所在地马驹石只有 20 到 25 公里，平阳一路只距十来公里。因此，军区首长马上决定率领机关南渡沙河，跳出敌人的合围圈，转向四分区的西部去。傍晚我们出发了，过了沙河走了40多公里到达马兰，遇上了准备北渡沙河的中共中央北方分局和北岳区党委机关，他们说沙河以南地区的敌人已集结，设下了层层包围圈。

9月1日，我们走了一夜，二渡沙河转移到阜平县城以北30公里处的雷堡，在这里我们又遇上了先转移来的边区政府机关。这样，在这个地区的我党政军机关和部队已达4000多人，还有北方分局党校、北岳区党校、抗大二分校等单位，总共有近万人。

中午刚过，敌人的飞机又擦着山头轮番低空侦察、轰炸。此刻，聂司令员把我叫过去，伸手指着图上的常家渠，说："敌人既然侦察到我们的位置，我们就将计就计。你们的任务是，利用电台诱敌坚定合击的决心，掩护机关转移。从今天开始，军区所有电台暂时停止对外联络，由你带一个侦察排，一部电台，在机关向西转移的同时，留在雷堡东边不远的台峪，架起电台，仍用军区的呼号，不断和各方面联系。"

我受领任务后，立即按照聂司令员的指示，组织起一支通信、机要、侦察等人员参加的50多人的小分队。入夜，边区各领导机关在聂司令员的指挥下，擦着段庄的南山脚，从离敌人不足半公里路的空隙中，神不知鬼不觉地向西走去。同时我们的小分队也向着相反的方向出发。这里的地形我们熟得很，不到两个钟头便赶到了五公里以外的台峪。

到了台峪，得悉最近的敌人是驻在大石门，我们一边迅速向四周派出警戒，控制了道路和山口；一边把电台在台峪附近一个叫井儿沟的小庄上架起来，立即开始工作，用这个"空中目标"先拢住敌人。然后我带领着其余的人，向大石门后面的大山奔去。

9月2日天刚亮，几架敌机出现在台峪上空轮番轰炸，日军炮弹也纷纷向台峪飞来，台峪和周围的大小山头、山沟、隘口到处黑烟滚滚、炮声隆隆。下午，敌7000多名步兵，从段庄、石门、柏崖等地分头向台峪压过来，摆出一副"决战"的架势。

我们向东走，日军主力一部果然跟上了我们。为了继续迷惑敌人，我们不断架起电台向各方"联系"，还在沿途故意用许多不同的番号贴路标、号房子，有时还丢下几张无关紧要的字纸。

9月4日，我们到了唐县的合家庄，派人到山顶找到事先架设的秘密电话线，接上电话单机，叫通了常家渠附近的情报站，我随即和军区机关通了电话。从电话里，知道边区各领导机关这两天都安全地隐蔽在常家渠一带，他们不露烟火，不露行迹，使敌人无从察觉。

敌人虽然被我迷惑，但情况仍然十分严重。因为集结在阜平地区及东西大道上的敌人主力，距我领导机关隐蔽地区的前哨部队仅有五六公里了，敌人派出了小股搜索部队，常常同我哨兵只隔一个山头。为使转移行动灵活轻便，军区决定，除分局、边区政府与北岳区党委等主要领导同志随军区指挥机关一起行动外，其余人员均分别向几个不同方向分散转移，军区机关仍按原定计划转向四分区西部滹沱河两岸地区机动。

9月5日黄昏，部队集合出发了，走了3公里左右，便发现从阜平县城出动之敌沿东西大道向西开进，我如再继续前进，必然要和敌人遭遇。所以军区首长即令各部队返回原地，继续隐蔽。

9月6日黄昏，部队再度出发，但又发现由阜平西进之敌都宿营在西大道上的法华、安子岭、东西下关、大教坊一线村庄，堵住了我军西行路线，我们的部队只好又返回常家渠。

9月7日，经侦察发现龙泉关方向有几个小口子，夜晚没有敌人把守，于是我领导机关和部队数千人马才乘夜从龙泉关顺利冲出了敌人重围，这就是人们以后常说的"三进三出常家渠"。

我领导机关经过三进三出常家渠，摆脱了敌人的合围。至此，日军动用7万多兵力的三步"铁壁合围"、大"扫荡"，被我彻底突破，我晋察冀边区党政军领导机关和主力部队均先后安全转移到外线和深入到敌后，寻机打击敌人。

经过两个多月的艰苦奋战，敌人对我晋察冀抗日根据地的"铁壁合围"大"扫荡"被彻底粉碎。组织指挥这次"铁壁合围"大"扫荡"的日军最高指挥官冈村宁次，最后也不得不承认"肃清八路军非短期所能奏效"。

冀中平原水上游击战[*]

帅荣　李健　贾桂荣

抗日战争时期，白洋淀、文安洼和东淀苇塘，曾是一块淀洼相通的广阔水域，河湖港汊纵横和茂密芦苇的独特地形，为我八路军和游击队健儿提供了袭击、歼灭敌人的有利战场和藏身之地，成为冀中平原抗日根据地的一个重要组成部分，为坚持敌后抗战发挥了重要作用。当时，我们三个同志分别在冀中第八、九、十军分区担任过政委、参谋长等领导工作。

1939年秋的一天，赵北口的汉奸张德清带着20多名敌军，坐着一只汽船到新安据点。雁翎队得知这一情况后，队长陈万立即带着一部分队员埋伏在下张庄和下赵庄之间的苇塘里，这里是一条水路要道，两旁长满了茂密的芦苇和沟草。他们把船只巧妙地隐蔽好，然后一个个跃入水中，嘴里

＊　本文原标题为《水上游击建奇功》，收录时做了适当修改。

含着一根空心苇管换气，把双眼露出水面观察敌情。

下午3点多钟，敌人的汽船从新安回来了，船头架着一挺歪把机枪，日伪军坐在船板上毫无戒备。汽船进入我埋伏圈时，陈队长一声令下，雁翎队四条大抬杆同时点火，只见四条火龙一起扑向敌船，打得敌船转开了圈儿。

此时，队员江义、孙占刚、孙革等也一齐向敌船开火，顿时，船上的敌人有的中弹落水，有的跳水逃命。这时埋伏在芦苇中的队员们立即架着小船追杀上去，很快将逃敌抓获。这次战斗，除一名日军逃跑外，其余全部被歼，其中还生俘2名日军，缴获了20多支步枪、1挺轻机枪、4箱子弹，我无一伤亡。

1941年3月，驻新安日军调集了130多只汽船配合步兵和骑兵，对白洋淀进行了水陆联合大"扫荡"，企图彻底摧毁我白洋淀抗日根据地。敌人巡逻队的汽船昼夜在淀上横冲直撞，所到之处，房屋被烧，船裂网破，许多群众被杀害。

战斗在白洋淀地区的我第三区小队和雁翎队，在冀中军区第三十四区队支援下，以机动灵活的战术，给"扫荡"之敌以狠狠打击。

5月的一天，侦察员赵波、田振江报告：20多名日军和30多名伪军，乘两只巡逻艇到赵北口去了，估计下午返回。三小队和雁翎队研究决定，选择有利地形，在敌汽艇返回时打掉它。队员们化装成渔民，有的划着小船，有的驾着鹰排，三三两两悄悄钻进了大张庄苇塘。果然，下午3点多钟，敌人的汽艇返回来了。当汽艇进入我射程之内时，三小队队长郑少臣瞄准船上掌舵的日军，"砰"的一声，那个日军一头栽倒在舵轮旁。紧接着，20多支大抬杆、排子枪同时射击，毙伤20多名敌人，日军小队队长中下太郎也被当场打死。不多时，后边开来了一只敌救援船，船头上两挺机枪怪叫着，子弹像雨点似的飞过来。郑少臣忙指挥队员们把小船开进苇塘蹬翻，把枪沉到淀底，然后每人顶着一个荷叶，踩着水游进苇塘深处，安全撤到了泥李庄。

日军在对白洋淀实行水、陆联合"扫荡"的同时，还进行了严密的经济封锁。他们通过赵北口伪合作社，把火柴、食盐等生活必需品全部控制起来，给白洋淀人民生活造成了极大的困难。因此，我三区区委决定，一定要拿掉赵北口伪合作社，把敌人囤积的食盐、火柴等物品搞到手，解决白洋淀人民生活急需。这个任务交给了区小队。这时，根据冀中区党委的指示，雁翎队与原区小队已合编成立了新的区小队，共15人，队长郑少臣，指导员魏泽民。全队人人有一身惊人的好水性和好枪法，战斗力很强。区小队接受任务后，当即乘夜出击。

这天晚上，天黑得伸手不见五指。在队长郑少臣的指挥下，区小队飞速前进，很快接近了赵北口，郑少臣命令李向其带一部分人封锁徐家桥，他亲自带一个班到伪合作社主任家叫门。伪合作社主任一看是区小队，顿时吓得浑身像筛糠一样直打哆嗦。郑少臣对他说："不用怕，你只要把仓库的钥匙交出来就没事。"他颤抖着说："好，好，我交!"就这样，没费一枪一弹，就把仓库的门全打开了。队员们和群众一起抬的抬、扛的扛，把仓库的东西全部运回驻地，分给了白洋淀的人民群众。

1942年初，日军在对白洋淀地区进行封锁和"扫荡"的同时，对文安洼和东淀苇塘也进行了疯狂的"扫荡"。敌人先后在澎耳湾、丰富庄、王仙庄、于屯等村增修了据点，并在各水路相接的交通要道增建岗楼。地处文安城东南约10公里的姜庄子，是个水陆交界要地，是我抗日武装和抗日工作人员进出文安洼的必经之路。日军于1942年2月8日，由中队队长富藤带领30多名日军和100多名伪军侵占了姜庄子。敌人一进村，就抓民夫，拆民房，在村东西两头各修建了一个大据点，村东据点驻日军，村西据点驻伪军。他们经常强迫附近各村缴粮纳款，稍有迟慢，就向各村打炮，炸得房塌人亡，群众对这群奸淫烧杀无恶不作的禽兽恨之入骨。所以，我文新县委决定坚决要把这两个据点拔掉。

当时两个据点有130多名敌人，并配有火炮和机枪，而文新县大队仅有50多人，装备差，弹药也不足，要攻下这两个据点困难很大。正在这时，冀中军区第八军分区决定，为迫使敌人收缩兵力，由分区司令员常德善指挥分区部队和任（丘）河（间）县支队、大城县大队和文新县大队，向文安洼周围敌人据点发起攻击。文新县委决定县大队充分利用这次机会，首先袭击敌人守备薄弱的文安城和左各庄据点，把姜庄子据点的敌人挤走。2月12日夜，由县大队队长储国恩率领精干的小分队袭击了文安县城，俘虏伪军50多名，击毙伪军大队队长李子春，砸开监狱，救出40多名抗日干部。接着又于2月17日，以军事进攻配合政治攻势，争取了左各庄据点伪中队队长李学增带40多名伪军反正。两次奇袭都很成功，对日军震动很大，但姜庄子据点的日军仍不撤走。这时，文新县委决定在分区部队向敌周围据点发起攻击的同时，组织精悍的小分队，化装突袭，坚决搞掉姜庄子据点。具体方案：从县大队和第二区小队挑选19名机智勇敢的战士组成突击队，化装成木匠，每人携一把斧头，并暗藏短枪，事先乘夜埋伏在据点附近，瞅准机会迅速冲进据点消灭守敌。

2月23日深夜12点左右，突击队悄悄进入姜庄子村，隐蔽在与日军据点只一房之隔的一座破房子里。拂晓时，突击队员迅速接近敌据点，正碰上日军伙夫开门，那家伙一见我突击队员，拔腿就往外跑。储国恩当即指挥突击队员火速冲进据点。第一小组破门闯入东屋，趁日军还在睡觉，一阵利斧劈砍，10名日军全部被消灭。第二小组也火速冲向西屋，但刚冲进外屋时，遭到被惊醒的日军射击，战士张光寿中弹牺牲，进攻受阻。储国恩当机立断，命令冲进东屋的队员，用缴获的机枪向西屋扫射，第二小组的队员们乘机向西屋扔手榴弹，将大部敌人炸死。同时，其他同志也迅速消灭了西厢房的日军中队队长富藤和文书。激战中，西房套间里的四名日军，用掷弹筒打开后墙的假窗户，跑到了村西头伪军岗楼，硬逼伪军中队队长陈大毛护送他们逃向桃子据点。走到半路，陈大毛担心日军日后杀害他，趁日军不备，开枪打死三名日军，剩下的日军逃到桃子据点后，只说了一句"木匠用斧头把我们的人全砍死了"，就断了气。

这次战斗仅用 1 小时，就将姜庄子据点 30 多名日军全部歼灭，缴获炮 1 门，机枪 2 挺，步枪、短枪 20 余支，子弹、炮弹万余发和其他一些军用物资。

从 2 月 12 日到 23 日，文新县大队接连取得奇袭文安城，智取左各庄和姜庄子斧头战的重大胜利，冀中军区和第八军分区对文新县的"半月三捷"，给予很高评价，冀中区党委出版的《冀中导报》曾以"半月三捷"为题做了报道，延安《解放日报》也发表了消息。

冀中地道战*

旷伏兆　魏洪亮　刘秉彦

　　冀中的地道斗争和地道战，是英雄的冀中人民和人民军队在抗日战争中的一个伟大的创举。冀中的地道被人民称为"地下万里长城"，这是我冀中军民在平原改造地形的伟大工程，我们依托它粉碎了日本侵略军对冀中根据地的多次"扫荡"和"治安强化运动"，为夺取抗日战争的胜利，发挥了重要的作用。抗日战争时期，我们三人曾分别在冀中军区第六、九、十军分区担任领导职务，同广大冀中军民一起参加了地道斗争和地道战。

　　冀中的地道斗争和地道战，是同日军在开展交通战的基础上发展起来的，是交通战的继续和发展。地道斗争和地道战，是当时我军民保存自己、消灭敌人的有效手段。

　　为了保存自己，坚持斗争，地道斗争在冀中平原广泛开

---

　　* 本文原标题为《冀中的地道斗争与地道战》，收录时做了适当修改。

展起来。开始是干部和堡垒户挖地洞，后来群众也家家挖地洞，一般都是在自己家的院子里或屋子里挖个小洞，待敌人"扫荡"进村时，钻进洞里藏身藏物。这些地洞都是只有一个口的死洞，只能消极地躲藏，加上群众都挖地洞，有的不注意保密，敌人很快知道了我们利用地洞藏身坚持斗争的秘密。于是，敌人每到一个村庄，都用刺刀或铁棍在各家院子里、屋子里乱捅一气，四处寻找地洞口，一旦发现洞口，就往洞里开枪、灌水或放毒。因为都是只有一个口的死洞，洞里隐蔽的干部或群众，不是被打死、淹死、毒死，就是被抓去。为了改变这种消极隐蔽状况，解决既能"藏"又能"走"的问题，我们发动群众对地洞进行改造，创造了院院相通的多口地道。这种多口地道，就是把一家一户的地洞，通过地道连接起来，做到家家相通，院院相连，而且地道口都选择在政治上可靠的干部和群众家里的隐蔽地方，并都加以伪装。这样，死洞变成了活洞，敌人一旦发现了某一个洞口，我们的同志可以从另一个洞口逃出去。敌人从南街进村，南街的人便可通过院通院的地道向北街或东街、西街转移出去。如果街口同时有敌人进村时，也可从非正式的街口院通院的地道冲出去。

我们创造了多口地道，解决了"藏"和"走"的问题，但我们这一套慢慢又被敌人发现了，于是敌人又改变了进村"扫荡"的战术。敌人在包围村庄时，只限于包围有洞的几个宅子或村庄的某一个角落，并先偷偷地上房，一方面怕我们打伏击；另一方面居高临下，便于监视我们的行动，以便做长时间的搜查挖掘。这样，我们又遭受了不少损失。我们及时总结了经验教训，认为多口地道，洞口虽多，但洞身都较短，敌人如居高临下，我们仍不便于转移，所以洞身必须加长或有新的改进。

群众是真正的英雄。在斗争实践中，冀中人民很快又创造了由村里到村外的雏形地道和连环地洞。冀中平原的村庄一般较大，几百户到千户以上的村庄很多，而当时冀中的敌人兵力不足，一个据点平均只有五六十个到百八十个日伪军，敌人要想严密地包围整个村庄是很困难的。我们便抓住敌人兵力不足这个弱点，把院院相通的地洞，改进为由村里到村外的地道和"凹"字形的连环洞。冀中有些村庄，将主要街道在地下用"田""申""甲""中"字形地道连通起来，还有的地道从洞口进去一段后，往下挖一米多深，然后往前挖一米多长，再往上挖，便形成"凹"字形。这种地道，往下通的洞口，是用"预制构件"木匣子做成的，人下去以后，用手托着往前一推，就盖好了。预制的匣子里装的是土，随推力振动自然散平，与地道底部一样，从下面一推即可出来，出来后再盖上。在地道的旁边，还挖有泄水坑，有的还同水井相连。这样的地道能防毒、防烟、防水，敌人即使钻进地道，我们还可以在中间垂直的立壁上，通过枪眼观察敌人的动静，歼灭敌人。为了解决地道缺氧、通气和饮水问题，又把地道与地面上的建筑，如烟囱等巧妙地结合起来，作为通气孔。同水井连接的洞，既可排气通风，又可解决饮水问题。还有些地方是把院院相通的地洞改进为多层的连环洞，就是在洞下面或洞的另一侧，再挖一层或几层地洞，上下几层都有地道相连，这样洞下有洞，洞洞有地道相通，形成连环。如果敌人发觉或破坏了第一层地道，我们在洞里隐藏的人，便可以钻进第二层地道；如果敌人放毒气，我们可以把第二层的洞口堵死，让毒气进入第一层地道。为防止敌人往洞里灌水，挖地道时，多选择高低不平的地势，第一层地道挖在低处，第二、三层挖在高处，这样敌人往地道里灌水时，不等流到第二、三层，第一层就会涨满了水。敌人见水满了，就不会再灌了。我们还有计划地造了一些假洞，假洞一般设在与真洞相背的方向，以便引诱和迷惑敌人。敌人知道各村都有各式各样的地洞，所以进村抓住群众时，往往就逼着人们替他们找洞。有了假洞，群众便可用来迷惑敌人，掩护我们在洞里隐蔽的同志安全转移。

为了使地道做到既隐蔽藏身或便于转移，又能有效地打击杀伤敌人，冀中军民又对地道进行了大量改造。有的在大地道中又挖出许多小地道，敌人一旦进入大地道，我们的同志可迅速钻进小地道转移，或瞅准机会，从小地道冲出来，消灭进入大地道的敌人；有的在地道与地洞之间隔上一层土，当敌人钻进地道时，我们可以用铁器迅速打通隔土层，进行转移或给敌人以突然袭击；有的在接近地道或地洞口之间，挖一个陷阱，口上安置一块翻板，板底上放一根横梁，平时用横梁支着，人可以蹬着它自由出入。入洞后，把横梁抽去，敌人进洞时或到洞口搜查时，就会翻进陷阱被我们活捉。陷阱还有另一个作用：敌人发现洞口后，常在猪尾上绑上毒瓦斯筒，再往猪身上泼汽油，点燃放入洞中，以便把毒气放进洞里。地道口有了陷阱后，猪一落到翻板上，就会掉进陷阱里，毒气就无效了。有的还在陷阱里安上刀子，敌人跌入后可被刀子穿刺而死。有的地区还挖了连村互通地道。敌人如果包围了一个村庄，这个村的人便可通过地道转移到另一个村，或另外几个村的民兵游击队通过地道到这个村打击敌人。有的还把地道挖到敌人据点下，用来监视敌人的行动；或趁敌人离开据点去"扫荡"时，冲出地道捣毁敌据点。地道的不断发展和完善，不仅更加有利于我军隐蔽和转移，而且能有效地歼灭敌人。

团结的核心，战斗的堡垒 *

傅崇碧　肖　锋　曲竟济

磨河滩谱写"壮烈插曲"

晋察冀军区第四分区五团一连是个英雄连队，这个连队党支部是一个很有战斗力的基层党组织。连长、支部领导成员邓世军，15 岁就参加了工农红军，长征中参加过攻打腊子口、山城堡等著名战斗。抗日战争爆发后，红军改编为八路军，他又参加了平型关战役。邓世军同志向来作战勇敢，指挥果断，在激烈的战斗中身先士卒，后来成为晋察冀抗日根据地著名的战斗英雄。指导员王雄林和其他支部领导成员，也都是经过党的多年教育和艰苦战争锻炼的好党员。

---

　* 本文节选自《团结的核心，战斗的堡垒——晋察冀军区第四军分区连队党支部工作的回顾》，收录时做了适当修改。

一连参加百团大战前，用三个月时间进行了一次以加强基层党的建设，提高连队战斗力为重点的政治整军，通过学习和整顿，党支部的组织和会议、汇报、学习等制度更健全了，党支部成员和骨干进一步明确了职责，增强了责任心，并学到了开展工作的经验。党支部和青年队、救亡室等群众性组织的工作更加活跃，连队处处呈现出蓬勃向上的景象。党支部对全连进行了形势和任务教育，使干部战士明确抗日战争的形势与八路军在抗战中的地位和作用；面对日军大"扫荡"后焦土连片的农村，干部战士控诉了敌人的罪行，加深了对敌仇恨；全连同志学习了根据地涌现的抗日英雄和拥军模范的事迹，激发了争做抗日先锋的革命英雄主义精神。党员进行了"共产主义与共产党""共产党员的修养""危急情况下的模范党员"等党课学习，进一步增强了党性。在提高觉悟的基础上，连队开展了大练兵，干部战士提高了杀敌本领。1940 年 8 月下旬，政治整军刚刚结束，一连就接受了在百团大战中攻打磨河滩的战斗任务，全连上下无不斗志昂扬、奋勇争先。

磨河滩是正（定）太（原）路上的一个小火车站，但由于位于娘子关西侧，面对深阔的冶河，周围山势险峻，是一个军事要地，所以日伪军经常以 200 多人的兵力据守。在一连袭击的前一天晚上，敌人又从阳泉调来一些兵力，加强了这里的防守。一连的任务是把这股敌人牵制住，保障兄弟连队攻打娘子关，破坏娘子关的铁路和桥梁。

在一个漆黑的夜晚，一连向磨河滩进发了，路上突然下起夹带着冰雹的倾盆大雨。在雨夜行军中，党支部领导成员和党员骨干边走边开展工作，使参加这次战斗的 52 名干部战士，对连队担负的战斗任务做到人人心中有底。

在汹涌咆哮的激流冲击下，背着被雨水打湿了的背包的勇士们渡过了冶河。借夜暗和暴雨的掩护，他们摸进了靠近车站的磨河滩村，占领了距站房不远的四个大院子。此时，日军已进入梦乡。一连在进行战斗准备的同时，党支部书记就带领一些人对老乡展开宣传工作，很快把老乡们发动起来了。有的老乡给战士们烧水做饭，有的帮助找木板和梯子，有的和战士们一起在墙上挖枪眼，有的向干部介绍日伪军的情况，使一连迅速做好了战斗准备。

执行这次战斗任务，党支部研究确定的打法是：先以少部分兵力袭扰疲惫敌人，待敌人向我攻击时，再投入以逸待劳的兵力与敌拼杀，绝不让敌人有一兵一卒去娘子关增援。为了打好这一仗，大约晚 10 点钟，连长邓世军首先带领七名党员骨干袭扰敌人。当他们的手榴弹、排子枪打响的时候，恰巧东西两面兄弟部队攻击的大炮、重机枪、炸药包也轰响起来。敌人从噩梦中惊醒，乱作一团，慌忙进入战壕瞎打一通。此时，邓世军他们早已悄悄地回到村里，边吃着老乡做好的绿豆稀饭，边研究再次袭扰敌人的办法。他们就是这样，连续四次袭击敌人，迫使敌人在战壕里被大雨淋了一夜。

敌人发现一连的主要兵力就在村子里，便在猛烈火力的掩护下对一连发起了攻击。当休息了大半夜的战士们奋起迎敌时，邓世军带领的七名骨干又投入反击敌人的激烈战斗。在一次又一次打退敌人进攻的战斗中，干部和党员骨干总是以自己英勇作战的模范行动带领大家，以坚强有力的战场鼓动工作鼓舞大家。战士王纪心在政治整军时就表达了争取当一名共产党员的迫切愿望，所以在战斗中表现得十分沉着勇敢。他趴在屋顶上迎击敌人，已经消灭5个日本兵了，班长叫他下来休息，他不肯，老乡叫他下来吃饭，他不动，只好用绳子吊上去一些烙饼。他边观察敌人边吃起来。邓世军便爬上梯子去鼓励他，称赞他是神枪手："只要改掉平时出操上课吊儿郎当的毛病，就完全称得上模范战士了。"支部书记也抓紧机会鼓励他。他问支部书记："我战斗中像个共产党员的样子吗？"支部书记激动地说："王纪心同志，你是可以成为一名光荣的共产党员的。"这使王纪心感动得流出了眼泪。在这次战斗中，他消灭了十几个敌人。

战士们在敌人进攻面前越战越勇。日伪军每次进攻，都是在泥水中爬过来，丢下一些尸体，又从泥水中滚回去。这时，团里的通信员送来政委肖锋写来的信，告诉他们我军已占领娘子关，一连牵制磨河滩敌人的任务已经完成。并说，由于一夜暴雨，冶河洪水暴涨，支援一连的部队已无法渡河，要他们坚持战斗到晚上再设法撤回。党支部领导成员看完信以后，立即分头向全连宣读。连长、指导员问大家：

"能不能坚持到晚上啊？""能！坚决完成任务！"战士们用短促有力的声音做出了响亮的回答。

一连52名英雄子弟兵，同敌人浴血苦战到下午。这时，敌人突然从阳泉方向开来一辆增援的铁甲车，这预示敌人将要发动更疯狂的攻击。连长、指导员立即分头做组织准备和战斗动员，他们把党员和其他战斗骨干调配到重要的战斗位置上，并向党员提出，要准备经受最严峻的考验。不多一会儿，敌人铁甲车上的大炮和工事里的机枪、掷弹筒同时向村里射击，接着又施放了烟幕，在强大火力和烟幕的掩护下，敌人从三面包围过来。一连的同志们立即以机枪、步枪、手榴弹狠狠还击敌人，干部和党员骨干不时地喊着简短有力的鼓动口号："同志们，沉着啊！一颗子弹要穿掉他几个！""多消灭敌人，为人民立功！"这些鼓舞人心的口号，使战士们勇气倍增。当敌人冲上屋顶时，干部和党员骨干又以奋勇当先的行动，带领全连同敌人展开了白刃格斗。有的敌人占领了房顶，从房上往屋里扔手榴弹。我们的战士拾起敌人投来的还冒着烟的手榴弹又扔上房去，回敬给敌人。一连就是这样，以大无畏的气概又打退了敌人的四次进攻，打死打伤上百个敌人。在战斗中，指导员负了伤。

天色黑下来的时候，邓世军端起轻机枪，带领几名战斗骨干，掩护全连迅速撤出了阵地。当敌人发觉他们的行动时，恰巧隔河支援一连的火力也打响了，把拥过来的敌人压了回去。邓世军来到河边，看到负伤的指导员还背着两支步枪，不由分说地就夺了过来背在自己身上。他同指导员一起跳进冶河，指导员不会游泳，他就一只手划水，另一只手照顾着指导员。这时邓世军也负伤了，但是他仍然没放开指导员。战士们看到连长的榜样，也都互相照顾着，在洪流中拼尽全力往对岸游去，胜利地回到了部队驻地。

一连在苦战磨河滩的过程中，党支部和干部、党员以顽强的作风，积极开展活动，有力地保证了战斗任务的完成。

"麻雀战"

晋察冀军区第四分区五团十二连是个红军连队，这个连以敢打硬仗闻名。1939 年秋天，五团配合一二〇师部队，在陈庄打了个歼灭战，消灭日军 1000 多人，部队打出了威风，经受了很大锻炼。十二连在这次歼灭战中打得很英勇、很顽强，干部战士连续战斗三天，只吃了两顿饭，仍然奋勇与敌人进行白刃格斗，许多负伤的同志坚持不下火线。一班战士、共产党员徐文汇一人就打死了 6 个日本兵。连长康银寿边指挥大家，边同敌人格斗厮杀，被战士们称赞为"英勇杀敌的好连长"。这个连队给我们印象最深的却不是这些硬仗，而是这个连队党支部高度重视干部战士的经验和智慧，认真开展军事民主，充分发挥干部战士的聪明才智，开展"麻雀战"夺取战斗胜利的事迹。

那是 1941 年，边区军民的抗日斗争进入更加困难的阶段。日本帝国主义为了扩大侵略战争，急于想把华北变成其

"巩固的后方基地"，不断增兵华北，妄图摧毁我晋察冀抗日根据地。日伪军挖沟修路，大量建点筑碉，对边区分割封锁，逐步进行"蚕食"。这年的 8 月 13 日至 10 月中旬，日军又集中 7 万多兵力，采取"铁壁合围""梳篦扫荡""辗转剔抉"等所谓新战法，对我山岳根据地进行了为期两个月的空前残酷的"秋季大扫荡"。这次敌人"扫荡"，其战法有了变化。在这种情况下，反"扫荡"开始时，十二连一些同志摆不脱按老经验办事的习惯，总想同敌人硬打，感到打硬仗才痛快、解恨，不懂得用游击战的多种战法去消灭敌人，结果受到了一些挫折。

后来，他们学习和贯彻毛主席关于"军队应实行一定限度的民主化"的指示和晋察冀军区第四军分区有关大力开展军事民主的要求，每次接受战斗任务后，党支部都召开军事民主会，发动干部战士出主意、想办法，依靠群众智慧，打开抗日斗争的局面。不久，他们同十一连一起，在阜平县城南庄黄牙沟打了一个伏击战。由于战前发扬了军事民主，准备工作细致周到，又得到民兵的有力配合，激战不到一小时，就消灭敌人一个中队，打死打伤百余名敌人，缴获一批武器弹药。为了做到打一仗进一步，他们立即召开支委扩大会，发动群众总结战斗经验，研究今后的打法。打了胜仗，大家心情痛快欢畅，发言很踊跃，讲得很激动，都感到这次战斗打得干脆利索，原因主要是在战术上机动灵活，发挥了我军地形熟悉、有群众冒死支援、干部战士有高度自我牺牲精神等优势。讲到今后打法，大家认为必须更自觉地发挥我们的长处，更好地贯彻山地游击战的原则。机枪班班长郑海荣说："我看，在敌强我弱，鬼子依靠修路挖沟、建点筑碉对我进行分割、封锁，采取新的打法对我进行'蚕食''扫荡'的情况下，同敌人硬打不行。我们应依靠人民群众，同敌人展开'麻雀战'！"连长康银寿听到"麻雀战"三个字，立刻引起注意，感到这是进行山地游击战的好办法，我们应很好地学习运用"麻雀战"，把一部分兵力化整为零，并广泛发动民兵游击队，发挥我们地形熟悉，抗战意志坚定等优点和长处，东一枪，西一枪，白天打，黑夜打，就会打得敌人坐立不安。我们积少成多地消灭敌人，就可以积小胜为大胜。党支部研究认为，开展"麻雀战"应该更好地发挥党员的骨干作用，发挥神枪手的作用，搞好强弱搭配、新老搭配。

在这之前不久，团政委肖锋给军区聂荣臻司令员汇报作战情况时，聂司令员曾提到，不能看不起打小仗，"我们全边区约有 200 个县，每个县每天打死一个鬼子，一个月就是 6000 多，相当于一个旅团。"肖锋在十二连的支委扩大会上传达了聂司令员的指示精神，并热情肯定了他们的意见，使十二连的同志们很受鼓舞。

十二连很快把"麻雀战"开展了起来。一次，他们了解到驻沙河北岸大放口的敌人每天到河滩出操，排长陈涌泉就带着射击组埋伏在附近，出操的敌人列队来到河滩时，我们射击组的机枪、步枪便齐开火，敌人的 3 个指挥官倒了 2 个，日本兵也死伤一片。敌人还没来得及还击，我射击组早已悄悄转移了。在燕川北炮楼附近活动的我射击组，看见日军小队长要骑马外出，刚跨上马背，我神枪手"叭"地一枪，就把这个小队长打倒在地。敌人的头目被打死了，炮楼里的日军还不知枪弹来自何处。

十二连的同志们不仅用"麻雀战"消灭驻防的敌人，还用来打击"扫荡"的敌人。1942 年 8 月 28 日，有 2500 多名日军，分别由平山县的温都、建都口、古道出发，企图合击两岔山区。十二连奉命凭险疏散隐蔽在约 2.5 公里长、2 公里宽的山岗上。29 日，当敌人进到两岔山区时，我隐蔽在山岗上的战士便开火，打乱了敌人的阵脚。接着，全连分成七八个战斗小组，用"麻雀战"到处开火，声东击西，迷惑、打击敌人。敌人以为围住了我军主力，于是盲目地从四面八方调集兵力向山岗上猛攻，我十二连乘机转移。各方敌人攻上山时，才知道是自己打自己，死伤 160 多人。

五团很重视十二连的经验，为了使他们的经验在全团开花结果，把"麻雀战"广泛开展起来，他们从各连抽调了 100 多名射击技术好、熟悉当地情况的干部战士，组成 25 个孤胆射击小组，让他们经常钻到敌人鼻子底下活动，用冷枪冷炮偷袭、狙击、伏击敌人，打得敌人防不胜防。全团通过开展"麻雀战"，一个月就打死打伤敌人 400 余名。

十二连开展"麻雀战"的事迹，充分说明广大干部战士中蕴藏着丰富的经验和无穷的智慧。党支部通过有领导有组织的军事民主，把这些经验、智慧发掘和集中起来，就可以使作战指挥更周密、更正确、更加符合客观实际。发扬我军"三大民主"的光荣传统，认真开展军事民主，这是党支部发挥战斗堡垒作用的一个重要方面。

添彩增辉的"连队灯塔"

晋察冀军区第四分区三十团侦察连党支部，是个较好地发挥了团结核心和战斗堡垒作用的基层党组织。傅崇碧1944年从三十五团调到分区工作后不久，第一次下部队，就到三十团侦察连进行调查研究。他深深感到，这个连队党支部"一班人"很团结，模范作用很好，他们带领全连经常活跃在碉堡林立的敌占区，在同日本侵略军的殊死斗争中屡立战功，在大生产运动中也做出了突出成绩，曾被晋察冀军区授予"连队灯塔"的光荣称号。一提到这个连队党支部，我们就想起他们帮助落后战士李国瑞转变的事例。它生动地说明了，要发挥基层党组织的团结核心和战斗堡垒作用，支部领导成员必须怀着对战士深厚的阶级感情，以尊重战士、热爱战士、关心战士的态度，耐心地做好战士的思想工作。

李国瑞是河北省无极县人，1937年入伍，他在家打过短工，做过贩猪贩羊的生意，学过纸扎匠手艺。生活经历使他既仇恨剥削阶级和骑在人民头上的反动军政人员，又养成了好吃懒做、浪荡散漫的习气。在日伪军烧杀抢掠的逼迫下，他参加了八路军，但是一贯怕苦怕累更怕死，前后开过四次小差，战斗中总是畏缩不前。一次，部队到游击区活动，听说要打仗了，他吃肉后喝了几碗冷水，故意造成拉稀跑肚的症状，以此为借口，没有去参加战斗。在阜平的沟里战斗中，我军发起冲锋后，部队向南冲，他却往西跑，有意避开同敌人接触。在生产劳动中他怕出力，爱偷懒。他有点文化，懂的道理不少，嘴上讲得漂亮，但做起来却不是那样。他碰到不如意的事就讲怪话，人称"怪话大王"。同志们批评他，他满不在乎。班长、排长批评他，他说："你们管不了我，我大错不犯，不杀人不放火，你们枪毙不了我！"连里很多人都厌烦他，战士中流传着"李国瑞下山——顽固到底""李国瑞叫门——顽固到家""李国瑞吃饺子——顽固不化"等新编歇后语。

侦察连虽然是个先进连队，但也有突出的薄弱环节，主要是党支部领导成员不同程度地存在着管理教育方法简单生硬的毛病。有些党员骨干也歧视落后的同志，特别是看不起战斗中贪生怕死的人。很多同志不能以正确态度对待李国瑞，连里把他放到哪里，哪里都不愿要他，怕受他连累当不上模范班、排。李国瑞看到大家这样对待，感到自己是"破鼓万人捶"，越发"破罐子破摔"，常常说："给人印象坏了，一辈子也吃不开！"

李国瑞的转变，是以党支部领导成员思想作风的转变为前提的。1944 年 7 月，晋察冀军区政治部发出《关于巩固部队工作的指示》，要求对干部加强群众观点和肃清军阀主义倾向的教育，各级领导必须了解和掌握所属人员的心理情绪和思想变化。深入进行时事及革命人生观教育。10 月，中共中央晋察冀分局和晋察冀军区又发出关于军事政治整训的指示。我们四分区为了贯彻分局和军区的指示，分别举办了干部和党员骨干整风训练班。在整风训练班上，侦察连党支部的领导成员，深刻反省了个人的缺点错误，从阶级感情上检查了对待落后战士的态度，下决心要怀着关心、爱护阶级兄弟的情怀，耐心做好战士的思想教育工作。

回连后，他们把李国瑞作为主要教育对象，支部大会做出了不准讽刺、打击、排斥李国瑞，党员骨干要带头帮助李国瑞进步的决议。从此，他们坚持不懈地对李国瑞做了一系列思想教育工作。

指导员王竞生率先向李国瑞当面做了严格的自我批评，虚心征求他的意见，诚恳地指出了他的优点和缺点，鼓励他珍惜自己参加革命七年多的历史，努力争做一名好战士。开始李国瑞对指导员思想作风的转变还有些怀疑，后来从指导员多次同他接触中，感到这完全是真心实意的，心里很受感动。在王竞生同志带动下，全连干部和党员骨干都主动接近李国瑞，以平等态度同他个别谈心，诚恳地鼓励、表扬他的优点和进步，以和蔼可亲的态度诱导他认识自己的缺点和错误。

批评他的错误时，注意不用教训人的口气，不用"思想意识差劲""顽固不化"等讽刺挖苦的字眼，而是实事求是，既入情入理地帮助他分析缺点，又指出切实可行的改进办法。针对他爱讲怪话的毛病，大家除指出这种作风造成的危害外，还引导他有意见多向组织反映。对他提的意见，正确的领导就采纳，不正确的也做好解释工作。

党支部还努力创造条件，发挥李国瑞的长处，激发他的积极性。他爱学习时事，喜欢读报写稿，好接近群众，救亡室改选时，就选他当读报委员会委员、新战士的读报组组长、民运小组组员等。他有了一展所长的机会，上进的劲头就越来越大了。

在李国瑞进步的过程中，连里补进一个新战士叫李小墩，后来查明是受日本宪兵队派遣打入我军进行破坏活动的汉奸。到连队不久，他就和李国瑞拉上了老乡关系，经常向他散布瓦解抗日斗志的言论，进而还策动他携枪投敌。李国瑞立即将这个情况报告了指导员，使锄奸部门及时破获了这起案件。上级奖励了李国瑞，他很受鼓舞。当他在指导员王竞生启发下，认识到李小墩之所以单单看中了自己，原因就在于自己过去表现落后时，思想上又受到很大震动，从而进一步促使他下定了彻底改变落后状态的决心。打这以后，他要求自己更严格了。

正当李国瑞迫切要求进步时，连队在整风中开展了"坦白运动"。这是在学习提高、端正认识的基础上，运用批评和自我批评的方法，自觉检查缺点错误的活动。指导员王竞生鼓励李国瑞在这一活动中打头炮，起带头作用。他为了表明在整风中改造自己的决心，画了一张一个人拿着刀割自己尾巴的画，贴在墙报上。

在上整风课时，指导员王竞生经常帮助他联系讲课内容分析自己的缺点；他也经常找指导员帮助自己写反省提纲，还广泛征求其他同志的意见。连队召开"坦白大会"时，他第一个走上讲台发言，检查了自己的缺点错误，表明了抗战到底的决心，很激动地向全连提出了挑战。他的发言，使全场轰动起来，战士们一个个站起来响应他的挑战。在这一活动中，侦察连还向全分区所有的连队提出了挑战，在分区部队中造成了一个坚决抗战到底的挑战应战热潮。李国瑞又一次受到表扬和鼓励，要求进步的劲头更大了，决心要成为一名共产党员。

李国瑞的转变在全连起了很大推动作用，连队出现了先进的更先进、落后的积极要求上进的热烈局面。在李国瑞积极要求上进的事迹激励下，经过党支部帮助教育，原来比较落后的战士黄绍武、赵春和、王玉江等同志，也先后转变过来。

侦察连这个坚强的战斗集体，战斗力又有了新的提高。战士们说："灯塔连添彩增辉了！"

整风后不久，侦察连到封锁沟外执行战斗任务，李国瑞却被调去团部糊顶棚。要在以前，这正好是他逃避战斗的难得机会，可这次他坚决要求参加战斗。糊顶棚的活本来要干三天，他两天就完成了，第三天就赶到封锁沟外找到了连队，投入到激烈的战斗中去。在距敌堡很近的正定县西施村，侦察连打了一个漂亮的歼灭战，歼灭了敌人100余人。在这次战斗中，李国瑞表现得非常勇敢，在拼杀格斗中消灭了几个日本兵。在追击敌人一个机枪组时，敌人占领一座土窑，用机枪把李国瑞封锁在一道土坎下。正当李国瑞处于危险之中时，共产党员马振荣从另一个战斗地点跑来，绕至敌人占领的土窑后边，把敌人的火力吸引了过去。李国瑞乘机跃起，冲上土窑，用手榴弹消灭了敌人，缴获了一挺歪把子机枪。为了救援他，马振荣却负了伤。从马振荣的行动中，他看到了一个共产党员在战斗中应有的风格。

此后，李国瑞处处严格要求自己，工作积极，作战勇敢，不久加入了中国共产党，并当上了排长。

四分区的优秀共产党员们

抗日战争时期晋察冀军区第四军分区的基层连队中，有许多优秀的共产党员，他们有的是老红军，也有的是参加八路军不久的青年；有的是战斗英雄或劳动能手，也有的是全面模范；大多数出身于工农家庭，也有的是知识分子。这些无产阶级革命的先锋，都是抗日斗争的先锋、英勇作战的模范、执行命令的模范、遵守纪律的模范、政治工作的模范、内部团结统一的模范、艰苦奋斗的模范。

王德胜连长就是这些优秀共产党员中的一名老红军。他对部队要求严格，敢于打硬仗、打恶仗，干部战士都叫他"猛老虎"。他还练就了一手好枪法，曾为部队做过手枪、步枪和轻重机枪射击表演。1938 年 10 月，在一次战斗中，他奉命带领全连在柏兰镇阻击敌人。敌人发起第一次攻击时，他机智地指挥部队干掉了敌人的前沿指挥官，打乱了敌人进攻的阵脚。敌人改为从两翼进攻，他又和一排排长各率一个班，分头迎击敌人，硬把敌人压了下去。敌人改变了前进的路线，他就在敌人必经的道路上设伏。就这样，他们连续打退敌人七次进攻。统领这路日军的独立混成第四旅团大队队长清水恼羞成怒，挥舞指挥刀亲自督战，企图强行从我军正面防御阵地打开一条血路。面对张牙舞爪、蜂拥而上的日军，王德胜连长扔下军帽，挽起袖子，夺过射手的轻机枪，高喊："有种的上来吧！"愤怒的子弹便射向敌群，他一气打完五盘子弹，毙敌数十名。战士们发现他腹部中弹，鲜血染红了军裤，劝他去包扎。他却又装上一盘子弹，忍着腹部剧痛冲向阵地前沿，猛烈地向日军扫去。王德胜连长这种不怕流血牺牲、英勇作战的精神，极大地鼓舞了全连同志的杀敌热情。大家更加奋勇作战，只杀得日军在阵地前横七竖八地躺倒一大片。王德胜同志在这次战斗中为抗日民族解放事业流尽了最后一滴血。

　　在这些优秀共产党员中，还有一位善于做瓦解敌军工作的排长管计来，同志们都热情地称赞他是"战场宣传鼓动家"。1944年8月15日，中共中央晋察冀分局发出的《关于秋季政治攻势的指示》中指出：要将政治攻势和各种斗争结合起来，学会一手拿枪，一手拿宣传品，实行全面的武装宣传，加强对日伪军和伪组织的瓦解、争取工作。我们分区认真贯彻分局的指示，结合军事斗争，对日伪军展开了强大的政治攻势。管计来带领一个武装宣传小组，积极活动在游击区、敌占区。他们有时与地方配合，做伪军家属的工作，让伪军家属去劝说伪军改恶从善；有时利用夜暗做掩护，用广播筒向敌岗楼喊话，列出伪军的姓名、住址、经历和表现，点着名对伪军进行告诫；有时到敌人经常活动的地方去张贴或散发传单，宣传抗日形势，给伪军指明出路。有一次我军攻下敌人一个据点，管计来带领的宣传组抓住一个伪军司号员。经过教育，这个伪军表示再也不干坏事了，他们就放了他。后来我军攻打另一个据点，那个伪军司号员正好在这个据点给伪军头目当勤务员，他劝伪军头目放下武器，那个伪军头目不听，他一枪便打死了伪军头目，然后带枪反正过来。还有一次，管计来和另一个战士化装成送菜的老百姓，打入敌人据点。他利用与这个据点的伪军头目是同乡的关系，对伪军头目及其家属做了大量工作，使伪军头目萌生了反正的想法。后来又经过另外的渠道做工作，促使这个伪军头目带领伪军携枪反正了。在这段时间里，管计来所在部队攻打了8个日伪据点，管计来带领宣传小组做过瓦解、争取工作的据点就有4个，这四个据点都有伪军反正。

在被命名为"连队灯塔"的三十团侦察连，干部战士都称赞班长寇善卿是这座"灯塔"上一盏"最明亮的灯"。这位优秀共产党员，有坚定的抗战意志和高度的阶级觉悟，处处以合格党员的标准严格要求自己。练兵中，他冬练三九不怕风雪刺骨，夏练三伏不怕烈日暴晒。在勤学苦练、刻苦钻研中，他的战术技术动作越来越过硬，因此被评为练兵模范。在战斗中，他执行命令坚决，打得机智顽强，入伍五年参加战斗40余次，打死打伤敌人50余名，活捉伪团长、连长8名，因此被评为战斗英雄。在大生产运动中，寇善卿带领20多名战士，化装成农民，管理侦察连在敌碉堡附近开垦的400余亩土地。他们一面监视敌人，一面采取"月下播种、黄昏锄地、夜间灌溉"的方法进行生产，使麦子、谷子、棉花、蔬菜获得了丰收，超额1.8倍完成了生产任务。他们用自己的产品，换购来大批药品、布匹等物资，帮助团里克服困难。在这过程中，他们还同小股骚扰破坏的敌人进行了十几次战斗，毙伤敌数十名。由于完成生产任务成绩突出，他又被评为劳动模范。寇善卿就是这样处处做榜样，晋察冀军区授予他"全面模范"的光荣称号。

吴力前是这些优秀共产党员中的一位知识分子干部。他毕业于燕京大学，从延安抵达晋察冀边区后不久，被分配到王德胜连长的连队当指导员。他是一位出色的基层政治工作者，讲政治课，他把抗日救国的道理，党的统一战线政策，我军的"三大纪律八项注意"等，讲得形象生动，通俗易懂，很受干部战士欢迎。做思想工作，他循循善诱，耐心细致，情理交融，能说到大家心坎里去。由于他能团结人，能同战士打成一片，还经常坚持教战士识字学文化，又有较高的理论水平和政治工作能力，深受全连尊重。连队在柏兰镇执行阻击任务时，开始他负责转移伤员，王德胜连长牺牲后，他立即接替了指挥岗位。面对数倍于我的敌人，他组织全连沉着应战，多次打退了敌人的进攻。在与敌人肉搏时，他端着刺刀，高喊着："同志们，党考验我们的时候到了！"带头冲入敌群，一连刺倒 9 个日本兵，后因头部中弹而壮烈牺牲。

在这些优秀共产党员中还有一位"拐排长"，我们已经记不清他的名字了，但他的英雄事迹和崇高思想我们却永远难忘。那是在 1943 年的一次反"扫荡"中，敌人企图在平山县两岔口山区合围三十五团。当时傅崇碧在这个团任政治委员，他和团长命令一位年轻排长，带 1 个班守住木口山，掩护全团转移。这位年轻排长看了看包围过来的敌人，向政委和团长敬了个礼，坚毅地转过身去，拐着腿，带着 1 个班进入了山头阵地。原来，在不久前的一次战斗中，他的腿刚负过伤。很快木口山战斗便打响了。只见几路敌人，在飞机掩护下，不断向"拐排长"他们进攻。"拐排长"带着战士们英勇机智地阻击敌人，敌人在哪里上山，他们就在哪里把敌人打得翻滚下去。激烈的战斗一直从早晨打到天黑，部队和老乡都安全转移了，敌人也没突破他们的阻击阵地。第二天，团里去打扫战场，发现年轻的"拐排长"和他带领的战士们都流尽了鲜血，英雄们的身旁散落着他们摔碎的枪支。在"拐排长"身边还发现一张纸片，上面写着："党赋予我们生命和武器，我们定将生命和武器交付给党。二排的机枪在我身下的石洞里。"字的下边有"拐排长"用血按的手印。这位年轻的共产党员，就是这样把自己的生命献给了党，献给了党所领导的反对日本侵略者的伟大斗争。把一切献给党，正是这些优秀共产党员纯净而高尚的共同胸怀。

从众多的优秀共产党员身上，从这支很好的共产党员队伍中，我们发现他们对党员这个称号有着共同的理解，那就是共产党员即意味着更高的觉悟，更重的责任，更大的贡献，更多的牺牲。所以他们在战斗中总是冲锋在前，退却在后；平时总是吃苦在前，享受在后；遇到危险总是挺身而出；遇到困难总是带头克服。

平西游击战[*]

肖文玖　李水清　纪亭榭

1942 年，平西进入了抗战相持阶段最艰苦最困难的时期。当时最大的困难是极度缺乏粮食，部队常常几天见不到一粒粮食，只能以野菜、树皮充饥。平西人民看着子弟兵忍饥作战，心疼不忍，宁可自己不吃，也把仅有的一点粮食送给子弟兵。一天，紫石口村的一位 60 多岁的老大娘，抱着一罐黑豆，送到连队。干部战士婉言谢绝，老大娘说："你们收下吧！我已是快入土的人啦，活着也打不了鬼子，你们还年轻，不吃点粮食，怎么打仗!"感动得干部战士无不泪下。

为打破敌人的封锁，克服严重困难，适应对敌斗争的需要，我平西部队遵照党中央和中央军委的指示，采取了一系列重要措施。1942 年初，部队实行了"精兵简政"，平西改

＊ 本文节选自《京门烽火》，收录时做了适当修改。

编为晋察冀军区第十一军分区，黄寿发任司令员，肖文玖任政治委员，熊奎任参谋长，潘峰任政治部主任。第六团和十团已先后调出，主力团只有第七团和九团。团取消了营的编制，直辖6个连。同时开展大生产运动，减轻人民负担，改善部队生活。

军分区领导根据新的斗争形势，改变了过去集中主力待机打大仗的作战指导思想，采取长途奔袭、伏击阻击、化装袭击、里应外合、深入敌后等更为灵活的游击战术，积极拔除敌人据点。

根据敌情，分区要求部队组建武工队，深入敌占区活动。日军控制了蔚县桃花川各"联庄会"，并建立了大量据点，敌人自认为桃花川是他们的"巩固的占领区"。我第七团派出的武工队进入桃花川，经过一段时间的工作，在几十个村庄建立了"两面政权"。为打击敌人的气焰，我们的部队又首先攻克了黄土梁"联庄会"据点，俘"联庄会"会员30余人，缴枪28支。八路军来到桃花川，打开了黄土梁据点，对伪军和各"联庄会"震动很大，纷纷派人或写信前来联系。一天，北山地区一个较大的"联庄会"会首，派人送来一封信，大意是：听说贵军来到桃花川，我热烈欢迎，我也不愿受日本人的压迫，但又无办法，望今后多加联络，避免发生误会。第七团领导考虑，争取"联庄会"和伪军同情抗日，是开辟桃花川特别是北山地区的关键，于是决定由政委李水清亲自前去会见这个姓李的会首。恰在这时，得知上寺村村长要给儿子娶亲，准备邀请各"联庄会"会首和伪军头目前来赴宴。于是第七团决定利用这一机会，宣传党的政策，进行争取工作，并派武工队王队长找到村长，说明意图，取得了他的同意。

这天，李水清带一个排隐蔽在村内，留两个排在山口，身着便装的武工队员散布在喜棚内外。各"联庄会"会首和伪军头目陆续来到，姓李的会首骑着马，带着五六个护兵也来了。酒宴开始后，李水清突然走进喜棚，村长赶忙请到上座，喜棚里所有的"宾客"看见李水清身着佩戴"八路"臂章的军装，各个都惊呆了。村长急忙向前敬酒，李水清接过酒说："我是专程来为村长祝贺的，请大家一起干杯。"接着又说："我们八路军到桃花川来，是为了抗日，你们都是中国人，绝不会甘心当亡国奴，希望你们与八路军合作，共同抗日。只要你们不帮助日本人向我们进攻，我们保证不去打你们……"李会首率先站起，恭敬地说："你讲得太好了！我们一定照办，可是……黄土梁……"李水清立即回答说："那时候我们还没有联系，不知是你的人，那是误会。"李会首又结结巴巴地说："可是，那28条枪，还是……还是弟兄们出钱买的……"李水清当即回答："误会已经发生了，人，我们当场就释放了，枪嘛，三天以后，你派人到这里来取。"在场的许多人，发出一片赞叹之声。李会首十分感激："多谢首长，既然贵军这样关照，往后，我们当尽力效劳。"事后，我武工队果然得到了"联庄会"的掩护，很快又开辟了几十个村庄的工作。

为配合武工队的工作，我主力部队攻克了桃花川重要据点桃花堡，使桃花川与北山连成了一片。后来，又以3个连的兵力，攻克了蔚县八大镇之一的白乐堡，战斗不到一个小时，俘敌100余人，缴轻机枪2挺、步枪30余支，并缴获了大批粮食、布匹、食盐及部分药品。

战斗在平西地区南部的九团，也在1942年秋天，在涞水县单翅岭打了一次漂亮的伏击战。9月，日伪军2000余人，长驱直入，奔袭我军分区所在地富山口村，扑空后，就火烧房子，走一村烧一村，后来到蓬头村住了下来。军分区决定：在日伪军撤走时，必然要经过单翅岭，命令第九团在单翅岭东到般房一线设伏。第九团团长王振川亲自带领各连连长看地形，把全团6个连全部摆在从单翅岭到般房近五公里的北山上，同时命令特务连派出一个加强班占领单翅岭制高点。

上午8点，蓬头村火光四起，浓烟滚滚，敌人烧房啦！干部战士都清楚：敌人一烧房就是拔寨起营撤退的信号。敌人在我们视线内出现了，没有骡马辎重和重武器，一色的轻武器。受山区道路的限制，敌人是一路队形行进。我加强班的战士们看着敌人一个个从眼前通过，实在是手痒难耐啊！

过了一阵子，敌人已基本上进入我军伏击圈。团部命令加强班立即封锁岭头路口，团领导的意图，就是关起门来打狗。加强班用旗语报告已封锁路口后，五公里的大山沟顿时沸腾了。这一仗打得十分别致，全团几十挺轻重机枪打的都是点射，步枪也不像炒豆似的密集，既不打炮，也没有甩手榴弹。敌人被这突如其来的枪声惊呆了，他们万万没有想到我军在这里出现，待他们惊魂稍定，调整队形，集中兵力向东夺路时，我们的枪声密集了，小炮声和手榴弹声出现了。这一仗从上午10点一直打到下午2点，敌人遗尸200余具。

由于分区各部队连续出击，著名的如石门夜袭，大台奔袭，巧取清水据点，还有李家堡伪军反正，逼退大庙守敌等，使敌伪惶恐不安。日军为维系其军心，于1942年12月29日调集1000余人，对我分区和第七团团部驻地福山口、曹坝岗进行夜袭。当时只有二连留守机关，情况非常紧急，团长陈坊仁立即命令二连迅速占领曹坝岗北山松树岭，掩护群众和机关转移。松树岭山顶有一座古庙，几棵苍松，山的东西两侧是20多丈高的悬崖峭壁，只有北面一条路可以上山。上午8点左右，敌在猛烈炮火掩护下，向松树岭发起冲击。二连干部战士在两挺重机枪支援下，打退敌人数次冲锋。战至中午，敌伤亡惨重，正面进攻受挫，即以主要兵力向松树岭侧后迂回。此时，我机关和人民群众已经转移，第七团命令二连边打边撤。连长命令二排副排长李连山带领八班掩护全连撤退，八班顽强阻击正面进攻之敌，给敌重大杀伤。迂回松树岭侧后之敌，这时切断了八班的退路，李连山指挥八班与前后攻击之敌顽强战斗，一直战斗至下午4点，已弹尽粮绝，敌又号叫着冲上山来。全班欲拼刺刀，枪上已没刺刀了；想用石头打，石头被积雪封冻。敌人高喊："捉活的！"在此危急时刻，共产党员李连山高喊："同志们！砸断枪，跳崖！……"隐藏在对面山洞里的群众，亲眼看到五位勇士纵身跳下。

第二天黎明，战友和乡亲们在悬崖下找到了勇士们的遗体，李连山光着臂膀，几处负伤，双拳紧握，怒目圆睁，刘荣奎、宋聚奎手拉手躺在一起；邢贵满背靠峭壁安详地闭着双眼；年仅18岁的王文兴，眼上还绑着一块毛巾。八班的房东老大娘，满面泪水，泣不成声："大娘天天给你们烧洗脸水，今个儿，让大娘再给你们洗洗脸吧。"战友和乡亲们，怀着悲痛和崇敬的心情，隆重地举行了追悼大会，将勇士们安葬在松树岭下。1943年3月17日，由晋察冀军区聂荣臻司令员兼政治委员、萧克副司令员签署嘉奖令，号召全体指战员向五勇士学习。

1942年是平西地区军民战斗极其艰苦的一年，然而在全区军民的共同努力下，胜利地度过来了。

奇袭八公桥

潘　焱

1943年下半年，日寇一面加强对国民党当局的诱降，一面驱使伪军实行大规模的"扫荡""蚕食"，妄想变华北为其巩固的"兵站基地"。

10月12日，1.5万名日军带着数万名伪军，天上飞机、地面坦克，气势汹汹，直扑我冀鲁豫中心濮（县）范（县）观（城）地区。反"扫荡"开始时，我们避开敌人的锋芒，迅速跳到外线。敌人在中心区扑了空，各路伪军在日寇掩护下大筑据点，梦想摧毁我根据地。寿张的伪军占领我中心区东部的侯庙、莲花池；郓城的伪军刘本功部占领了东南的黄楼、朝城，伪军文大可部，占领了我北面的贾庄、虞铺。最严重的是国民党降将孙良诚所属第二方面军2个军，兵力约2万多人，控制了我中心区西南侧两濮（濮县、濮阳）之间的广大地区。其精锐第五军王清翰部更深入我腹地，侵占了濮县，并以此为中心，设置了强固的大小据点百余处。孙良诚亲率其总部进驻濮阳城东南的八公桥，坐拥雄兵，虎视眈眈。

这时，我军从东平地区返回内线，只控制着范县、观城之间方圆不过百余里的腹心地区，群敌环伺，形势极为险恶。为了迅速打开局面，恢复与巩固我冀鲁豫根据地，军区首长命我二分区作为返回中心区的前梯队，乘敌立足未稳，向寿张、朝城伪军伸入我根据地的据点发起进攻。11月6日、7日，我连克侯庙、莲花池、虞铺三处，全歼守敌。为了彻底粉碎敌人的"蚕食"，军区首长又召集了干部会议，讨论的中心问题是：如何将孙良诚这股伪军侵入我中心区的据点拔除，以改变整个严重局面。孙良诚部原是国民党正规军，公开投敌后，得到日寇和汪精卫的精心扶植，装备精良，战斗力较强，这次他们倾巢出犯，气焰嚣张。显然，干掉孙良诚就可使日寇失去锋利的爪牙，从而粉碎其侵占根据地的计划。

但是，怎么打呢？大家认为：敌人第一线的五军，是孙部精锐，工事坚固，又和我腹心区贴近，戒备必严。同时这里据点密集，兵力配备也强，不易迅速攻克，而且强攻据点，消耗太大，即使拔除几个据点，也不足以影响全局。因此，大家都主张采用掏心战术，以勇猛神速的动作，迂回到敌人背后，出其不意地将其首脑机关打掉。这样做，乍一看，比较冒险，但由于敌人兵力虽大，却分布较广，便于我集中优势打击其一点。敌总部率直辖的三十八师（2个团）

及特务团，集中于八公桥及其邻近的徐镇，南距仍为我控制的昆吾县境只 30 里，我们可以秘密从腹心区进入昆吾，接近八公桥。孙良诚公然敢率指挥部进驻我纵深的八公桥，正说明他自恃前有五军、后有四军大小据点拱卫，思想麻痹。这一带又地处两省交界，属于日寇华北、华中派遣军的接合部，日寇"扫荡"结束不久，各回原防，一时不易统一行动，目前正是我们反击的大好时机。我如突然打下八公桥，孙良诚所部势必动摇后撤，根据地是不难迅速恢复的。

经过一番热烈的讨论，杨得志司令员肯定了这个大胆的计划。他指出："奇袭八公桥，是摆脱被动力争主动、集中优势打敌弱点、破其一点牵动全局的一着好棋。只要我们能改变和避开不利条件、创造和利用有利条件，一定可以顺利达到战役的目的。这要靠大家共同努力。"

我二分区曾思玉司令员参加会议回来，兴冲冲地向我们传达了杨司令员的指示，大家都异口同声说："战役计划真妙！"

军区的战役部署是：我二分区的七团、八团主攻八公桥。鄄北、郓北、昆吾等县大队钳制八公桥外围据点，展开政治攻势，相机夺取。四分区十六团，五分区十九团、二十团等部，分别部署于八公桥西侧，濮阳至东明一线，对付敌第四军，并提前行动，攻打敌人后方的据点——两门镇，以吸引敌人西援，减轻对我主攻部队的压力，战斗打响后，则阻击可能来援之敌。三分区三十二团、回民支队带领中心区各县区武装、民兵，在濮县一带袭扰，牵制敌五军，不许其回援。

领受任务后，我们分区的几个负责同志在战术方面又做了深入的研究。大家认为要出奇制胜，必须做好四件事：一是向部队讲清形势，做好政治思想动员工作；二是确实掌握敌情；三是严守秘密；四是造成敌人的错觉。最后一条非常重要，正如毛主席教导我们的："错觉和不意，可以丧失优势和主动。因而有计划地造成敌人的错觉，给以不意的攻击，是造成优势和夺取主动的方法，而且是重要的方法。"根据这些，我们做了严密的布置，首先派侦察股股长丘克难同志前往昆吾县，配合县委，侦察八公桥及徐镇的敌情。同时，故意把分区的指挥机关和部队从范县以南的腹心区移向东南方向，驻于鄄城北面的刘楼，远离孙良诚的部队，做攻坚战准备工作，并派出侦察员和小股部队向东，到郓城、刘口、肖皮口等敌据点附近活动，造成我军有攻打刘本功的声势，以迷惑孙良诚，给他们来个"声东击西"。

那些机灵的侦察员，各显神通，使用了种种巧妙的办法，把消息传到据点里去。有的找到伪乡保长，故意恫吓说："我军在这一带集结，走漏了消息要找你们算账！"有的告诉来往于敌占区的商贩："你看到了我们部队在造梯子，可不准告诉敌人！"有的把敌哨兵抓来，详细讯问据点的设防情况，然后又故意让他逃回。政治部主任尹斌同志并让敌工科科长通过内线关系，把假情报直送到刘本功的指挥部。

散驻各村的部队同时展开了热烈的练兵运动，日夜擦枪磨刀，练习登梯拼刺。这一来，刘本功紧张极了，连忙收缩部队，据点周围都设上双岗，还拼命向各地伪军喊叫求援。

这时候，丘克难同志派人送来一封信，详细报告了八公桥那边敌人设防的情况，最后说："敌人本来天天向乡保长要伕子赶筑工事，最近听说我们要打刘本功，伕子也要得不紧了，围墙只筑了一丈多高。"显然，我们这一着奏效了，使敌人产生了错觉。于是，我们悄悄将指挥机关和部队向孙良诚靠拢，准备随时出动。

11 月 14 日，十六团在八公桥侧后的两门镇打响了。这是战前预定的一步棋，按照计划，把八公桥附近的敌人调出西援，那么我们就可以更无顾虑地立刻投入攻打八公桥的战斗。大家集中视线于徐镇，焦急地等待着情报。

第一个侦察员回来了，说敌人毫无动静。

第二个侦察员回来了，还是不见敌人有什么动静。

难道敌人看破了我们的意图？大家心里暗暗着急。直到第二天下午，丘克难同志才带着几个侦察员骑着自行车，满头大汗地赶回分区司令部驻地葛庄。一进门，他就兴高采烈地嚷道："两门镇歼灭了敌人 2 个连，徐镇敌人 1 个团已经增援去了！"

敌人终于听从了我们的指挥！

一切条件成熟。曾思玉司令员用红笔在地图上"唰"地画了一条长长的弧线，目光闪闪，微笑着说："出发！"

一夜小跑，直插西南。绕了一个不小的圈子，避开敌五军的占领地带，16 日拂晓，到达了黄河故道大堤边的火神庙。这里距八公桥仅 40 余里。

这时，曾司令员、尹斌主任都分头到各团进行战前动员。我受命去和昆吾县委联系。

昆吾县，是濮阳以南、黄河北岸、河堤与河道之间的十几里长、几里宽的一块狭长地带，由于地方党在这里工作基础好，群众都已发动起来，敌人一直无法立足。因此，昆吾县至今还被我们控制，借它沟通着我中心区与西南面六、七分区的联络，而这次又成了我们的情报基地，也是隐蔽接近敌人后方机关的一条安全走廊。

没等到我去，他们就先找上门来了。县委的同志们一个个腰插短枪，虽然是风尘满面，却都精神抖擞。我把当前情况和作战意图向他们谈了谈，提出部队需要几个向导，县委书记立刻答复："向导有的是，早带来了。""还有 100 副担架。""准备了 200 副。参谋长，还要什么，请快说！"

我激动地握着他们的手说："你们辛苦了！你们做得很好，对这次战斗的进行起着重大作用。"

正说着，跑来一个民兵，小伙子一进门就向县委书记报告："敌人今天还是一点动静也没有，只是昨天日头落时看见一辆小汽车开往开封去了，说不上坐的是啥官儿。"

16 日下午 4 点钟左右，部队从火神庙出发，沿黄河大堤继续西进。走了 20 里，到陈寨，部队跨过大堤，直向正北飞速前进。这时，太阳西下，天色渐渐黑下来，陡然狂风大作，卷起一阵阵黄尘。我们逆风而行，眼睛都睁不开，跨一步要费很大劲。最苦的是梯子组，他们要抬着数丈长的木梯，顶风前进，一个个都在喘着粗气，但还高声喊着："真是孔明也借不来的好风呀！敌人准保伸腿睡觉哩，同志们，加油……"还有的念起快板来："顶着风头往前钻，把孙良诚的老巢连锅端……"一边念，一边"呸呸"地吐着吹进嘴里的泥沙。

午夜时分，赶到八公桥，部队进入预定位置，指挥所设在史家楼。刚挂上作为指挥所标志的红灯，各团通信员就来报告："部队接近外壕，准备好了！"这时，曾思玉司令员早到突击部队去了。一打仗，他总是在前边直接指挥部队。

战斗进行得非常顺利，七团三连战士们从东北角越过外壕，翻过围墙，打开寨门，后续部队一拥而入。直到此时，敌人才发觉，可是已经被我们的战士堵在碉堡里动弹不得了。17日上午9点左右，歼灭伪二方面军首脑机关八大处的捷报，就到达了指挥所。接着，我们打开了顽抗的敌兵工厂和街心大碉堡，把敌特务团的2个营全部歼灭了，活捉了伪二方面军参谋长甄纪印。一问，才知道，15日下午开出的小汽车里，坐的正是孙良诚。这回算他运气好，漏网了。甄纪印这个"参谋长"对着我们一口一口倒吸冷气，连声絮叨着："真想不到，真想不到……"敌人确实想不到我们会打到这里，直到下午，濮阳的敌邮差还到八公桥送信来呢。

打下八公桥，我们又横扫了保安集、王郭村等据点，并伏击歼灭了东明方向援敌的 2 个营。一个胜利接着一个胜利，声威大震。敌人全军惶惶不可终日，濮县伪五军慌忙撤退，猬集于濮阳、柳下屯一带。当我们返回中心区时，濮县周围也无敌踪了。孙良诚不仅没有占到地盘，倒输了老窝。我冀鲁豫根据地反比敌人大"扫荡"前更加扩大了。

地道奇观[*]

杨成武

    1945 年新年伊始，我们冀中军区来了一位特殊人物。此人身材肥大，蓝眼珠，高鼻子，头扎白毛巾，身穿冀中老百姓的土布褂子，看上去显得很滑稽，也很气派。

    他挺胸走到我的面前，用夹带异腔的中国话说："将军！见到你，我感到十分荣幸！"随即"啪"的一声，两脚一并，行了个举手礼。

    "盟军观察员艾斯·杜伦中尉。"翻译向我介绍说。

    我握住他的手，笑道："欢迎你，杜伦先生！我们这里，条件可不好噢！来，洗把脸，休息休息。"

    杜伦把头上的毛巾抹去，露出黄头发，洗完脸之后，坐了下来，刚呷口茶，就放下茶碗，朝我跷起大拇指，说："将军，想不到你们八路军的指挥员都这么年轻！顶好！

   * 本文选自《杨成武回忆录》，解放军出版社 2014 年版，收录时做了适当修改。

顶好!"

听得出，杜伦的语调里既有惊叹和恭维，也有轻视和怀疑。我笑问："杜伦先生此次来，有什么要求吗?"

杜伦掏出一块白手绢，使劲抹着下颌和脖子，声音很响地说："日本不行了，我们美国有力量。我们要在中国的渤海岸登陆，要在冀中实施空降，把日本人赶下海去! 将军，我想看看你们的部队，了解你们在平原上是怎样和日本人作战的。我还想到保定飞机场，到天津杨柳青铁桥看一看，以便叫我们的 B－25 轰炸机来轰炸。总之，我要到最危险的地方去冒冒险!"杜伦说到美国的轰炸机时，大概是因为激动，情不自禁地把一只手高高举起，食指伸出，指向屋顶，颇为自豪。

我告诉他，欢迎他去参观冀中军区的部队，如感兴趣的话，还可以钻钻冀中平原的地道。但是，保定机场和杨柳青铁桥那里是日军占领区的腹地，也是他们重兵驻守的目标。去那里，一旦被日伪发现，那就难保平安。要相信日军对于生俘一个美国军人是非常感兴趣的。也许，日本人的耳目已经侦知他的到来了。

"喔?"杜伦一惊，喃喃地说，"对的。对的。还是不去好，不去好!"少顷，他用英语向翻译叽里咕噜地说了一通。他说得很快。有时还把两手摊开，肩头一耸，做出一个无可奈何的表情。

翻译把他的意思告诉了我：杜伦认为，日本陆军的攻击能力是世界一流的，只是稍次于美军而已。在这样的大平原上，装备简陋的八路军不但能站住脚，而且还能不断歼灭日军，实在不可思议。在重庆时，蒋介石的将军们曾说：八路军就是那么几个人，那么几支枪，打几下就跑，没多大战斗力。对这类说法，杜伦半信半疑。我要翻译告诉他，我可以和他谈谈敌后抗战的情况。至于八路军的战斗力如何，请他亲眼看一看，就会得出自己的结论。

当天，在大官厅村，由我出面宴请了杜伦。饭后，夕阳西沉，我们召开了"欢迎杜伦中尉晚会"。当我把杜伦中尉介绍给出席欢迎晚会的军民们时，会场上响起了热烈的掌声。杜伦激动地挥起胳膊，不停地大声喊："哦——谢谢！谢谢！共产党、八路军是顶好顶好的朋友！"他那美式中国话，引起会场上一片善意的笑声和更加热烈的掌声。

第二次见到杜伦的时候，我向他介绍了我们坚持敌后抗战的一些情况和体会。杜伦对此挺感兴趣。我说，我们将毛主席关于持久战的战略方针，作为我们敌后斗争的指导思想，不管在山地、平原、湖泊、河流，我们都广泛地开展群众性的游击战争。我们以游击战为主，但不放过有利条件下的运动战，目的是歼灭敌人。同时在敌后牵制住日军力量，不让他们向正面战场的国民党军队进攻。

我谈到我军既敢于在敌重兵围困之下坚决打击敌人，又讲究斗争的艺术，坚持积小胜为大胜的原则，首先打击对群众危险最大的日军和铁杆汉奸。为此，冀中军民创造了"挑帘战""院落伏击""捕捉战"等多种战法。他两眼生光，脸颊泛红，不断地竖起大拇指。

我又谈了我们在冀中平原开展地道战的情况。杜伦对此感到很神秘，大概是想得点感性知识吧，他跃跃欲试地说："将军，我想去钻钻地道，如果您许可的话。"

我笑道："当然可以。"

我把周自为同志找来，让他陪同杜伦中尉去钻几个地道。后来我听说，杜伦钻地道时倒还能吃苦，那么个大高个子憋在低矮的地道里，始终不退缩。他好提问，地道里的一切设施他都要问问。钻出地道口，看到挂着的高粱穗子，他都感到好奇，问那是何物。过了几天，他再次见到我时，大谈观后感，一方面称赞这种地道修建得巧妙，另一方面却对这样的"土地道"能否抵挡得住日军重火器的攻击，持怀疑态度。

地道战，是英雄的冀中人民在粉碎日军"驻屯清剿"斗争中广泛开展起来的，他们有了许多新的创造。

"五一大扫荡"前，冀中人民群众在斗争中就挖了许多土洞和地窖，以防日军杀人抢劫、凌辱妇女。"五一大扫荡"后，随着斗争的日益残酷，我党领导人民把简单的土洞和地窖发展成各家相通、环绕全村的地道，然后又发展成村村相连的地道网。冀中全区到底有多少地道，没有仔细统计过。在战争最残酷的岁月里，冀中人民以英勇的战斗精神和无穷智慧筑起一道"地下长城"，化无险可守的平原为抗敌要塞。

但是，当时地道还存在不少问题，关键是只能隐蔽自己不能攻击敌人。另外，如何对付敌人的火攻、水攻、烟攻、毒攻、挖掘，以及我们的照明、防病和吃喝拉撒睡，都是亟待解决的问题。为此，军区对地道进行了考察，我带周自为和阎佐三等同志先后去过任丘、蠡县、大城、饶阳、安平等县，冀中平原最好的地道和最差的地道我都钻过，了解到大量情况。

考察后，我写了一本两三万字的小册子，即《冀中平原上的地道斗争》。在这本小册子里，总结了各地的经验，强调要把隐蔽性地道和战斗性地道结合起来，成为一座既能保存自己，又能消灭敌人的地下堡垒。这本小册子还探讨了地道战的战术问题，集中群众智慧，列举了解决在地道中生存、战斗的许多巧妙办法。阎佐三同志为这本小册子画了地道构筑图。林铁、金城、罗玉川等同志补充了许多好意见。《冀中平原上的地道斗争》作为秘密文件油印下发了。

后来，在各级党组织的领导下，人民群众把发展地道与改造地形、改造村落结合起来，形成了"天地人"（房顶、地面、地下）三通，沿村、街道、院内各三层的纵横交叉火网，再以野外地道为纽带，把村庄、野外的地道组成一个连环作战阵地。既可打村落战又可野外出击，既利于小分队活动也利于大部队集结，可防可攻，还可以依托四通八达的地道，封锁敌人的岗楼和据点。

如今，日军以重兵突袭皮里村。那里的地道能不能经受住考验呢？杜伦中尉不相信我们"土地道"能对付日本人的进攻。现在，这位有"冒险精神"的美国军人已经身陷其中了，他情绪如何，是安是危？

　　事后，我才知道详细情况：敌人突然奔袭边关村，魏洪亮和王道邦同志决定趁夜转移到边关附近的皮里村去。可是杜伦不赞成，他对九分区作战科科长雷溪说："请告诉司令，对这个决定我很有意见！既然转移就应该转移到大炮射程以外。皮里村离这里只有几里，大家的生命安全仍然没有保障。"

　　魏洪亮同志仍在发烧，两脚肿痛，不能骑马，只好坐在担架上指挥转移。他要雷溪同志向杜伦解释：日军的伎俩，我们早已摸透，突然奔袭不足为奇。皮里村的地道是双层的，安全可靠，叫他尽管放心。

　　"上帝！那种土地道。"杜伦连连摇头，背起自己的卡宾枪和左轮手枪，嘟咕着跟他们走了。

　　到达皮里村已是后半夜。高存信和马振武同志陪同杜伦来到卢大娘家里。卢大娘见来了八路军和盟军朋友，高兴地捧出花生、柿饼招待客人，把热炕让给杜伦睡，杜伦的情绪才好了些。他握着大娘的手，连声说："谢谢！谢谢！"

　　拂晓时分，六七百日军忽然把皮里村团团围住了。原来，日军确实得到了盟军观察员到达九分区的情报。辛中驿据点的敌人赶到边关，挨家挨户一搜，没见到美国人和八路军，河间的敌人则直扑皮里村来了！

魏洪亮和王道邦同志立即决定让杜伦下地道。高存信同志急忙把正在呼呼大睡的杜伦叫醒。杜伦一听有情况，睁开惺忪的睡眼，"嗷"的一声蹦下地，慌里慌张地就要往外跑。警卫员赶紧拉住他，告诉说村外都是敌人，要赶紧下地道。接着，他们按卢大娘指的方向，往壁画后面夹皮墙上的地道口钻。不想杜伦身子肥大，下到一半就卡住了。正在这时，村里响起了枪声，可杜伦的身子把洞口堵得死死的，上半截还露在外边，急得他"上帝、上帝"直叫唤。高存信他们一急，推的推，拽的拽，硬是把他送进了地道。

刚把杜伦送入地道，院子南房顶上就传来了哗啦啦的声音。卢大娘惊叫一声："鬼子上房了！"

"大娘，快下地道！"高存信同志举起手枪，向南房顶上开了几枪，敌人在上面惨叫着，随即"啪！啪！啪！……"往下连打了六枪。

卢大娘把高存信他们死命地往洞里推，用变了声调的沙哑嗓子喊着："他们要抓你们，快！你们先下！我不要紧。"

高存信他们刚进入地道，日军就冲进院子里，把卢大娘捉住了。

在魏洪亮和王道邦同志的住处，敌人上了东屋房顶，正要对准他们住的北屋射击，警卫员张建祥急速地操起枪从窗眼向房顶打去，两个日本兵连人带枪栽了下来。魏洪亮、王道邦和雷溪同志便乘机钻进了夹墙里的地道。敌人拥进东屋，一串子弹打得他们鬼哭狼嚎，这是东屋的同志从"翻眼地道"的射孔里打的枪。这种地道挖下去又翻上来，成为凹字形，墙角或其他隐蔽处都有枪眼，既能向外射击，又不怕敌人用水灌。敌人转而扑向北屋，这时北屋的同志也从"翻眼地道"里向他们射击。就这样，东屋和北屋的交叉火力，打得敌人在院子里团团乱转，纷纷倒地。

这时，分区机关和直属队100多人以及全村100多户群众全都下了地道。敌人在村里伤亡不少，却又找不到一个八路军，大为恼怒，他们到处放火烧房，寻找地道口。

在卢大娘家的院子里，敌人发现了一个洞口，可是谁也不敢下去，硬逼卢大娘说出八路军的下落以及地道里的情况。卢大娘一言不发。日本军官勃然大怒，用战刀剁去卢大娘四个手指头。

日军军官的号叫，卢大娘令人心碎的呻吟，雷溪他们都听到了，他们再也忍不下去了。蓦地，他们从地道口猛虎般跃出来，冷不防地开枪，把日本兵撂倒了好几个，剩下的日本兵见势不妙，掉头就跑。雷溪同志趁机扑到炕边，抱起卢大娘。等大群敌人重新扑来时，雷溪他们已经带着卢大娘钻进了地道，在地道里为她老人家包扎伤口。

由于皮里村的一个奸细告密，日军一下子发现了四个地道口：一个是杜伦钻的那个地道口，一个是魏洪亮和王道邦同志钻的地道口，两个是分区的侦察科和侦察排同志钻的地道口。于是，他们便不择手段地破坏地道：烟熏、水灌、挖掘、施放毒气。

杜伦在地道里紧张极了。终于，他坐不住了，要雷溪同志领他去见司令员魏洪亮同志，说是有话要当面跟司令说。好在地道是相通的，雷溪同志答应了，并递给他一根照明用的蜡绳。这是用艾草搓成的，曾在融化的黄蜡里浸泡过，耗氧少，点着后不容易灭，只要一摇晃就能把周围照亮。

魏洪亮同志脚坏了，站不住，正在地道里爬来爬去，指挥大家与敌人来回地争夺地道口。日军逼着一个伪军下地道，被我们的战士王景芳一枪打死了，那家伙又被拖了上去。紧接着，敌人心生毒计，用绳子捆住一个村民，强逼他到地道里来侦察。可这人一下来，就被我们的同志认出是卢洛为大伯，马上给解救了，敌人拉回的只是一根轻飘飘的绳子。日军发狂了，便施放毒气。

当冒着浓烟和火星的瓦斯筒扔进来时，警卫员陈学曾一声喊："同志们，往里去!"他自己扑上去，抱着瓦斯筒冲到洞口，奋力扔出洞外，吓得院子里的日伪军，捂着鼻子乱跑。几乎是同时，皮里村的党支部书记从另一条地道钻过来，马上把洞里的防毒帘放下来，接着又把晕倒的陈学曾同志背到通风的地方。地道里又暂时平静下来。

杜伦见到魏洪亮同志，想尽量装得镇静一些，但是那声音仍然有些发抖："司令，情况怎么样?"

"不要紧。"魏洪亮同志坐了起来，亲切地安慰说，"我们司令部还在。"

"司令！"杜伦把肥胖的身子挪近魏洪亮同志，试探地说，"你把我交给日本人吧，那样，他们马上就撤退了，你们也就没有危险了。"

魏洪亮同志一听，正色道："杜伦先生，你想错了！我们进行的是正义的战争，凡是同情和支持我们的，都是朋友。共产党、八路军光明正大，不会做出卖朋友的缺德事。有我们在，就有你在。我们可以保证，你不久就会回到延安的！"

杜伦听了，既感动又尴尬，赶紧改口问："你们伤亡怎么样？"

魏洪亮同志回答说："这种地道战，往往是我们伤亡很小，日本人伤亡很多。"

"噢！顶好！顶好！"杜伦像吃了颗定心丸，又返回到自己原来的位置上去了。

日过正午，战斗仍在进行。来突袭的 2000 多名敌人，一部分正在外围与八、九分区的部队作战，一部分仍在皮里村里四处挖掘，寻找新的地道口。

黄昏时，日军想溜，可魏洪亮、王道邦他们把敌人死死拖住。四十二区队接到出击命令，战士们把棉衣脱了，从很远的地方跑步赶来。这个区队最善于拼刺刀，一冲进皮里村，就与日军刺刀见红，杀得敌人鬼哭狼嚎。几个县的游击大队和区小队在地委书记陈鹏的指挥下，也赶到皮里村外，四处打枪。边关村的民兵和扛着锄头铁叉的群众也来了，敲锣打鼓，把敌人搞得草木皆兵。敌人抵挡不住，狼狈地向河间方向逃窜。杨栋梁率领的三十四区队派了一个连，躲在半路上打伏击，又打得日军丢盔弃甲，扔下不少死尸，剩下的敌人这才逃回了据点。

皮里村地道战胜利结束了。敌人伤亡了几百人。杜伦钻出地道，亲眼看见村里横七竖八的敌人尸体，惊叹不已。

他见到我，头一句话就说："将军，好险啊!"接着他又说："冀中的地道是万能的，冀中的老百姓顶好顶好，中国一定胜利!"

进军雁北　挺进绥东

王　平

1945年4月12日，中共中央晋察冀分局向全区发出指示，指出根据党中央和毛主席的指示，当前扩大解放区的主要发展方向，应放在热辽与雁北地区，要求冀晋、冀察两个区党委，应加速开辟平绥路两侧的工作，大力解决开辟地区所需的干部与武器问题，并提出5月10日以前，各地应把利用青纱帐期间开辟工作的干部和部队抽调齐全，切实解决好物资供应问题。按照上级的指示，我们冀晋区党委认真研究了雁北各方面的情况，一致认为，在5月的夏季攻势作战中，重点是发起雁北战役。

当时，敌人盘踞在山阴、应县、浑源、广灵和桑干河沿岸的两道"蒙疆确保区"的封锁线上，包括怀仁、大同、阳高等，整个地区共有87个据点。在这一地区驻有日军3600余人，伪军4000余人，还有大同煤矿的矿警400余人，从归绥（今呼和浩特市）增援来的伪蒙军500余人，敌人总兵力 9400 余人。

为了集中兵力打好这一战役，我们决定，第二军分区四团、四十三团，第三军分区二团，第四军分区三十团，第五军分区六团、三十五团，浑源、应县、山阴、灵丘、代县、繁峙 6 个县支队和 3 个武工队担任主攻。调第三军分区的二团、第四军分区的三十团进入雁北，协同已在雁北的六团、三十五团和各县支队作战；第二军分区的四团和四十三团一部进入代县、崞县、五台以北地区作战；冀西和正太路、同蒲路等方向的部队，则继续挤退敌人，向敌占区伸展。战役发起前，赵尔陆司令员先行到灵丘县东河南建立指挥部，我因兼区党委书记并正在指挥南线部队作战，所以后来才到达雁北。

5 月 12 日，冀晋军区和冀察军区同时发起了夏季攻势作战。就在这一天，我冀晋军区也展开了雁北战役，我各主力团和县支队，立即分别从桑干河南岸、浑源、应县南山出击，向同蒲路北段、岱岳至怀仁间，平绥路大同至阳高间，应县至浑源间，浑源至大同、浑源至广灵间，应县至怀仁间的敌人发动猛烈攻击。各主力部队和县支队，在武工队和民兵配合下，攻打据点，破坏交通，炸毁桥梁，破铁路，翻火车，割电话线，摧毁伪村公所，夺取日伪的粮库。霎时震动了雁北大地。

为了便于作战指挥，在战役进行过程中，我们把雁北的部队编成 3 个纵队，第五军分区六团和大同、阳高支队为第一纵队，由五分区副司令员罗文坊和陈一凡指挥，作战地区是平绥路南，浑源、广灵线以北，桑干河西岸地区；第五军分区二团、三十团、三十五团和应县、灵丘、浑源支队以及山阴武工队为第二纵队，由五分区司令员陈坊仁、政委马天水、副参谋长刘苏指挥，作战地区是广灵南村以西到山阴城地区，重点在浑源和应县境内。第五军分区四团、四十三团一部和繁峙、崞代支队、五台支队组成第三纵队，由二分区司令员曾美指挥，主要是围攻沙河、繁峙、代县、崞县、五台地区的敌人。

5月13日，第二纵队开始向敌人发起攻击。三十五团首先对应县小石门据点发起猛攻。当时，我军既无大炮又无炸药，只靠机枪掩护爬梯登城，攻上城墙，但没拿下碉堡，伤亡很大。攻坚作战失利，只得改为围城打援。但围了几天没见敌人增援，据点里的敌人也不敢出来，围城打援也没有成功。因此，5月22日，三十五团和应县支队改以小部队向敌纵深发展，主力部队则转向应县城以南的南泉围攻据点。在伪军内部关系的接应下，这个据点的伪军中队长率部反正。当夜，三十五团又派出小股部队化装成"伪军"，在刚刚反正的南泉据点伪军配合下，一夜之间，不费一枪一弹，连续拿下了安东峪、胡峪口、茹越口几个据点。

5月下旬，第三十团和第三十五团集结到浑源和应县之间，向敌人发起猛烈攻击，连续拔除了内长城边缘敌人数个据点。接着，三十团团长陈信忠亲自率领曾荣获"战斗模范连"称号的二连，赶到应（县）浑（源）公路的应县东寨乡路段设伏打援，他们刚埋伏好，应县方向就有日军1个小队和伪军3个中队押着100多辆大车，顺着公路过来。当敌人进入我伏击圈后，陈团长一声令下，二连指战员突然发起攻击，机枪、步枪、手榴弹一起向敌人猛打、猛投。日伪军顿时被打得晕头转向，我二连的勇士们乘机冲上公路，与敌人展开白刃格斗，不一会儿敌人就被我全部歼灭。

到6月22日，我三十团和三十五团在应县支队、浑源支队和民兵的配合下，英勇作战，把日伪军自山阴县的广武至浑源，沿内长城80多公里所设的封锁线全部摧毁，使山阴、怀仁、应县、大同广大地区除应县城几个孤点以外，基本连成一片，同蒲路北段完全暴露在我之侧翼，我军随时可以袭击切断这段交通。应县支队和怀仁县武工队还进到怀仁县城附近炸毁了一座大桥。

在三十六团、三十五团等部队展开攻势作战的同时，第二纵队的二团和浑源支队一部，在团长刘北佛、政治委员裘永芳、支队长刘德才带领下，对浑源县城南北的日伪军据点，也进行了猛烈攻击。他们围点打援，消耗敌人的有生力量，并展开政治攻势，瓦解敌军。从5月20日到6月24日，先后逼退海子、上白羊、抱风岭、寒风岭、孟家窑、苏家坪和浑源北山的殷庄、井上、昊城等敌据点，拔掉了雁北腹心地区的许多钉子，把敌人的活动地域压缩到大同至浑源、广灵的公路线上。这样就为我们进军雁北，挺进绥东，打通了由灵丘、浑源向大同、阳高挺进的宽广通道，使恒山南北广大地区为我军控制。

第一纵队也于5月13日向桑干河南岸的大王、友宰堡、大关、老相等敌据点发起攻击。为了把敌人的注意力引向平绥路沿线，配合第二纵队主力在桑干河两岸的战斗行动，在这之前，第五军分区派六团政治处主任葛振岳率侦察连（号称五大队），进到平绥路以北的伪蒙疆政府统治下的采凉山地区，积极袭扰敌人。第五军分区六团侦察连袭击获胜，为第一纵队在桑干河两岸展开攻势作战，创造了一定的条件。攻击开始，纵队主力六团和大同、阳高支队便分成若干小部队，由东西册田渡过桑干河，北进大同、阳高，向日伪统治区的纵深发展，直插阳高方向。6月16日，大同支队奇袭了大同城外敌飞机场和御河桥头堡。其他各分队则天天打穿插，在敌人据点之间穿来穿去，吓得敌人不敢出据点。当我掌握了敌情以后，一纵队立即组织部队向敌人发起攻击。罗文坊副司令员和六团邱会嵩副团长率六团2个连，在黄昏时轻装出发，袭击了聚乐堡到阳高中间的4个火车站，攻下2个据点，缴获大量物资。估计敌人要来报复，他们便迅速转移到北坨设伏。第二天黄昏时分，日军1个中队和伪军1个大队向这里开来，当敌人进入伏击圈后，我六团的2个连跃起向敌人发起攻击。从黄昏打到次日拂晓，毙伤日伪军100多人，俘伪军一部。

在这期间，第三纵队在二分区司令员曾美率领下，四团、四十三团一部及繁峙、崞（县）代（县）支队、五台支队也展开了围攻沙河、繁峙、代县、崞县、五台地区之敌的战斗，先后攻克了义兴、二十里铺、峪口等据点，逼退西天河、白石村等据点之敌，重创台怀、少军梁、沙河等地的敌人。我冀晋军区南线、东线的部队，为配合进军雁北部队的攻势作战，也纷纷出击。第二军分区十九团攻克了移攘车站，消灭了日伪军 100 余人。九十三团及繁峙、崞代支队，围攻了沙河、繁峙、代县地区的敌人。第四军分区的部队积极向边缘地区之西烟、上社各孤立据点围攻。第三军分区的部队，向在定县和曲阳之间公路沿线的日伪军发动攻击，很快拔除了除曲阳、唐县、完县三个县城外其他所有日伪军据点。

从 5 月 12 日到 7 月 3 日，我冀晋军区部队连续发动攻势作战，先后攻克和逼退日伪军据点 40 多处，毙伤日伪军 710 人，俘日军 8 人、伪军 248 人，伪军投诚 100 多人，缴获轻重机枪 16 挺，长短枪 326 支，粮食 157 万多斤，以及其他大批军用物资。解放村镇 783 个，人口 40 余万，扩大解放区面积 570 多平方公里。打破了敌人由山阴到广灵和桑干河沿岸的封锁线，平绥路以南已成为我游击根据地和游击区。

经过我夏季攻势作战，雁北地区的敌人已无力反击，只得加强对浑源、应县、阳高及五台、繁峙等县城的守备。

1945 年 7 月初，中共中央发出指示："令晋察冀派一部分部队和地方干部，在平绥路以北开辟一块根据地，务必在今年结冰以前站住脚。"我冀晋区党委决定，先组织绥东战役，尔后展开开辟工作。为了打好这一战役，我们从第六团抽出 5 个连，共 1000 余人，组成了绥东纵队和中共绥东分委，刘苏任司令员，陈一凡任政治委员兼分委书记，范志辉任副司令员，葛振岳任副政治委员，吴清宇任参谋长，王克任政治部主任。分委的其他几个负责同志是：安汝涛任宣传部部长，任朴斋负责公安工作，侯千之负责政府工作。刘苏、范志辉、葛振岳都是分委委员。

绥东纵队与分委机关干部和部队集中以后，于 7 月 22 日，从灵丘县的东河南出发。

为了配合绥东纵队挺进绥东，我们还决定在大同、阳高、浑源、应县、怀仁的各团和各支队，于 7 月 24 日开始行动。并令第五军分区罗文坊副司令员和陈信忠团长率三十团及大同、阳高支队，逼近平绥路和大同、阳高城，钳制敌人。

7 月 26 日拂晓，绥东纵队抵达大同城东北的马家梁。这时，葛振岳副政委率领活动于采凉山的侦察连前来会合。28 日，纵队进到丰镇东山的亮马台，与分委一起在亮马台组织了丰镇、兴和两县联合政府，配备了干部，并迅速展开开辟工作。7 月 30 日，纵队的主力向兴和西南的张镍镇日伪据点发起攻击。

8 月 9 日，毛主席发表了《对日寇的最后一战》声明，号召中国人民的一切抗日力量举行全国规模的大反攻。8月10日、11日，朱德总司令连续发布了展开全面反攻，准备接受日伪投降和配合苏军作战的命令。冀晋军区立即按照晋察冀军区的部署，投入了反攻作战。以第二、三军分区的6个团配合晋绥军区进攻太原；第四军分区的3个团，协同冀中第六、七军分区夺取石家庄、保定等城；第五军分区部队攻占丰镇、集宁、商都等城，并伺机进攻大同。为了适应反攻作战，我们还在雁北以灵丘支队为基础，组建了第十一团（团长邱会嵩、政委邝显阳）作为预备队。

8月12日，我绥东纵队去商都与苏联红军会师。8月13日，进占兴和。8月15日，日本天皇宣布无条件投降。我们电令绥东纵队迅速占领集宁，并令陈坊仁、赵国威率领三十团、三十五团跟进。正当我绥东纵队不断攻克日伪据点，向集宁挺进时，蒋介石为了篡夺抗战胜利果实，密令其第十二战区司令长官傅作义部，在日伪军接应下，迅速由绥西沿平绥路东进，与我军争夺包头、归绥、集宁、大同、张家口诸城市。当我绥东纵队抵达集宁时，日伪军已经撤走，国民党傅作义的部队尚未到达，只有自称受傅作义部队收编的土匪苏美龙部1000余人驻在城里。于是，我绥东纵队经过周密的侦察，立即向集宁城发起攻击。

8月22日下午，绥东纵队在组织3个连向集宁城郊秘密前进，攻进城解放了绥东战略重镇——集宁。23日，三十团和三十五团也赶到集宁，与攻占集宁的绥东纵队会合。

这一天，冀察军区部队也收复了察哈尔省省会、伪蒙疆政府所在地——张家口市。为防止日军向大同集中，在雁北地区的我第十一团，于8月24日，在罗文坊率领下，围攻了阳高县城。我军以大车伪装成大炮，向敌人逼进，限时缴械。城里的伪军见势不妙，当即向我十一团投降，阳高县城即为我收复。

8月18日，国民党傅作义部占领了即将被我晋绥军区部队攻克的归绥，其先头部队继续向集宁推进，24日已抵达卓资山，集宁周围的顽匪也新增1000余人。我们靠3个团的兵力，是难以顶住傅作义部东进的。因此，8月下旬，当傅作义部主力进入大同逼近集宁时，我军主动退出，并破坏了集宁到大同的铁路。三十团和三十五团也撤回雁北，绥东纵队的3个大的连队回到兴和，骑兵连仍在商都，侦察连在丰镇。

9月6日，国民党军东北挺进军总司令马占山指挥的号称2个师、1个挺进支队包围了兴和。我绥东纵队3个连与其交战一天，终因兵力悬殊，于晚上秘密撤出兴和城，隐蔽在城东待机反击。马占山部经兴和直下柴沟堡，当其前锋到达渡口堡时，即被我冀察部队包围歼灭。马部后续部队掉头就跑，我冀察部队主力一直追到尚义又歼其一部。9月15日我绥东纵队又进入兴和。

这时，根据晋察冀军区的命令，各二级军区的主力团扩编成大团，我雁北部队编为第九旅，旅长陈坊仁，政治委员黄文明，辖第五团（三十五团），六团、十一团。团下辖营，武器装备也比较齐全。9月28日，晋察冀军区决定，将兴和划归冀察军区。于是，绥东纵队将防务移交给冀察军区四十五团，返回阳高地区，恢复第六团建制，分委机关也同时调回冀晋军区。与此同时，第四军分区组成的第三旅解放了阳原和浑源及平绥路的要冲天镇，然后在平绥线上活动，以防御傅作义部进犯我解放区。

冀东我军反攻日伪军*

李中权

　　1945 年 8 月 9 日，中共中央主席毛泽东发表《对日寇的最后一战》声明，8 月 10 日、11 日，朱德总司令发布第 1 号令和第 2 号令，命令各解放区部队，八路军、新四军、抗日游击队，消灭日军，收复失地。

　　为了打击国民党顽固势力，歼灭拒降的日伪军，巩固扩大冀东解放区，我军经过充分准备后，于 8 月中下旬，向日伪军发动了猛烈的进攻。第十四军分区副司令员兼参谋长曾雍雅、副政委方治平率领分区部队，于 8 月中旬攻占了通县飞机场，8 月 23 日又攻克顺义县城，歼敌 500 余名，震撼了北平城。第十六军分区的卢（龙）抚（宁）昌（黎）联合县之武装力量经九天围攻，于 8 月 26 日解放卢龙县城。詹才芳和我指挥 3 个主力团及民兵游击队，直指唐山市。当时

---

　　* 本文原题标为《忆冀东我军对日伪军的反攻作战》，收录时做了适当修改。

我们还研究确定由张明远等同志组成唐山市接收委员会，并成立了唐山市委、市政府领导班子。

8月20日，第十七团团长吴华、政委杨春垠率部向唐山市东面9公里的开平镇发起攻击，经过两昼夜激战，歼灭守敌1000余人，解放了开平，并收复了开滦马家沟矿区。与此同时，第十七军分区参谋长肖全夫率领第十九团攻克唐山南郊越河镇，歼敌1个营；第十八军分区副政委李振声率领第十五团扫除了唐山西边的若干据点。唐山外围许多小据点也很快被我主力部队和民兵游击队拔除，我军从四面完成了对唐山的包围态势。

唐山的敌人，一方面派出代表探听我军虚实；另一方面却将驻冀东的日军，除驻玉田县的濑谷胜治大队外全部集中唐山，又纠集了各地伪军3万多人，共5万余众，以对付我军攻打唐山。

但是，我和詹才芳却久久下不了对唐山发起攻击的决心。原因是，我们只有3个主力团共6000余人，加上民兵游击队还不到1万人，并且缺乏攻城的重火器，而敌人在唐山则集结了5万余人。同时，日伪军驻地混杂交错，不易分割，并有坚固的城防工事、完整的防御体系和精良的武器装备。因此，我们只好暂时大搞政治攻势，缩紧包围圈，断绝唐山与外界的一切交通。此时，也有少数伪军携械向我军投降。

正在这时，我们收到晋察冀军区的电报，毛泽东主席

8 月 13 日在延安干部会议上做了《抗日战争胜利后的时局和我们的方针》的重要报告。毛主席告诉我们：国民党反动派要从人民手中抢夺胜利果实，挑起新的内战，对此我们要有充分的准备。我们的方针是针锋相对，寸土必争。电报还传来中央军委指示，要我们尽量广占农村，夺取小城市，扩大并巩固解放区，发动群众，训练部队，准备应付新局面，做持久打算。根据毛主席和中央军委的指示精神，我们认真分析了第一阶段作战的经验教训，遂得出结论：攻打玉田县城，才是我们此次作战最合适的目标。因为玉田位于冀中的中部，是东部和西部联结的枢纽，又处于我根据地的中心，我进攻时，敌人很难快速增援。于是我们毅然决定，先放弃攻打唐山，率领部队经马家沟直扑玉田县城。

为了配合攻克玉田的战斗，我们电令第十九军分区以第十六团和三（河）通（县）香（河）支队攻打蓟县县城，从西部牵制敌人，并逐次打开西部局面；令第十六军分区地方部队攻打迁安县城，牵制东部敌人；令第十七军分区以昌（黎）滦（县）乐（亭）支队另 2 个县大队，第十八军分区以武（清）宝（砥）宁（河）支队、蓟（县）玉（田）宝（砥）支队另 3 个县大队，就地消灭各据点之敌，以配合北面主攻部队行动。

9 月 17 日晚，我军突然向玉田外围发起攻击。担任攻克玉田城东关大街的第十四团，很快歼灭玉田城东关大街之敌，然后利用高房与城内守敌形成对峙。第十五团也很快攻占南关，因南关距城墙有一段开阔地，天亮时，战斗暂告一段落。

9月20日，攻城的组织工作就绪。正当我们准备于晚间发动攻城时，詹才芳率领十七团胜利完成任务后，从兴隆赶回玉田东面亮甲店的军区指挥所，并带来了刚刚向我军投降的伪军3000多人。见到满身征尘的詹才芳，我心里高兴极了，随即把作战部署和意图向他做了详细汇报，并征求他的意见。他操着浓重的湖北口音说："对、对、对！就这样办！"我们议定，把十七团放在城东八里铺一带阻击唐山援敌，打它一个漂亮的歼灭战。

随着指挥所三颗红色信号弹升上天空，各种火器的怒吼声在四周炸裂开来，闪烁的火光映红了玉田城，七十四团在城东南角，十五团在南关，丰（润）玉（田）遵（化）联合县支队在北关同时开始攻城。为了加强火力，十七军分区参谋长肖全夫立即调集十四团数十挺轻重机枪和仅有的火炮支援登城部队。二连一排抬着云梯一马当先冲了上去，云梯刚靠上城墙，三连的勇士们即登上云梯，惊恐的敌人立即集中火力疯狂向三连射击，梯子被炸断。二连一排又立即竖起第二架云梯，三连指战员奋不顾身地登上城墙，因突遭敌人反击，未能站住脚跟。在这紧急关头，三连的同志们英勇顽强，不怕牺牲，在全团火力支援下，用手榴弹消灭了城墙上的守敌，二排排长王太宗率全排首先登城成功，打开了突破口。敌人急调1个连的兵力向我二排反扑。二排击退敌人四次冲击，伤亡过半，但仍牢牢守住了阵地。在这同时，一、三排登城后，在指导员周立云指挥下，迅速插入敌人纵深地带，并占领了城内一所大院子。

三连登城后，因敌人火力太猛，我后续部队又没有马上登上去，我们很担心三连能否顶得住。过了一会儿，城内激烈的枪声突然停止了，我们更有些紧张。突然，三连一个绰号叫"小钢炮"的战士，出现在我们面前，他气喘吁吁地报告了城内战况：二排排长带领少数几个战士仍坚守在突破口上，指导员带一、三排控制着一所大院子，随时准备配合后续部队登城。

刻不容缓，胡克仁团长、赵靖远政委立即率团主力，冒着弹雨，一鼓作气，登上城墙。三连也从城墙内杀出来接应。下半夜，我十四团全部攻进城内。但是，十五团由于地形受限，火力无法发扬，团里已多次组织突击攻城，均未成功，突击部队伤亡较重。主要是面前的一片开阔地成了十五团攻城的障碍，而十五团又没有攻城的重火器，所以要想打开突破口，代价很大。我遂提议，十五团立即停止从南面攻城，除留少数部队佯攻外，其余兵力从十九团突破口进城。我当即用电话将此意见报告詹才芳，他完全同意。

曙光出现在东方地平线上，耳边仍是弹雨横飞的声音，我攻城部队全部攻进城内。这时十七团团长吴华打来电话，说："唐山敌人已到八里铺一线，敌人十余辆坦克正在向我团阵地冲击。"我们当即令十七团："坚决顶住！决不能把敌人放到玉田来，一定要保证战斗取得全胜！"随即，我们又命令十九团、十五团迅速消灭城内继续顽抗之敌，决不给敌人喘息的机会。

在我军强大攻势下，城内1000多名伪军很快被歼，伪县长陈锐跳墙逃跑被我军活捉。但是盘在城里的日军仍负隅顽抗。在政治争取无效的情况下，我们下令强攻，直到刺刀逼到眼前，濑谷胜治等几百名日军才挂起白旗。

从唐山增援玉田的敌人，到达八里铺后，即遭我十七团英勇阻击，一直迟滞在八里铺一线。玉田城被我军攻占后，这股敌人怕我迅速转兵围歼，立即撤回唐山。我实施战术追击，给敌以杀伤。

玉田战斗共歼敌1800多人，缴获轻重机枪50多挺，迫击炮和掷弹筒十多门（具），长短枪130支，和其他大量军用物资。战斗中我军伤亡500余人。战后，十九团三连被授予"玉田战斗模范连"光荣称号。

就在我们攻打玉田城的同时，冀东西部我军也向敌军发起了猛烈的攻势。第十四军分区副司令员兼参谋长曾雍雅率领第十六团、三（河）通（县）香（河）支队、蓟（县）遵（化）兴（隆）联合县大队，于9月12日攻克蓟县城西的邦均镇，歼灭伪军300余人。9月19日攻克蓟县城，歼灭守敌4000余人，大汉奸李午阶被打死，并在军民大会上就地处决了一批罪大恶极的汉奸。接着，十六团和三通香支队又先后攻克香河、宝坻，歼敌2000余人，迫使三河县、平谷县的敌人弃城逃窜。从此，冀东西部地区所有城镇和乡村全部被我军解放。丰润县、宁河县守敌看到我军攻势如此猛烈，也吓得弃城逃跑了。

玉田解放后，詹才芳留在玉田城，接待从延安和其他解放区经冀东到东北的部队及党政干部，我同肖全夫、任昌辉、林茂源率第十四、十七团和几个县支队去打遵化县城。

遵化，号称京东第一城，墙高城坚。驻守遵化的伪满洲军"讨伐"大队（过去在东北专门打我义勇军，血债累累）有9000多人，经我多方争取，拒不投降，还枪杀了我军派去的代表。我军两次攻城未克，遂改为长久围困。

正在这时，我们接到第十六军分区副司令员李道之来信，信中说迁安城下已埋好大量炸药，只要军区领导率1个主力团来，迁安城指日可取。于是我和肖全夫研究决定，留一部分部队继续围困遵化城之敌，我和肖全夫立即率十四团奔向迁安。

10月15日，我们率部抵达迁安，立即投入了战前准备工作。16日晚，随着一声地动山摇的巨响，迁安城墙被炸开一大段。我十四团和游击队的勇士们潮水般地冲进迁安城，经过一场激战，歼敌近千名，迁安宣告解放。战斗中，我军伤亡数十人，特别使我们悲痛的是，十四团优秀干部、三营营长张义祥在战斗中壮烈牺牲。

迁安城被我军攻克，附近的抚宁县守敌闻风丧胆。在我四十六团刚进行围攻时，敌人就弃城逃窜，我军随即收复抚宁。

10 月底，我东部第十六军分区和南部第一、十八军分区的地区，除北宁铁路沿线外，所有城镇之敌据点，全部为我军攻克。青龙县伪满洲军司令张金祥自知大势已去，在我们争取说服下，率部 2000 余众向我军投降。

11 月底，被我军久久围困的遵化守敌也弃城逃跑。但刚逃出遵化城，就在玉田县东部和丰润县之三河一带，遭我十四团、十七团和军区特务营的围歼，大部分敌人被消灭，伪军司令程斌被我击毙，只有伪满洲军"讨伐"大队头目程天喜带少数人逃往唐山。遵化城回到人民手中。至此，冀东地区我军对日伪军的反攻作战告一段落。

从大反攻开始至 11 月底，在几个月的时间里，我冀东地区在关内的主力部队、各县支队、民兵游击队，在人民群众的大力支援下，在热河以南、平津以东广大地域，在山区和平原，频频出击，连续作战，先后收复县城 18 座，攻克敌人据点 200 余处，除唐山市外，将红旗插遍了冀东。此次战役的规模在冀东是空前的，战果是巨大的，共歼敌 3 万余人，缴获长短枪 2 万余支及大批物资。冀东我军反攻作战的胜利，使冀热辽根据地与平北、冀中、东北解放区连成了一片，为其他根据地的兄弟部队开赴东北，提供了前进的基地；为中央从延安和其他根据地派遣的大批干部进入东北，提供了可靠的保障；为解放东北贡献了力量，受到了中央领导同志的高度赞扬。

收复张家口

刘道生

　　1945 年 8 月 11 日，在延安的晋察冀军区司令员兼政委聂荣臻、副司令员萧克、副政委刘澜涛打电报给代司令员、代政委程子华和副参谋长耿飚，指示我冀察军区："苏蒙联军可能趋进张家口，望郭天民率部配合苏、蒙军首先占领张家口，并令平北骑兵沿张（家口）库（伦）大道与蒙军联络。"当天，程子华和耿飚即将聂、肖、刘首长的电示转发给我们。至此，收复张家口的战斗已迫在眉睫。

　　当时，我和军区参谋长易耀彩在十二军分区检查工作，因此，在军区主持工作的郭天民司令员收到晋察冀军区首长的电令后，8 月 12 日给我和易耀彩发电报，要我们立即赶回军区驻地。我们于 15 日上午赶回军区驻地河北省涞水县李各庄。当晚，由我主持召开了冀察区党委紧急会议，认真研究了如何坚决贯彻执行晋察冀军区首长的指示，接收北平和收复张家口等问题。最后决定，坚决遵照中央军委和晋察冀军区的指示，与冀中、冀晋、冀热辽军区相呼应，力争和平接收北平和收复张家口。会议决定：南线，由郭天民司令员和我率领军区机关及第一军分区、十一军分区（原平西军分区）部队，向北平逼近，准备和平接收北平；北线，由军区参谋长易耀彩与区党委宣传部部长杨春甫、秘书长白文治和军区政治部保卫部部长杨卓等率部分军区的一些机关干部、党校200多名干部和警卫分队，随十三军分区参战部队行动，协同和指挥第十二军分区、十三军分区参战部队收复张家口。

各参战部队接到命令后，迅速开始行动。十二军分区收到郭天民司令员的电示后，司令员詹大南和政委段苏权立即指挥分区机关、直属队和第十团、四十团、分区教导大队向张家口进发。平北专署机关在专员张孟旭等率领下随军前往。在十二军分区部队向张家口逼近的同时，活动在张家口西南地区的十三军分区二十团和蔚涿支队也开始进行向张家口逼近的准备工作。由易耀彩率领的军区北线指挥所的机关人员和分队等，昼夜兼程，向张家口方向开进。在十二、十三军分区和北线指挥所等部向张家口进军中，我和郭天民司令员率军区大部主力部队向北平开进。

当时日军驻张家口地区的部队，除在市区的独立混成第二旅团的部分部队外，还有刚从上海调来的第一一八师团，共1万多人，伪警察3000余人。日军主力大部分集中在张家口西北30公里的大、小狼窝沟及春垦一带，以防御苏蒙联军的进攻。驻守张家口市区的主要是伪军。同时，张家口市没有城墙，只有一般的防御设施，这对我军进攻较为有利。

8月20日清晨6点，进攻张家口的战斗打响了。我十二军分区第十团和四十团，在分区政委段苏权指挥下，兵分两路，首先向张家口发起进攻。四十团团长杨森、政委刘国辅、参谋长李志远、政治处主任陈昶率领部队勇敢战斗。敌人凭借工事进行抵抗。我军指战员不怕流血牺牲，勇猛冲杀。经过两个多小时的激烈战斗，将敌5个碉堡全部攻克，占领了有利地形。接着，我军居高临下，猛冲下山，直插张家口东山坡日本驻"蒙疆""大使馆"。当时日军已全部仓皇逃窜，我四十团迅速消灭了残余伪军，约上午8点便占领了日本"大使馆"。在这同时，我十团团长李荣顺、政委吴迪、参谋长郭远则、政治处主任周南率领团主力，向张家口火车站之敌日军荒井指挥部（后勤警卫部队）发起猛烈攻击。经反复争夺，火车站和周围房屋被我十团占领，我十团并打进荒井部队的营房，消灭了部分敌人。战至下午3点左右，我军占领了清水河以东地区。十团二连在战斗英雄王树兴带领下，还攻占了十三里营房和飞机场。

在第十、四十团向张家口进攻中，十二军分区教导大队在大队长赵玺玉和政委吴凤翔率领下，作为第二梯队与分区直属队一起，配合十团、四十团进行战斗。

在我军猛烈冲杀下，市内的日军见其企图逃跑的道路均被我军切断，于是疯狂地向我进攻部队反扑，我四十团、十团指战员发扬我军不怕流血牺牲、连续作战的精神，奋力反击，顽强固守已夺取的阵地，敌我双方争夺十分激烈。按原来商定的计划，在我军向张家口发起进攻时，苏蒙联军应从北面进攻张家口，但苏蒙联军停止于长城以北，未能对张家口之敌构成围攻。我察南军分区第二十团和蔚涿支队由于接受任务时间紧急，情况尚未侦察清楚等原因，也未能在20日投入战斗。因此，在黄昏时分，进入张家口市区的十二军分区部队撤出了所占清水河以东地区，转移到人头山、羊房堡一线监视敌人。

21日，防守狼窝沟地区的日军开始撤退。这天晚上，在张北与苏军联系的詹大南司令员来电，说20日苏军在狼窝沟进攻受阻，因而未能向张家口进攻；并说苏蒙联军准备22日再次配合我军进攻张家口。于是，22日我十二军分区十团、四十团等部队经过短暂的休整，在军分区政委段苏权率领下，第二次向张家口发起攻击，很快又攻占了清水河以东地区。上午11点左右，从大同方向撤下来的大批日军乘火车到达张家口。敌人以铁甲车开道，企图通过张家口火车站向北平撤退。敌人发现火车站已被我军占领时，就在车站以西与我军展开激烈的争夺。我十团在四十团一部支援和教导大队掩护下，凭借有利地形和建筑物，进行顽强阻击。四十团二连指战员在连长鲁珍带领下，利用有利地形，居高临下同敌人展开激烈战斗。三、四连在二连的两翼紧密配合，打得很激烈。敌人越逼越近，眼看要冲到楼底下了，二连排长杨占山、机枪班班长张有义和机枪手尹海彬，冒着敌人密集的炮火，轮换端起机枪向敌人射击，打退敌人十多次冲击。面对敌人开来的铁甲车，我十团指战员把手榴弹集中起来，10个捆成一捆进行阻击。敌人拼命要冲出去，我军坚决予以阻击。最后，敌人跳下车向我十团部队冲过来，我十团指战员与敌展开白刃战。有的战士身上多处被刺伤，仍坚持不下火线。有的被刺破肚子，仍坚持战斗。敌人一直被我军阻于车站西面，不能前进。此后，日军把大炮和重机枪架在敞车上向我军射击，掩护步兵冲锋，对我军的威胁较大。为了避免较大的牺牲，我们的部队稍向后撤。敌人乘机夺路南逃。

下午3点左右，防守狼窝沟的日军主力退入张家口市，沿着清水河东岸向火车站败退。在油脂公司附近，我四十团在十团掩护下，顽强进行阻击。战斗到黄昏，双方伤亡都很大。我军整整打了一天，没有得到苏蒙联军的消息，于是部队又撤至人头山一带监视敌人。我军撤出战斗后，大批日军分多路急速向北平方向撤走。夜里，日军的后卫部队一路经过人头山西侧山地时，遭到我十团的阻击，敌人丢下几门山炮和部分马匹，仓皇退走。

在十二军分区部队第二次向张家口发起进攻时，由易耀彩率领的军区北线指挥所人员和十三军分区二十团，也逼近张家口近郊。二十团派出参谋、侦察人员和团参谋长蔡洪恩深入到张家口近郊或市区一些地区进行侦察。

8月23日拂晓，我军经侦察发现，张家口市内的日军基本已撤走，剩下的伪军和伪警察大部分龟缩在清水河以东伪"蒙疆政府"所在地德王府周围，面临灭顶之灾，已无心再战。在市内的日侨及其家属，哭号喊叫，你推我搡，逃向火车站，车站内外行李用品丢弃满地，一片混乱。这时，我十二军分区部队又向张家口发起进攻。侦察分队首先进入市区，接着九十团从东窑子村攻入市内，并于中午12点左右包围了德王府。十团再次攻占了火车站，还在市内大街上消灭了200多敌人。在我军勇猛冲杀和强大的政治攻势下，一部分敌人被迫向我军投降。战斗进行得比较顺利。清水河以东地区很快被我军占领，并顺利进入清水河以西地区。二十团参谋长蔡洪恩带领侦察人员深入张家口东南方向京张公路及市区电厂附近反复进行侦察，摸清了张家口市内日军基本已撤离，剩下的伪军已陷入一片混乱之中等情况。因此，在十二军分区部队向张家口进攻的同时，由易耀彩率领的北线指挥所和十三军分区二十团等部队，连夜越过洋河，于8月23日晨，向张家口发起进攻。蔡洪恩首先率一连向据守在西南山坡的伪军发起攻击。我一连猛打猛冲，迅速占领了山顶，歼灭了山上的伪军。接着，二十团团长黎光、政委李布德指挥二、三连进入市区。当时，市区日军基本上已败退，伪军溃散，我二十团进入市区后，进展很顺利，迅速占领了市内部分地区和部分日伪军机关及工厂。下午3点左右，市内战斗基本结束。下午 6 点左右，由易耀彩、杨春甫、白文治等率领的冀察军区机关部分干部、党校干部和直属分队等，也陆续进入市区，接管了伪警察局、广播电台等。指挥所当即移驻清水河畔的银行大楼。同时命令部队，一方面继续肃清市内残敌；另一方面向西派出部队，以防国民党傅作义部队捣乱。杨春甫立即起草电报，向郭天民司令员和我报告了战况，同时又直接用电台向晋察冀军区首长报告了我军解放张家口的简况。

收复张家口之战，共毙、伤、俘日伪军 2000 余人，并活捉伪蒙疆政府副主席于品卿和伪张家口市市长；缴获大炮 50 多门，步枪和轻重机枪 1 万多支（挺），弹药库十余座，物资库 60 余座，军马 1 万余匹及其他大批军用物资。

激战山海关[*]

曾克林

自 1945 年 8 月 25 日以来，我军一路势如破竹，所遇敌伪通通缴械，先后缴枪 1200 多支。

为摸清前面敌人的动向，8 月 28 日，我指示军分区侦察参谋兼侦察连长董占林带一个便衣侦察班，侦察山海关以北绥中以西敌伪的动向，并注意和苏军联系。

8 月 29 日上午，董占林带领侦察班进至前所车站以北两里处的高粱地隐蔽。他们经过侦察，查明前所车站共驻有伪军 400 余人，他们有步枪 200 余支，轻机枪 10 余挺，还有一批军用物资、弹药。敌戒备森严，但伪军内部已经恐慌。董占林当机立断，一面用八路军某部队长的名义给前所的伪军写了通牒令，称八路军已将伪军包围，令伪军下午 5 点前在前所车站以西集合投降；一面给我写报告，让侦察员

---

* 本文选自《曾克林将军自述》，辽宁人民出版社 1997 年版，收录时做了适当修改。

骑着毛驴急速送到，建议部队跑步前进解决敌人。下午3点，董占林在前所车站以西与伪军谈判，正告他们，日本帝国主义已经投降，伪军不能再为日寇甘当罪人，并令其投降。400伪军眼见末日已到，于下午5点打起白旗在前所车站以西集合，向我军无条件投降缴械。

我和唐凯同志接到董占林报告后，即令部队跑步前进，于下午6点赶到山海关以北的前所车站。由于解决了前所，截断了北宁路山海关至锦州的铁路交通，使山海关之敌处于孤立无援之地。在前所，董占林陪我查看了敌人的军需仓库。我们收缴了许多敌人的指挥刀、腰带、大皮鞋、手枪套等。

这天晚上，军分区副参谋长罗文派人给我送来一封信。罗文是大部队出关的前两天，即8月27日离开主力带十二团1个连和电台一部，先行出关，北上联络苏联红军，了解辽西敌情去的。罗文在信中报告说，有一支苏联红军侦察小分队从林西、赤峰方向经叶柏寿、凌源、前所，驰往山海关方向。我接到报告后很高兴，决定组织部队迎接苏联红军。

30日上午，我们出关部队在前所车站以东公路上排成四路纵队，迎接苏军。9点多钟，苏联红军由一位上校部队长和一位少校营长伊万诺夫带领，约有六七十人，每人3套武器，还有1部电台，5辆汽车，1门三七炮、1门五七炮，从绥中方向朝前所开来。我军临时抽调了一些司号员组成"军乐队"，吹起了欢迎号，欢迎苏联红军的到来。不料因语言不通，苏军一见面后，误认我军是伪军，将我欢迎部队包围起来，并要缴我军的械，后经翻译解释才解除误会。苏军收起武器后，我和唐凯同志高兴地迎上前去，在苏军带来的蒙籍翻译介绍下，互相握手，亲切拥抱，共庆胜利会师，气氛异常热烈。

两军会师后，我们原定任务是迅速向锦州、沈阳进发。但有情报说，山海关之敌已陷入孤立无援境地，成了惊弓之鸟，有条件能打下来。于是我们决定杀一个回马枪，先攻打山海关，为后续部队扫清前进障碍，再继续前进。司令部把这一想法用电台报告了冀热辽军区司令员李运昌同志，得到了批准。随后，我和唐凯同志对苏军说，我们是受朱总司令的命令到东北来的，任务是配合苏军作战，收复东北失地，接管东北主权。目前，山海关还有日军战斗部队600多人，日本文职人员和家属2000余人，另还有伪军1000多人以及伪警察、伪宪兵、伪政府人员几千人，没有缴械投降，希望苏军和我军一起攻打山海关。苏军开始没有同意，说他们的任务是到东北作战，山海关属华北，他们不能去，经我们做工作后，下午欣然答应和我军共同作战。然后双方研究了攻打山海关的作战计划，决定由我军担任主攻，苏军进行配合。

听到要攻打山海关的消息，干部战士人人摩拳擦掌，斗志昂扬。

苏军小分队部分人员留在前所，其余50多人由少校营长伊万诺夫带领，乘坐汽车，携带炮1门，随同我军向山海关前进。我和唐凯同志带一个警卫排和机关参谋人员、政治部的敌工宣传人员乘苏军汽车先走，部队急行军向山海关开进。

从前所到山海关近40里，时值中秋，天气仍很闷热。头顶着烈日行军，走不了多远，就汗湿衣衫，透不过气来。但是，战士们各个生龙活虎，排着整齐的四路纵队，疾速前进。

攻打山海关前，我们考虑为了不因战火给古城和人民带来损害，也为了尽量减少我军伤亡，决定"先礼后兵"，向日伪军发出"受降通牒"，限敌人向八路军、苏联红军投降。我们先后两次向敌人发"通牒"，但均遭敌人拒绝，于是我按照事先制定的作战部署，于下午5点向部队下达了总攻命令。攻城战斗开始。

十八团以"天下第一关"城楼为主攻目标。十二团以火车站、桥梁厂为主攻目标，两面夹击敌人。苏军部队长带领其50多人，携带炮1门，与分区直属队进入隐蔽集结地，作为预备队。

主攻"天下第一关"的十八团，把突破口选在刻有"山海关"的罗城南门。该处接近城墙以后，便形成死角，易于攀城近战。战士们每人身带7颗手榴弹。攻城开始，苏军首先向敌人开炮。接着，全团集中轻重机枪、迫击炮，封锁"天下第一关"制高点，压制敌人火力。敌人顽固抵抗，妄图封锁住我冲锋的道路。一时，枪声大作，密集的子弹不断在我指战员的头上飞过。敌人的炮弹，也在我指战员的身边爆炸。我指挥部队马上调整火力，打得城墙砖石飞溅，城墙内外，火光冲天。

我军战士借着硝烟，冒着弹雨，在我军强大火力掩护下，竖起了软梯，立即攻城。敌人进行拼死的抵抗，双方的轻重机枪声、步枪声、手榴弹声交织在一起，我军指战员的脸上血水和汗水混合在一起。他们边爬边顺着城垛口猛投手榴弹，压制敌人火力，炸得敌人血肉横飞，狂呼乱叫。我军指战员迅猛登上垛口。嚣张一时的日本侵略军顿时陷于混乱，纷纷逃跑。东门那边，苏军用战防炮将城门轰开，我军战士在密集炮火掩护下，像猛虎下山一样扑向山海关，打得守城日军丢盔弃甲。"天下第一关"城楼制高点被我攻占后，敌指挥官还妄想凭借民房继续抵抗。我军不给敌人以喘息之机，后续部队炸开城门，我军和苏军蜂拥而入，对敌人穷追猛打，敌人有的跪地求饶，有的交枪投降。

与此同时，十二团的指战员，在团长杨树元、副政委（代理政委）刘光涛的带领下，也按规定的路线、时间，从孟姜女庙附近的望夫石村出发，沿着城墙和铁路，向火车站和桥梁厂挺进。苏军在战斗一开始，就用炮火配合，连续打了一二十发炮弹。当时，敌人有一列火车向山海关驶来，吓得立即往回开。我十二团指战员在炮火掩护下，分三路跑步向城东、城南出击。一路由东面顺墙边进入城区，一路往南向桥梁厂方向前进，团长杨树元带领机炮连、警卫部队为中路，直插火车站。这时，苏军小分队也沿着铁路打到火车站，截住敌人准备运走的军用物资。

一部分日本鬼子狼狈地向秦皇岛逃跑，驻守在火车站的伪军宪警看到日寇弃城溃逃，纷纷举枪投降。

十二团的另一路部队也拿下了桥梁厂。接着，十二团、十八团继续追击残余的敌人，占领县政府、海关、邮电、银行、监狱等要害部门。由于我军动作迅速，敌人连军火库也没来得及破坏，武器弹药和军用物资统统被我军缴获。铁路、车站、机车车辆也完好地保存下来。

晚上9点钟，战斗胜利结束。这次战斗，除逃跑的一部分鬼子外，共击毙和俘虏鬼子200多人，打死打伤和俘虏伪军1500多人；临榆县伪县长陈维廉，"山奉（天）"铁路总监督"董扒皮"，及伪县政权人员全部被俘；收缴长短枪3000多支，掷弹筒、迫击炮50多门、轻重机枪70多挺，各种子弹10万发，还有大批军用物资。

解放山海关的胜利消息迅速报告了晋察冀军区和党中央。1945年9月6日，延安《解放日报》在第一版上用大字标题做了报道："华北军事要冲山海关，及沦陷敌手12年之久之榆关镇，已于8月30日为我军光复。"山海关攻克后，成千上万在日伪暴政蹂躏下的人民，敲锣打鼓，鸣放鞭炮，载歌载舞，欢庆翻身解放。分区派出"前锋"剧社的宣传队员及干部战士上街进行宣传。人民群众和子弟兵一起高唱："解放区的天是明朗的天……"家家户户的门前插上彩旗，表达对共产党和人民子弟兵的衷心爱戴和热烈拥护。青年们踊跃参军，许多从东北失业回关里的工人，路过山海关也不走了，加入了人民军队的战斗行列。

冀热辽部队先机挺进东北

李运昌　曾克林　唐　凯

1948 年 8 月 10 日，朱德总司令发布了第 1 号大反攻命令，命令各解放区所有抗日武装部队，按波茨坦公告的规定，立即发动反攻，坚决消灭敌人。8 月 11 日，又发布第 2 号命令，命令原在东北军工作的吕正操、万毅、张学思同志，以及现驻河北、热河、辽宁边境之李运昌部即日向热河、辽宁、吉林进发。我冀热辽军区部队，坚决执行朱总司令的命令，立即组织部队挺进东北，配合苏军作战，接受日伪军投降，收复东北失地。

冀热辽军区是晋察冀军区的组成部分，地处河北、热河、辽宁三省接合部，是关内通往东北的咽喉要道。8 月 13 日，中共冀热辽区党委、冀热辽军区在冀东丰润县大王庄召开了紧急会议，讨论了如何坚决执行朱德总司令的第 2 号命令，研究确定了出关的部队及其任务。冀热辽军区先机挺进东北的部队共有 8 个团、1 个营、2 个支队及朝鲜支队，共

1.3 万多人，还有一大批地方干部。部队统一由冀热辽军区司令员兼政治委员、区党委书记李运昌指挥，主要任务是：配合苏军作战，消灭日伪军，收复东北失地，接管城市，建立人民政府，收集武器资财，猛烈扩大部队。会议还决定成立冀热辽军区"东进工作委员会"（简称"前委"）和"前方指挥所"，并确定了挺进东北的三条进军路线。西路军由第十四军分区司令员舒行、政治委员李子光、副政治委员黄文率领第十三团和挺北支队 2000 多人，从兴隆、围场两地出发，向承德方向前进。中路军由第十五军分区司令员赵文进、地委书记宋城率领第十一团、五十一团约 3000 人，从喜峰口出发，向平泉、赤峰方向前进。东路军由第十六军分区司令员曾克林和副政治委员唐凯率领第十二团、十八团、朝鲜支队，共 4000 多人，从抚宁县出发，向沈阳方向前进。李运昌率军区直属队和第四十六、四十七、十五团，沿东路军路线向东北开进。其余留在冀东的部队，由詹才芳、张明远、李中权率领，夺取冀东敌伪据点城镇，消灭冀东境内敌人，解放冀东，并支援挺进东北的部队。

8 月中旬，我西路、中路出关部队先向热河省之承德、平泉进军。西路部队出师获胜，收复兴隆县城，并争取了热河西南地区的伪防卫司令黄方岗的 9 个团、7 个"讨伐"大队共 1 万余人反正，解放了兴隆、滦平、丰宁、承德等地。与此同时，原在围场、隆化地区活动的我北进支队，解放围场、隆化后，进入承德与苏军会师。中路部队，8 月下旬在平泉解除了伪满军一个旅的武装，解放了平泉、清源、建昌、新惠、宁城、朝阳、赤峰等地，俘日伪军 5000 余人。青龙县伪讨伐队 2000 人向我军投降。我驻热北的内蒙古人民自卫军第四师也划归我挺进军领导。至 9 月底，热河省全部被我军解放。根据党中央的指示，立即成立了中共热河省委和热河军区及行政公署。

东路出关部队，首先沿北宁路两侧向日伪军发动猛烈反攻。8 月 18 日，攻克樊各庄日军据点，全歼日本宪兵队 120 余人。20 日，又攻克了靠近山海关的海阳镇。24 日攻克了卢龙的双望镇和抚宁县台头营、张各庄车站，切断了北宁路。8 月 25 日，在台头营召开了干部会和挺进东北动员大会，会上宣布了经上级批准成立的军政委员会组成人员。军政委员会由唐凯、曾克林、王衍负责，唐凯为书记，曾克林为东路部队司令员。8 月 26 日收复榆关镇，占领柳江和石门寨两煤矿，截断了秦皇岛、山海关敌人的燃料来源。29 日夜，东路部队经九门口越过长城，进入辽宁省绥中县。

8 月 29 日下午 6 点，我东路军进占前所，截断了北宁路山海关至锦州段的交通，孤立了山海关之敌。30 日上午，我们部队在前所车站与苏联红军一位上校队长带领的六七十人分队会师。会师后，立即商议两军协同作战，杀一个回马枪，攻打山海关，为后续部队扫清前进的障碍等问题。曾克林和唐凯对苏军说，我们是奉朱德总司令的命令到东北配合贵军作战，决定由我军担任主攻，苏军以炮火配合，消灭日伪军，收复我国东北失地的。苏军欣然同意。

我东路部队抵达山海关附近后，立即与苏军一起派代表向驻山海关的日军司令部递交了督促其无条件投降的信件，同时派部队三面包围山海关。日军拒绝投降后，我们与苏军商定用武力解放山海关。

下午 5 点，我军下达总攻命令。当时的部署是：我十八团以"天下第一关"城楼为主攻目标，十二团以火车站、桥梁厂为主攻目标，两面夹击敌人，第十六军分区直属队为预备队。

攻城战斗开始，苏军首先开炮。我十八团把突破口选在易于攀城近战的山海关罗城南门，集中轻重机枪、迫击炮封锁制高点，压制敌人火力。然后，我军英勇的步兵，在强大火力掩护下，借着硝烟，冒着弹雨，火速登城。嚣张一时的日本侵略军顿时陷入混乱，纷纷逃跑。很快，我十八团胜利地占领了"天下第一关"，把红旗插上了城楼。

团长周家美、政委吴宗鹏和副团长马骥随着登城部队，把团指挥所移到这个俯瞰全城的制高点，指挥全团直插城区中心，追击敌人。敌人妄想借民房继续巷战，我军不给敌人喘息的机会，立即炸开城门，大部队蜂拥而入，对敌人穷追猛打。在十八团激烈战斗的同时，我十二团在团长杨树元、政治处主任刘光涛的带领下，从孟姜女庙、望夫石村出发，沿着城墙和铁路，向火车站和桥梁厂发起攻击。分区警卫部队也直插火车站，苏军也沿着铁路打到火车站，截住了敌人准备运走的军用物资。在我军打击下，一部分日军狼狈向秦皇岛逃跑，驻守在火车站的伪军纷纷举枪投降。这时，我十二团的另一路部队也拿下了桥梁厂，并迅速与十八团会合，继续追歼残敌，很快又占领了县政府和铁路、海关、邮电、银行、监狱等。由于我军动作迅速，敌人的军火库和军用物资全部被我军缴获。铁路、车站、机车、车辆也完好地保存下来。

晚上9点钟，战斗胜利结束。这次战斗，共毙俘日伪军2000多人，活捉临榆县伪县长陈维廉、山（海关）奉（天）铁路总监督和伪县政府的全部人员，缴获长短枪3000多支，掷弹筒、迫击炮50多门（具），轻重机枪70多挺，子弹10万多发及大批其他军用物资。我军先机占领山海关，控制了进出东北的大门和通往沈阳的铁路交通要道，为我军进军沈阳创造了便利条件。

9月3日，我东路部队主力乘火车离开山海关，继续向锦州、沈阳疾进。9月4日，部队到达锦州，与驻锦州的苏军会师。之后，我们留下十八团接管锦州。

我东路部队在进军东北中，一路前进，一路接收，一路发展部队，并派兵沿铁路西进到阜新、北票，打通了锦（州）承（德）路，与进入热河的西、中路部队取得联系。

9月5日晨，我东路部队乘车进入东北最大工业城市沈阳。沈阳是8月21日被苏联红军解放的，当我东路部队第十六军分区作为中国共产党第一支武装部队进入这个城市时，苏军感到非常突然，起初不同意我们进入沈阳。后经曾克林和唐凯、张化东、刘云鹤等，与苏军驻沈阳卫戍区司令卡夫通少将几经交涉，卡夫通态度有所好转，同意我们的部队先下车，但不让我们进城，要我军驻到离沈阳 15 公里外的苏家屯去。

傍晚，我们的部队下了火车，2000 多名干部战士身着一色黄军装，每人一顶钢盔，枪上了刺刀，每个连配备 9 挺轻机枪，显得威武雄壮。第二天，我东路部队第十六军分区司令部搬进了原伪市政府大楼，政治部搬进了原日本宪兵司令部驻地，部队仍驻在小河沿一带。当天，苏军格拉辛科上校派人请唐凯到他们司令部去，友好地询问了我党我军的一些情况。唐凯向苏方详细介绍了我军情况，以及在冀热辽地区坚持抗战，打击日本侵略军的情况。

9 月 7 日，苏军又派来两名上校到我军司令部。他们对曾克林、唐凯说："斯大林、莫洛托夫来电报了，证实你们是毛泽东和共产党领导的部队，请你们到苏军司令部去。"当曾克林、唐凯到达苏军驻沈阳部队司令部之后，苏联近卫军第六集团军司令克拉钦科上将、军事委员杜曼宁中将，还有各兵种军长等，与曾克林、唐凯亲切会见，双方进行了友好的交谈，并宴请了曾克林和唐凯。

沈阳是伪满奉天省的首府。当时日军和伪政权虽已瓦解，但是特务、汉奸仍横行无忌，伪省长王贤伟当上了维持会会长，市、县、区等伪反动统治机构原封未动，伪满官吏改头换面，当上了各级维持会的大小官员。他们以维持治安为名，继续欺压人民。国民党对伪满官员和汉奸、特务，也趁机加封委任，让其充当接收人员。他们串通一气，网罗日伪残余，发展反动武装，组织国民党"先遣军"；还在人民群众中散布谣言，威胁群众不许接近我军，等待"中央军"前来接收。更为严重的是，日军投降后，大的军事对抗在东北虽已没有了，但由于日伪军缴械不彻底，尚有相当数量的关东军、伪军和警察、宪兵保留着武装。当时仅沈阳的所谓国民党地下军就号称40多个团，伪警、宪有2000多人没有缴枪，警察局局长仍穿着警服，挂着洋刀，还很神气。沈阳伪警备司令部门前，公然挂起了"中国国民党市党部"的招牌，门前站着荷枪实弹的伪军。我军入城的第二天深夜，敌人就埋设炸弹炸了我军政治部大楼。为了迅速控制沈阳市的局面，有效地进行接管工作，我军首先解除了伪满警备司令部和1万多名伪军、宪兵的武装。经与苏军协商，成立了沈阳卫戍区司令部，由曾克林任司令员，唐凯任政治委员，张化东任副司令员，汤从烈任政治部主任，对沈阳实行军事管制。随后，我军又抽调大批干部组成军事、政治、后勤、卫生、工矿、交通等专业组，分别接管了市、区各级日伪政权，并深入铁西区组织工人武装；还派人接收了银行、监狱、水电、邮电等单位，并将国民党党部和维持会的牌子全部砸掉；对罪大恶极的汉奸、特务分子、反革命分子，进行了三次镇压，使局势初步稳定下来。

我东路部队向东北进军攻克山海关后，冀热辽军区司令员李运昌即率军区直属队3个团和1个营，共5000人和大批干部出关，向东北开进，于9月初到达山海关，9月14日进驻沈阳，与东路先头部队会合。随即，第十七军分区副司令员张鹤鸣率四十六、四十七团驻守山海关，把住了进出东北的南大门。第十五团和特务营进驻沈阳开展工作。李运昌等到达沈阳后，首先与苏军协商，成立了沈阳市人民政府，民主人士白希清被任命为市长，冀东第十八地委书记焦若愚任副市长。同时派冀东第十七地委书记李海涛，率领黑龙江支队接管了郑家屯，并向白城子、齐齐哈尔进军，成立了辽北专员公署。还派刘可天率军区直属队一部，接管了四平市，派王木林接管了通化省，成立了通化专员公署。到10月末，我出关部队基本上控制了辽宁全省和吉林、黑龙江各一部分地区。

依靠人民保障部队吃饭穿衣[*]

赵　镕

　　1937 年秋，八路军来到晋察冀三省交界的地区。同年
11 月，晋察冀军区成立，军区部队积极宣传与组织群众，
团结抗日。边区人民热烈响应我们党的号召，有钱出钱，有
粮出粮，有枪出枪，有力出力，到处呈现出"母亲叫儿打东
洋，妻子送郎上战场"的感人场面。广大群众把自己存的粮
食贡献出来，供应部队吃用。到 1938 年 1 月，成立了晋察
冀边区行政委员会，军粮供应逐步走向正轨，当时主要采取
以下办法：

　　一是统一征收公粮。边区政府实行合理负担政策，按土
地、人口，统一征收公粮。当时为了团结各阶层人民一致抗
日，没有实行土地改革，大部分土地仍在地主富农手里，穷
苦农民只有少量的土地。所以土地多的，自然出的粮就多，

---

　　* 本文节选自《依靠人民保障供给》，收录时做了适当修改。

这样筹备了一大批粮食，保障了部队粮食供应。

二是实行粮票制度。开始，在军粮供应上手续比较混乱，到处开白条子，漏洞很多。后来，实行二联单，在二联单上印上数据。但仍不严密，使用也不简便，经进一步研究，制出一种质量好、用得时间长的票证，即粮票。由边区政府统一印制、发行，部队随身携带，凭票取粮，年终到边区政府结账，手续简便易行。这样，既保证了军队粮食供应，又堵塞了漏洞，是边区粮食供应工作的一项重要改革。现在我们国内使用的粮票制，就是从那时沿用而来的。

三是建立各级粮食管理机构。为了严格管理好公粮，军队和地方各级政府均成立了粮食机构。军区供给部设有粮食科，军分区有粮秣科，团有粮秣股，营有粮秣员，连有司务长；边区政府和专员公署设有粮食局（科），县设粮食科，区、村设粮秣委员。为了适应环境，各地还设立了若干粮食供应点，部队随到随供。

四是藏粮于民。战争年代保管和储存粮食是一项很艰巨的工作，尤其是在敌人不断"扫荡"的环境中，困难就更多了。办法只有一个，就是依靠人民群众，藏粮于民。我们把征收来的公粮，由各村各户储存起来，村村是粮站，户户是粮仓。在边沿区，基层政权组织群众把粮食坚壁起来。这样，不仅有效地防止敌人的掠夺和烧毁，而且能保证部队不论白天，还是黑夜，走到哪个村，只要找到粮秣委员，拿出边区政府发的粮票，就可以得到所需要的粮食。大部队如此，小分队以及单独行动的人员也是如此，走到哪村，吃到哪村。

五是向山区运粮。"山区是后方，平原是粮仓。平原上的斗争不好坚持的时候，部队撤到山岳地区进行休整；山区需要粮食布匹供应，平原地区给予大力支持。冀中群众给山区军民运粮食的场面是动人的，大车拉、小车推、肩挑、人背、牲口驮，趁着黑夜，穿过敌人的封锁线、封锁沟，把粮食运到山区。"这是聂荣臻同志对冀中运粮工作的一段回忆，实际情况确实如此。

冀西山区，地少人多，土地贫瘠，每年打的粮食就不多，加上机关、部队、学校、工厂的人员，粮食就愈加紧张，供不应求，必须从冀中运送大批粮食到冀西山区。从1939年春到1941年冬，冀中军区展开了轰轰烈烈地向冀西山区运粮的工作。据不完全统计，共动用民工62万人次，马车4940多辆，运粮950多万公斤。这是一项十分艰巨复杂的任务，每次运粮都要严密组织、深入动员、精心计划。首先要把冀中平原上千万斤的粮食集中到铁路东各个集结地，然后集中人力、车辆，在部队的护送下，通过封锁沟向冀西运送。由于敌人的严密封锁，白天几乎寸步难行，完全依赖于夜间行动。在十余公里地的封锁区，不论是马拉，还是人背，都是悄声地跑步前进。尽管如此，也难免遭受损失。在几次运粮中，我们先后牺牲160多人，损失马车300多辆、牲畜200多头，付出了很大的代价。

除了军粮供给之外，我们驻晋察冀边区时的穿衣问题也是依靠人民群众来保障。当时正值冬季，不少指战员还穿着单衣和草鞋，我们做供给工作的同志，对此心情十分不安，决心把解决部队穿衣问题作为供给部门十万火急的任务。我们在军区首长领导下，广泛发动群众，紧紧依靠群众，千方百计克服物资方面的严重困难，及时地解决了部队的穿衣穿鞋问题。

当时北平缝纫工人赵连光，不愿当亡国奴，由北平带出7名工人和7台缝纫机来到根据地。当时我们正需要这样的技术人员和机器，他们的到来犹如雪中送炭。我们热烈地欢迎他们，并以他们为基础成立了缝纫组，为部队赶制棉衣。后来又从河北省阜平县城和山西省代县城裁缝铺、成衣局动员出来一部分工人和缝纫机，组织起晋察冀军区第一个被服厂。以后又有冀中过来的被服厂并入，共有140多人、30多台机器。工人同志们昼夜不停地为部队生产棉衣、棉帽、单衣、衬衣、单帽、手套、被褥、挎包、米袋、子弹袋等。

被服厂每年生产的夏装、冬装，除保障军区直属队和各军分区部队所需外，还支援过往的兄弟部队和晋绥军区。1943年秋，晋察冀军区奉命抽调了5000多人的部队，开赴陕甘宁边区执行保卫党中央的任务，上级要求我们必须在一个星期内为他们做好棉衣。接受任务后，被服厂的全体同志加班加点赶做，七天七夜没睡过一个囫囵觉，有的踩着踩着机器就睡着了。终于以惊人的速度完成了这项突击任务，受到晋察冀军区的表扬。

在反"扫荡"战斗中制作棉衣。在抗日战争中，日本侵略者三天两头对根据地进行"扫荡"。尤其在 1942 年，冀中"五一大扫荡"以后，日本在华北实行"治安强化运动"，更加频繁地"扫荡"根据地。被服厂在敌人"扫荡"期间不得不停止生产，把机器坚壁起来，人员则化整为零分散打游击，部队所需的棉衣只好交给当地群众分散制作。全区部队 1943 年的棉衣，就是这样由群众完成的。那次做棉衣的数量很大，分给阜平县第九区 40 多个村庄的群众制作。当时敌人正在"扫荡"，经常进村抓人。各村妇女只好搬到野外缝制，有时饭也吃不上，忍饥挨饿，日夜赶制。当敌人搜山时，她们将做了一半的棉衣片往胳肢窝里一挟，就钻进山窟窿里隐蔽起来，等敌人走了，她们又从山窟窿里钻出来，继续缝制。她们就是在这样的情况下，圆满地完成了为八路军赶制棉衣的任务。

在反"扫荡"中，我们被服厂的机器、衣料，也是靠当地群众的帮助坚壁保存的。1943 年我们在平山县深山沟里的下盘松村，也就是子弟兵的母亲——戎冠秀的家乡设立了一个油厂，存油三四万斤，坚壁了军呢布料和机器。全村群众把坚壁工厂的机器和原料看得比自己的生命还重要，每当敌人"扫荡"时，在村支部书记赵忠和戎冠秀的带领下，全村男女老少一起动手，拆的拆，装的装，背的背，扛的扛，把所有的机器都埋在沙滩里，把布匹和衣料以及油料，分别抬进山洞里。当时敌人很注意这个山沟小村，不论是从陈庄西进，从蛟潭庄东来，还是从平山县城北上，敌人都要到下盘松村搜查一番。尽管如此频繁地"扫荡"和搜索，但在村党支部和群众的保护下，军区在这里存放的机器和物资，从未受到损失。

有不少人民群众为了坚壁保存我们的机器和被装，而不惜牺牲生命。有一次，在平西上西岭村一个姓赵的基本群众家里坚壁了700多套棉衣，在敌人"扫荡"时，汉奸向敌人告密，敌人把赵老汉抓住后严刑拷打，但赵老汉始终没有说。后来，敌人在他家里搜出棉衣，用残酷的手段把赵老汉折腾得半死，最后将棉衣点着，将老汉投入火中活活烧死，惨不忍睹。边区人民就是这样用生命保护部队的棉衣。

晋察冀军区办的鞋厂，每年只能制作几千双，远远不能满足部队的需要，大批的军鞋都是靠群众制作。经与地方政府商定，工厂将做好的鞋底毛坯以及纳鞋底所需要的麻线，经各地的交通站，转运给负有纳鞋底任务的县、区人民政府，由其将任务合理分配到各村，村再摊派到有生产能力的妇女群众，由她们作为一种应负担的战争勤务，在规定时间内，义务完成纳鞋底的任务。纳好后，再由村、区、县按级集中起来，交给交通站辗转运回鞋厂，然后配上鞋帮，制出成品鞋、分发给部队。

边区被服厂所需的大批布匹、棉花、染料，都是从冀中根据地送来的，生产出来的服装，又需要送往各部队驻地。

山区道路不平，交通不便，全靠人背、牲口驮，实在不容易。为了把采购来的物资运回后方，地方政府在沿途设置若干转运站，转运站之间的路程一般都是半日的行程，以便使参加运输工作的群众能在当日返回住村。将成品运送各部队，同样是在沿途设置若干运输站。这样，就形成了广大人民群众积极参加的庞大的运输网。边区人民为了完成运输任务，千辛万苦，流血流汗，甚至献出宝贵的生命。

我们唯一的靠山是群众[*]

杨成武

1944 年 12 月下旬，1500 多名敌人踏过王官淀的厚冰，以于村、石务吉和八方村为目标，分三路向我们驻地突袭。

为了避免与敌人打消耗战，我们分散转移了。我带着侦察科科长原星、作战科科长高存信和副科长周自为，还有几个参谋，一个警卫班，一共十几人，每人骑着一辆自行车，来到了距敌炮楼林立的任丘城仅 12 里地的半边店。

这是一个很可靠的村子，曾以支援和掩护八路军而闻名于冀中，被称为抗日模范村。村东头有敌人的一个碉堡，可是村里却有我们建立的"两面政权"。村长是"白皮红心"，表面上听命于敌，实际上却是我们的抗日工作人员。在冀中，由于斗争环境特殊，像这样的"两面政权"很多，也非常必要。否则，难于坚持斗争。

---

　* 本文选自《杨成武回忆录》，解放军出版社 2014 年版，收录时做了适当修改。

别人曾跟我谈过这样一件事：蠡县县大队政委曹步墀在十八团工作时，正逢日军疯狂地进行"铁壁合围"，他们连队转移到一个村庄。这个村的村长看到一支队伍向村里开来，以为是"皇军"，赶紧领着老百姓，打着日本小旗子出来迎接。战士们一瞅，以为碰上了汉奸，正想摸枪，不料村长高兴地把小旗一扔，叫着："唉！是八路军呀！是同志们哪！快进村歇歇脚，吃点东西……"

然而，我们今天来到半边店，事情却并不顺利。我们骑着车子进了村，向乡亲们说明我们是八路军，要找村长，要找地道隐蔽。乡亲们却惶惶不安地互相推托，不管我们怎么说，村长也不露面。我们非常奇怪，不知道这里出了什么事情。只好再三解释：我们是军区的，敌人正在追捕我们，请带我们下地道藏一藏。

过了很久，走来一个白发苍苍的老人，冷淡地看了看我们，迈着蹒跚的步子，把我们领到一个墙角前，弯腰挪开几块破砖，又掀开一块木板，露出一个洞口。他用手一指说："地道在这儿，你们进吧。"掉转身，就走开了。

这个地道实在差劲，里头黑乎乎的，又窄又小，没有其他出口，那个进口也很蹩脚，很不安全。我们蹲在洞里，又饿又冻，可是再也没有乡亲们来过问。在漆黑的洞子里，我听到身边战士埋怨说："这个村根本不像人家说的那么好，准是敌人的'清剿'把那个'两面村长'吓住了。要不，怎么不敢接待我们？"我也有些不安，为防备万一，便交代大家做好战斗准备，一旦有情况就冲出去，绝不能让敌人把我们堵在洞里。

前些日子，我连续在几个分区了解斗争情况，每到一村，住的都是堡垒户，不是村支部书记家就是副书记、委员家，最起码是党小组长家。他们不仅政治上可靠，而且备有较好的地道。我们一进村，群众随即就把自行车轮印扫掉，从村头一直扫到公路远处，以防敌人跟踪袭击。我们一般睡在房子里，屋顶上有用秫秸搭的一个棚，警卫员在棚里放哨。他从棚里拉条绳子通到屋里，拴一个小铃铛，作为报警器。事先规定好：拉一响是发现异常情况，拉两响是敌人进村了，连续拉响就是通知赶紧钻地道。住在堡垒户里，我们就像住在自己家里一样，要是我们半夜才到，大爷大娘便把热炕让给我们，他们自己有的跑到屋外去为我们"望风"，有的忙着为我们煮红枣汤驱寒。白天，他们叫儿子到村外地里"干活"，或者打发媳妇坐在家门口"做针线"，实际上都是在为我们放哨。要走了，他们又摸黑把我们护送出去。我们所到之处，碰到过多少好乡亲啊！同志们都知道，在这无险可据的平原上，我们唯一的靠山是群众，如果没有群众，我们就无立足之地，寸步难行，更谈不上开展斗争了。

尤其是十分区司令员刘秉彦、政委旷伏兆同志所在的地区，正处在（北）平、（天）津、保（定）三角地带，斗争更为艰苦，和群众的关系更为密切。敌人也看出了这一点，便采取"淘水捉鱼"的办法，派出大量"清剿队""剔抉队"，逐村逐院逐屋地搜索我党政军人员，只要发现一点踪迹，便抄斩全家，血洗全村。他们每到一村，还狡猾地宣布："出来参加集会的是老百姓，藏在家里的是八路军!"

当村民们集中后，他们随便叫出一个人，问他谁是八路军，谁是抗日干部。如果回答"不知道"，他们就残暴地给这个群众灌冷水，然后往他肚子上踩，一直到把他踩死为止，以此来杀一儆百。他们借口"凡藏有八路军的东西均得交出"，向村民大肆敲诈勒索，抢劫财物，还强迫村民集中开会，乘机捕捉青年去当劳工。他们不但要钱要粮，要酒要肉，还要"花姑娘"供他们淫乐，就连十二三岁的小女孩，也不放过。饱受日本侵略者奴役之苦的冀中人民，把解放的希望寄托在共产党、八路军的身上，他们没有在敌人的屠刀下屈服，而是更隐蔽更勇敢地与敌人做斗争，坚持为我军放哨、警戒、侦察敌情、传递情报，甚至以身家性命保护子弟兵。

藁无县南白皮村 62 岁的刘洛仁在地里拾柴时被敌人抓去，敌人给他一把锹，要他填掉八路军活动的交通沟。刘老汉说："我要给你们填一锹土，就算是个汉奸!"敌人打了他两个耳光，他举起铁锹朝着敌人的脑袋就砍。敌人一枪把他打倒在地。老汉临死的时候还怒目圆睁，痛骂敌人。

武强县十三岁的少年温三郁家里挖了个地道，把八路军藏在里头。包围村子的敌人进了他家，问这里有没有八路。他说："没有。"敌人不信，一刺刀把温三郁的母亲刺倒在地，当即带走了他的父亲和哥哥。敌人瞅他小，先是威胁利诱，继而又拷问他，强迫他交出八路军。他一口咬定："不知道什么是八路！"敌人在屋里屋外乱搜一气，突然发现了地道口。这时，洞里的同志开了火，随着枪声，敌人倒下了好几个。敌人不敢往里冲，便拿温三郁出气，用刺刀剁掉他好几个手指头，还朝他肚子上打了一枪。恰巧这时，游击支队赶到，在村外袭扰敌人，敌人这才仓皇撤走了。不一会，地道里的同志钻出来，把温三郁抢救醒，他却自豪地说："叔叔，我什么也没给敌人说！"说完，又痛昏了过去。

有一次，日军为了捕捉隐蔽在深南县王家铺村的八路军，抓了村里 27 个群众，用刺刀顶着他们的胸口，以杀头相威胁，要他们说出八路军的隐蔽地点，27 个人无一人开口。敌人杀了一个，他们不说，杀了两个，他们还是不说。日军暴跳如雷，兽性大发，一连杀了 14 个。可是，剩下的群众仍然只字未吐。

日军愈来愈清楚地认识到坚贞不屈的冀中人民难以对付，只用刺刀是不可能征服他们的。于是，敌人变换了手法，开展起"新国民运动"，推行"反共誓约"，组织伪联庄，颁布"民众归顺""干部皈顺"条令，以确保其侵占的地盘。从去年 10 月起，他们就出动大批人马，在任丘、高阳地区做"突击示范"，一下子把群众圈进去 3 万多人。随后召开"反共誓约大会"，用狗咬、活埋、投井、挖心、背碌碡、炭火烙、挂人头、不准吃喝等残忍手段，威逼群众，妄想将群众变成"效忠皇军"的"新国民"。在任丘，敌人还把1万多老百姓圈进"大饿狱"，逼着他们供出八路军隐藏的武器、粮食、各村的地道、干部名单和八路军的各种文件，说："交出来了，你们就出去，要不就饿着！"

一天、两天、三天……一直过了七天，每天都要抬出一些死尸。但是，活着的人仍然没有屈服，敌人仍然没得到一点有关八路军的情报。最后，"大饿狱"里一共活活饿死了100多人，2000多名青年被日军捆绑着不知运到什么地方去了。

紧接着，敌人又在任丘至高阳长达30公里的公路上，搞起一条"人电线"，每隔十步就派一个所谓"新国民"站岗，强迫他们昼夜不停地传递情况。敌人企图用这种办法监视、封锁八路军的活动，不让我们过路。

我们呢，在切实掌握敌人突击行动的规律后，深夜横穿"人电线"，插至敌人的"突击示范村"西良淀潜伏。当乡亲们看到子弟兵时，喜出望外，"人电线"上，"平安无事！平安无事……"的声浪越来越大，直传向敌人据点。第二天下午，日军1个中队、伪军2个中队大摇大摆地从百尺村"突击"回来，经西良淀村渡口。我军放过伪军，待日军全部进村，拉响地雷和手榴弹，随着一片爆炸声，机枪和步枪一齐开火，歼灭日军过半。这时，乘船过河的伪军刚刚上岸，我埋伏下的部队一起冲杀，他们便吓得全部缴了枪。

战斗结束后，我军刚要转移，一位老大娘急急忙忙地跑了过来，边跑边喊："同志，快回来，我家还有一个鬼子呢！"

有的战士着急地嚷道："为什么不早说，叫他跑了怎么办？"

大娘笑呵呵地答道："他跑不了啦，我已经把他锁在柜子里了！"

原来，那个日本兵没被炸死，闯进她家，用半生不熟的中国话对她说："新国民的！藏一藏我，优待优待的有！"

大娘点了点头，挥手叫他钻进柜子里，再加上一把锁，这个鬼子便成了瓮中之鳖。

奇怪的是，我们在半边店这个村子里，却受到了冷遇，是因为这里离敌人太近，"两面村长"和群众在敌人的高压政策下不敢跟我军人员接触，还是他们对我们有疑虑？我们到半边店之前，曾经请地方上的同志给这里的"两面政权"下过通知，莫非这个通知还没送到？当然，也不排除这样的可能："两面村长"变质，完全倒向敌人一边。那么，我们将面临着极大的危险！

我紧张地思索着，分析、判断可能出现的各种情况。同志们也在黑暗中握着枪，一言不发，地道里只听到一阵粗重的呼吸声。黄昏时，我决定带领同志们离开半边店，转移到其他地方去。刚出地道，迎面碰上一位中年人。"唉呀，司令员，实在对不起你们！"他非常抱歉地对我们说。"两面村长"终于露面了。

原来，也在黄昏时，从任丘城西关匆匆赶来一位姓郝的同志，他正是来给半边店下通知的人，由于途中被敌人缠住，迟到了。这下子，"两面村长"急忙赶来了，那位领我们进地道的老大爷和几位乡亲们也来了，他们都挺内疚，一再道歉。

　　郝同志解释说："他们这里离鬼子据点近，特务常化装成八路军便衣人员，到这儿来欺骗乡亲们。村里有位老大爷曾经受骗，去接待他们，领他们钻地道，结果人被抓进据点整死了，地道也暴露了！"

　　"两面村长"接着说："下午你们来了，虽说也穿紫花布袍子，头扎毛布，像咱冀中的庄户人家，可是讲话却是外地口音，一个个也都面生得很。大家不摸底细，才把你们领到专门用来对付敌人的地道里去了！"

　　"可不是嘛！"那位脚步蹒跚的老大爷笑呵呵地说，"前些日子，一群特务冒充八路，掌灯时分窜到村里来，嚷嚷着下地道躲一躲，也是我，把他们领到那个蹩脚的地道里一丢了事。那帮龟孙子在里头冻得够呛，没人理睬，半夜里实在扛不住了，只好爬出来，灰溜溜地滚蛋了。"

　　"哈哈哈……"听到这里，我们都忍不住压低嗓子相视而笑。

　　"两面村长"边笑边说："这回真是大水冲了龙王庙！我代表大伙儿向同志们道歉，请你们莫怪，莫怪呀！"

　　"村长同志！"我赶紧说，"你们没有错，用不着道歉。

你们时时刻刻保持高度警惕，才能坚持斗争啊。你们做得对，半边店不愧是个模范村，你们不愧是防奸模范。"

听到我这么说，"两面村长"和几个乡亲都挺高兴。他们小声地嘀咕了几句，好像在争抢着要把我们领到自己家里。很快，我们便被领到三户紧挨着的堡垒户家里，每一家都安排了几个人。

一位年约二十七八岁的人把我和几个警卫员领进他家里。一进门，他就轻轻地叫了一声："娘，来同志啦！"

屋里炕上，盘腿坐着一位六十多岁的老大娘，她颤巍巍地举起放在土炕小桌上的油灯，仔细地瞅了瞅我们，然后亲切地说："孩子，快，上炕来暖暖手脚。"

"大娘！"我敬重地叫了一声，上炕坐在大娘身边。

她赶紧把腿脚焐热的被子扯过来，盖住我冰冷的双脚，又对她的儿子说："快到隔壁家把你妹子叫来。"

不一会，我们面前出现了一位年轻姑娘。她见到我们，羞涩地一笑。大娘指着那位姑娘，对我说："你叫她妹子。"指着姑娘的哥哥说："你叫他弟。"又指着我对他俩说："他是你们大哥。"

末了，大娘笑眯眯地说："你就唤我'娘'好啰。万一鬼子来了，咱们这一家人好支应那些两条腿的狼！"

这是半边店群众的斗争方式之一。每当家里来了八路军同志，全家人立刻聚到一起，规定好相互关系、称呼，以便应付敌人的突然搜查。

我感动极了。我们和人民群众，确实是一家人啊。我亲昵地叫了一声："娘！"

大娘高兴地应了一声，慈祥地笑了。姑娘忙着为我们生火做饭。那位好兄弟则冒着严寒出门，和几位乡亲到村外扫我们的自行车轮印去了。大娘和我拉起了家常。说着说着，她伤心地掉下泪来。我再三追问，她才告诉我，原来，郝同志说的那位受特务欺骗，错把他们当八路接待而被整死的老大爷，就是她的老伴！

这就是我们的人民，这就是我们的母亲！当她的亲人为了支援和保护我军指战员而误中奸计，惨死敌手之后。她承受着巨大的痛苦，仍然这样真诚地掩护我们，这需要多么坚定的信念和多么大的勇气啊！作为我们，怎能又来连累老人家呢？谁知，我刚流露出想另住一家的意思，大娘马上觉察出来，并且生起气来了。她说，日军和汉奸杀掉他老伴，为的就是不让老百姓掩护八路军。老百姓哪能因为亲人被害，就扔掉自己的子弟兵不管呢？那不正合敌人心意吗？她还说，老伴死了，原先的地道也暴露了，她叫儿子再挖个更好的地道，儿子和几个乡亲连着干了好长时间，这才挖成了全村最好的地道。所以，她有理由把八路军请到家里来住。

在这样的母亲面前，我还能说什么呢？我们在大娘家住了两天，大娘把家里唯一的一只正在下蛋的老母鸡也杀了，炖给我们吃。我说什么也不吃。大娘像哄孩子似的说："吃吧，吃吧，别怄气了。吃得壮壮的，多打几个鬼子，娘心里才高兴呢！要不，让鬼子抢去杀了吃，那才憋气呢！"

当我们依依不舍地告别大娘一家时，大娘叮嘱我说："过年一定再来，大娘给你包饺子吃。啊？"

我使劲地点了点头，说："娘，您老人家多保重！"

我们在暮色中骑上自行车走了，骑了一段路，我回过头来，还看见大娘和她的儿女久久站在家门口。

在半边店闹了误会以后，我就吸取了教训，每到一地，尽量不说话，以免露出我那南方口音。我还调了三个人随我行动，一个是保定附近的人，一个是天津附近的人，还有一个是饶阳人，每到一地，由他们用家乡话和群众联系。

这天，我们宿在一个村子里，忽然，民兵跑来报告，说村里来了几个汉奸，为首的人镶着金牙，操外地口音，暗地打听着我们的行踪，已经被扣住了。"这个'大金牙'顽固得很，被逮住后还死不承认自己是汉奸，硬说他是八路军，是军区派来的。"一个民兵愤愤地说。

我很奇怪，就叫他们把那个"大金牙"押来让我看看。当"大金牙"被带进来时，我不禁失声大笑起来，这哪里是汉奸呀，他是我们军区政治部副主任兼组织部部长王奇才！

王奇才同志原是九分区政委，他到冀中军区任政治部副主任后，分区政委的职务由一分区的王道邦同志接任。王奇才同志是闽西人，因为牙齿掉了，才镶了颗金牙。当时有些汉奸、特务认为镶金牙好看、体面，不管牙齿坏不坏，都喜欢镶上一两颗金牙。难怪民兵们一看王奇才同志那副样子，就把他当汉奸逮住了。

王奇才同志一看见我，便啼笑皆非地说："司令员，多谢这几位民兵把我抓来，要不，我还找不到你呢！"

满屋民兵都愣了。我向他们介绍王奇才同志的身份，话还没有讲完，民兵们就不好意思地跑了。

袭击我们的敌人扑了个空，灰溜溜地缩回据点。我在肃宁县城南边的张岗，与林铁、李志民、罗玉川、金城等同志会合。一路上，林铁、李志民同志他们也遇到不少和我们类似的惊险而有趣的事情。

我们会合之后，便把肃宁县张岗确定为军区的驻地。因为肃宁县城解放半年多了，这一带已成了比较巩固的地区，敌人轻易不敢到这里来。

我与林铁等同志相互交换了情况，谈起敌人"五一大扫荡"之后冀中人民艰苦斗争的事迹，也都激动不已。我们也谈到冀中的各级领导干部为恢复、巩固和发展抗日根据地所付出的代价和牺牲。斗争最艰苦、干部牺牲最多的要算蠡县了。一个县长上任不久就牺牲了，另一个接职不久也牺牲了，第三位同志再接过这副重担的时候，他的一个亲戚伤心地问他："你不怕吗？"他说："怕个甚？怕又有甚用？和鬼子干到底！"后来，他也英勇地牺牲了。这些人民的好儿子，就是这样前仆后继地进行斗争的。

1945 年到来了。

元旦这天，天气晴朗无风，我们的心情格外舒畅。在军区驻地，同志们会了餐。席间，大家频频举杯，互相祝贺在新的一年里多打胜仗，做英雄，当模范。今年是扩大解放区、缩小敌占区的一年，是大反攻的一年。冀中行署在我们驻地的广场上召开了"迎接 1945 年"的万人大会，为了防止敌机轰炸，大会是在黄昏时开始的。乡亲们穿着新衣裳，举着小纸旗从四面八方赶来了，掌声、口号声如春雷轰鸣。当我们走上主席台，望着那万头攒动的会场时，我异常激动，这是我到冀中后第一次参加群众集会。我看到了人民战争的火海，看到了人民的抗日热情和力量的所在！

《冀中一日》[*]

吕正操

　　1941 年初，冀中区党政军主要负责同志，考虑到要更好地反映冀中人民抗日斗争的伟大史实，从高尔基主编《世界一日》、茅盾主编《中国的一日》受到启示，向冀中文化界明确提出组织写作《冀中一日》的要求。这一倡议，得到冀中党政军民各机关、团体的热烈拥护。这年 4 月，冀中抗联所属群众团体和区党委、军区政治部、报社的代表，聚会在安平县彭家营村，成立了"冀中一日"筹委会。会议讨论"冀中一日"选择哪一天好，一致同意选在 5 月。鉴于5 月即将到来，需要时间动员布置，就确定了 5 月 27 日。因为这是一个普通的日子，更能代表冀中军民的生活和斗争。

　　"冀中一日"写作运动的宣传动员搞得相当深入，各机关、团体通过自己的组织系统，一直把任务布置到各个村庄

* 本文选自《吕正操回忆录》，解放军出版社 1988 年版，收录时做了适当修改。

215

和连队。当时，各村的"街头识字牌"，都写着"冀中一日"四个字。站岗放哨的儿童、妇女，见行人来往，查完"通行证"，都要叫你念"冀中一日"四个字，问"冀中一日"指的是哪一天，提醒你要写一篇"一日"的文章。每个群众，每个战士，每个干部，都热切地期待着 5 月 27 日这一天的到来。站在抗日斗争最前列的冀中军民，对于自己的革命事业是热爱的，对于战胜日本侵略者是充满民族自尊心和自信心的。他们把"冀中一日"写作运动，当成一种对自己的鼓舞，对敌人的示威。有些连队，为了获得一个好的题材，经过上级批准，选择 5 月 27 日这一天打下了敌人的据点。到了 5 月 27 日这一天，能动笔的人都动笔写作，据统计，亲自动笔写稿者有 10 万人。不能动笔的请人代笔，许多不识字的老大爷、老大娘，也都热心参加了这一写作运动。各地送往"冀中一日"编委会的稿件，要用麻袋装，大车拉。打起仗来，还得用大车拉着打游击。

《冀中一日》的编选工作，在当时是一个很了不起的举动。仅冀中区一级就集中了 40 多个宣传、文教干部，用了八九个月的时间，才初选定稿。前三辑由王林、孙犁、陈乔等编辑审定，第四辑由李英儒负责。孙犁还根据看稿的经验，编写了《区村连队文学写作课本》一书，首先在三纵队的《连队文艺》上连载，后来我把这本油印的小册子，带到山区，铅印出版，书名改为《怎样写作》。全国解放后出版的本子，叫《文艺学习》。

《冀中一日》全书约 30 万字，由 200 多篇短小精悍的文章汇集而成。内容分为四辑：第一辑"鬼蜮魍魉"，控诉日军残酷的暴行；第二辑"铁的子弟兵"，写武装斗争和我军的生活；第三辑"民主、自由、幸福"，写根据地的民主建设；第四辑"战斗的人民"，反映群众在党领导下的英勇斗争。这不是一部普通的书，而是千万抗日军民用血泪写成的一份真实的战斗记录，一部杰出的历史文献。

《冀中一日》初版油印 200 本，当即由交通员们背着，挑着，穿过敌人的封锁线，迅速传递到冀中各地。《冀中一日》初印之后，编委会又根据各方面的意见，做了补写、补选和校正的工作。补选和校正过的《冀中一日》还没来得及付印，敌人对冀中区就发动了空前残酷的"五一大扫荡"。负责这一工作的王林，唯恐自己一旦遇到危险，致使经过大力校正的稿本和补选的稿件同归于尽，就把它坚壁在堡垒户的夹壁墙里。

丢下这个本子，王林就像母亲把孩子寄托在别人家里一样不放心。在反"扫荡"的间隙中，他曾经绕道去查看，不料坚壁稿本的堡垒户受到严重损失，夹壁墙也付之一炬了。

"五一大扫荡"给冀中人民带来了永世难忘的灾难，人们四处坚壁的这部黄色麦秆纸的初印本，也遭到了劫运。

新中国成立后，为寻觅失落的《冀中一日》，文化部门进行了广泛、深入的征集工作。1951 年，河北省文联找到这部书的第一辑。1958 年，当年主持编审工作的王林同志寻到了第二辑。百花文艺出版社于 1959 年 7 月，将这两辑合在一起付印出版。1959 年秋天，河间县委从一位老教师处找到保存了 18 年之久的第四辑。1960 年 5 月，当年为精印《冀中一日》，朝夕伏案刻写的铁笔战士周岐同志，见到重新印刷的《冀中一日》，立刻将自己冒着生命危险保存下来的四辑全书邮寄出版社。这样，诞生在战火中的《冀中一日》，又得以重印，和更广大的读者见了面。

《冀中一日》中一篇篇短小、朴实、精练的散文，显示了群众的智慧和创作才能，它真实地表现了冀中根据地斗争生活的整个风貌，表现了中国革命的一个时代。

这本书的问世，是冀中抗日根据地文化建设上的一件大事。1941 年初版时，程子华同志写了"题词"，他说："《冀中一日》是冀中党政军民各方面有组织的首次集体创作，是大众化文学运动的伟大实践，是我们向新民主主义文化战线上进军的一面胜利的战旗。"

晋察冀军区宣传文艺战线上的尖兵

朱良才

《子弟兵》报

1937 年 11 月 7 日，经中共中央批准，晋察冀军区正式成立。当时急需创办一张全区性的报纸，以宣传党的政治、军事主张，传达党中央、中央军委和八路军总部的指示，统一思想，并充分反映晋察冀军民的斗争生活，揭露和打击日伪的反动文化。1937 年 12 月 11 日，在军区首长的关怀下，我们政治部于五台县的一个小村落——金刚库村，出版了晋察冀军区的第一张报纸。

这张在战火弥漫中诞生的报纸，开始叫《抗敌报》，以后曾改名为《抗敌三日刊》。1941 年经聂荣臻同志倡议，改用《子弟兵》报的名称。

《子弟兵》报，是我党我军在华北敌后抗日根据地创办最早，也是坚持时间最长的一张报纸。它认真宣传党的路线、方针、政策和毛泽东思想，紧密配合党的中心任务，指导部队的军事、政治、文化等各方面的建设，辅导学习马克思主义理论，及时宣传国际反法西斯斗争形势和我国抗战形势，反映敌后军民丰富多彩的战斗生活，发扬爱国主义和革命英雄主义，以崇高的理想鼓舞广大指战员的斗志，对巩固和提高部队战斗力发挥了重要作用，成为晋察冀军区部队一个重要的宣传鼓动工具，多次受到八路军总部的表扬。

《子弟兵》报办得很有特色，有很强的战斗性和指导性。在内容、文风和编排上，讲究通俗、新颖、生动、活泼，受到广大读者的欢迎，在晋察冀军区部队有很高的威信。当时部队把报纸上的社论、评论和重要文章看作上级的指示，认真学习、贯彻执行。《子弟兵》报还非常注重宣传的思想性，对日伪的反动文化和反抗战、反团结、反进步的逆流，进行了有力的揭露和打击，成为敌后抗战新文化和新民主主义的积极传播者，在晋察冀边区内外都很有影响。

《子弟兵》报作为一张战地报纸，紧紧服务于抗日战争和以后的解放战争，在极其艰难和流动的战争环境下坚持出版，直至全国即将胜利时终止，整整战斗了十个春秋。为适应战争环境的要求，《子弟兵》报的编辑部是非常精干的，通常只有三四个人，多的时候也不过六七个人，一条土炕编辑部的人就可以睡下，一盆菜就够编辑部的人吃。当时，人们就称为"一盆菜""一条炕"的编辑部。这张报纸从油印、石印发展到铅印，四开四版，周三刊。即使在油印出版时，由于"钢版战士"（油印时刻蜡版的同志）的热情创造，克服了各种物质条件的困难，尽力把小报"打扮"得漂漂亮亮，遇有重大事件，还能用红绿套色出版。敌后战争环境十分艰苦，日军经常进行"铁壁合围"和"清剿扫荡"，而《子弟兵》报始终坚持出版，极少停刊。后来在解放战争中，大兵团驰骋广阔战场，《子弟兵》报依靠两辆大车拉着铅字、印刷机，随野战军出版，及时进行宣传鼓动。

办好《子弟兵》报，得力于一批革命的新闻工作者在异常艰苦环境下的努力。先后直接负责办这张报纸的同志，有邓拓、邱岗、李荒、张致祥同志，还有周游、魏巍、徐逸人、姚远方、夏蓝等同志。他们多数是抗战爆发后，从延安或平津地区来到晋察冀敌后，在民族战争前线经受锻炼，他们既拿笔杆子撰文，又拿起枪杆子打仗。他们之中有些同志已为国献身，将永不磨灭地存在于一个时代和人民的记忆之中。

《子弟兵》报对晋察冀地区我军所进行的重要战役、战斗，如抗日战争中击毙日军阿部规秀中将的黄土岭战斗和大龙华战斗、齐会战斗、陈庄歼灭战、百团大战等战役、战斗；对坚持冀中平原游击战争，对威震平津、平西、平北和北岳、冀东的人民武装斗争；对人民战争的伟大创造——地雷战、地道战、交通战，以及在战斗中涌现出来的英雄人物、英雄集体，都及时地在报上以重要的位置，充分的版面，配上热情的评论，予以详尽报道。

狼牙山五壮士的事迹，经过《子弟兵》报和兄弟报刊的连续宣传，深入人心，家喻户晓。对国际友人白求恩、柯棣华大夫的事迹，《子弟兵》报都以浓墨重彩做了连续的多侧面的报道，他们的国际主义精神，教育和感染了广大读者，对树立全心全意为人民服务的思想起了深远的影响。还有"子弟兵的母亲"戎冠秀、"地雷大王"李勇和"神枪手"李殿冰，《子弟兵》报也都作为重大典型进行了突出的宣传。英雄事迹激发了广大指战员的革命英雄主义精神，广大读者一打开《子弟兵》报，就感到一派凛然正气，深受鼓舞。

《子弟兵》报在宣传先进人物的同时，还注意宣传后进人物的转变。第四军分区有个落后战士叫李国瑞，在党组织和战友们的耐心帮助下，转变成先进战士。《子弟兵》报对李国瑞这个典型进行了生动的报道，在部队中掀起了帮助后进战士转变的热潮。

《子弟兵》报重视发挥报纸对思想政治工作和作战的指导作用。抗战初期，随着根据地的扩大，部队得到迅速扩充，同时还改编了大量杂色武装。这样，部队的成分就比以前复杂多了，不良倾向时有出现，非常需要加强党性和严肃纪律，《子弟兵》报及时从理论和实践两个方面指导部队进行整顿。在宣传中，坚持以表扬为主，但又不放松对不良倾向的必要的批评，经常刊登正反两方面的事例，进行宣传教育。经过一段教育、整顿，部队中谋私利者可耻，勇于献身者光荣，蔚然成风。1942年和1943年，敌后抗战进入最艰苦的岁月，在党中央领导下，先后开始了整风运动和大生产运动。《子弟兵》报紧紧围绕整风和大生产这两件大事进行宣传，尤其在军队生产自给方面做了大量报道。到1944年，在敌后比较巩固的根据地内，发动军民开展生产运动的问题已经解决，但在游击区，在敌后之敌后能不能也这样做的问题，还没有解决。报社便约请军区民运部部长张平凯写了一篇关于晋察冀的游击区开展生产运动的报道，用生动的事例说明，在日伪据点林立的地区活动的游击队，同样能够在战斗空隙进行生产，改善生活。这篇报道，延安《解放日报》也刊登了。毛泽东主席看了很高兴，于1945年1月31日亲自动笔为《解放日报》写了一篇社论：《游击区也能够进行生产》。

面向连队，面向基层，通俗化，大众化，是《子弟兵》报的特色。

抗战初期，晋察冀部队大部分战士和基层干部基本上来自农民家庭，多数是不识字或刚学会一些字的文盲或半文盲。报纸的宣传，能不能吸引他们并为他们接受，在很大程度上取决于报纸是不是认准特定的对象，尽最大努力把报纸办得通俗易懂，清楚明白，生动活泼，《子弟兵》报从创刊开始，就十分明确地强调这个办报思想。《子弟兵》报从评论、新闻通讯到各种专栏，都尽力做到短小精悍，文字通俗，具体形象，说理清楚。还根据读者需要，设置了多种群众喜闻乐见的专栏，如"时事解说""谈话会""青年战友""读报材料"等。报纸很重视图画的应用，报上经常刊登播图、连环画、看图说事、时事地图、组字画、木刻和照片，颇受读者欢迎。军区政治部几位领导都一再强调报纸一定要通俗，一旦发现报纸不够通俗，就及时指出，帮助改进。

与报纸通俗化相关联的，是报纸的群众化。《子弟兵》报纸上的文稿，有一大半是战斗在第一线的干部战士写的。那时，晋察冀军区的部队普遍建立了通信网组织，连以上单位都有通信小组，有干部参加也有战士参加，在营以上干部中设特约通信员，广大干部战士做到了一手拿枪杆子、一手拿笔杆子。在艰苦的 1941 年，报社每天仍收到大量来稿，一次仗打下来后，直接参加战斗的战士、班长以至连长、营长、团长，都动笔写稿，或自己讲述请人代笔。为党报军报写稿，形成了普遍的风气。

《子弟兵》报有广大群众的支持，军区领导又十分重视，遇有重大的任务，聂司令员和政治部舒同主任都亲自给报纸写文章。军区政治部总结政治工作，都把报纸工作包括在内。我们深深感到，办好报纸是政治工作的一件大事。

抗敌剧社

抗敌剧社，于 1937 年 12 月 11 日在河北省阜平县城一所小学校正式成立，是抗日战争中在晋察冀军区政治部领导下的一个文艺团体。

八年间，抗敌剧社在根据地，在游击区，在反"扫荡"斗争中，在炮火连天的战场上，他们频繁地行军、演出于晋察冀的山地、平原、城镇和乡村。演出的场地、形式、内容和质量，不断得到发展和提高。从农村的旧戏台、沙滩、坡地、街头、打麦场，发展到自己动手制作便于流动演出的"帐篷舞台"，以至城市的剧场。从口头讲演、化装宣传，发展到自己编写反映边区军民斗争生活的独幕、多幕话剧、歌剧、秧歌剧、快板剧、话报剧和歌曲、舞蹈、舞剧等。还演出过五四以来我国的优秀剧目，以及苏联等外国的名剧。从只有简单幕布、汽灯照明，发展到能在天幕上出现蓝天白云、满山花果和风雨雷电；从缴获日伪军服装、钢盔、枪支，或从群众中借用服装道具，发展到能用粗布自己制作西装、大衣和各种人物的衣着道具；从用普通颜料、锅底烟灰和凡士林做化妆品，山羊毛做胡须，发展到能够自制油彩、"鼻油灰"和编织头套，制作各种纸花和头饰。乐器呢，从锣鼓和口琴，或吹苇子叶伴奏，发展到拥有二胡、京胡、三弦，或由提琴、吉他、手风琴组成的混合乐队；从由敌人手里缴获的几件铜管乐器的五人小型军乐组，发展到二十多人的军乐队。

　　1938 年春，剧社成立不久，便组织演出队深入到敌后战场巡回演出了三个多月。1939 年 11 月，当敌人向我根据地进攻时，剧社马上深入战斗第一线，演出了《劫后》和《在这块土地上》。1940 年和 1941 年，敌人对我根据地连续发动大规模"扫荡",剧社的同志又深入炮火连天的战场,既当宣传员又当战斗员,仅一年多时间,就演出30多场。1942年春,为了粉碎敌人的"治安强化运动",军区号召全边区的文艺工作者参加对敌的"政治攻势",军区下属的13个剧社,以及地方的文艺团体都参加了。当时抗敌剧社组成了一个演出队,配合武装工作队深入到敌后的敌后,开展反"蚕食"和开辟新区的斗争。剧社的同志们冒着生命危险,在武工队的配合下,深入到敌占区的村镇里搞演出,搞宣传。他们还曾在夜晚摸到敌人的碉堡下进行宣传,并把揭露敌人、宣传抗战必胜的标语贴到伪县政府的墙壁上。有时他们正在演出,突然日伪军"扫荡"来了,演员们来不及卸妆,便立即拿起手榴弹,跟随部队一起战斗。敌人退走了,再接着演出。一天晚上,被派到晋北敌占区配合武工队搞开辟工作的演出队,刚在一个村演出结束,就被敌人包围了。演员们立即和武工队一起投入战斗,经过激战,冲出包围。战斗中,优秀的女创作员、演员方璧光荣牺牲,剧作者崔品之被敌人抓住后杀害,剧作者杜烽,演员胡朋、吴鹏程等也在战斗中负伤。

有时候,敌伪的"新民会"宣抚班,进村强迫群众去听宣抚。敌人的宣抚班刚走,群众尚未散去,我们的剧社就赶到了,我们把敌人写在墙上的"大东亚圣战"之类的标语撕掉,写上"抗战到底"等标语,并立即登台演出或讲演,戳穿日伪的欺骗宣传,坚定人们抗战的信心。生活在水深火热之中，饱受日伪军摧残压榨的乡亲们，拉着我们的同志到他们家里去，要向亲人说说心里话。在这日伪军的碉堡林立、沟路如网随时进行"清剿""扫荡"的残酷环境里，在汉奸敌特出没无常随时都会出现危险情况的敌占区里，抗敌剧社的同志们始终在斗争第一线演出、宣传。火热的斗争生活，使他们经受了锻炼，并使他们通过调查研究与亲身体验，获得了许多宝贵资料。他们创作演出了话剧《可找到了》《红枪会》《英雄儿女》《黑老虎》《王七》和歌剧《弃暗投明》等，揭露日伪暴行，歌颂人民的英勇斗争，鼓舞人们坚持渡过难关，争取抗战的最后胜利。

1942 年 8 月 6 日，聂荣臻司令员在军区文艺工作会议上发表了《关于部队文艺诸问题》讲话，强调指出，文艺工作者"必须去了解真实的战争生活，在烽火弥漫的战场上去丰富自己的生活材料"。特别是 1943 年冬毛主席《在延安文艺座谈会上的讲话》在《晋察冀日报》全文发表后，我们立即在阜平县板油店村组织抗敌剧社的同志进行学习，并联系实际进行了文艺整风。"深入生活，必须到群众中去，必须长期地无条件地全心全意地到工农兵群众中去，到火热的斗争中去，到唯一的最广大最丰富的源泉中去"。深入生活成了剧社每个同志的自觉行动。剧社还制定了定期或不定期地组织剧社人员下乡、下连的制度，并长期坚持。在下乡、下连中，同志们自觉和工农兵打成一片，同生活、同劳动、同战斗、同甘苦、共患难，不仅了解英雄模范的一事一例，而且了解他们的成长过程，了解他们的过去和现在；不仅了解他们参加生产劳动、火线战斗的情景，而且从生活的各方面学习他们无私、忘我的革命精神。在向工农兵学习中，缩短自己同他们思想感情上的差距，并自觉地同自己的思想改造联系起来，以在艺术创作上、表演上和歌唱、绘画中，真实地反映出中国共产党领导下的新型的人民军队的本质和边区人民群众美的形象。从描绘普通的工农兵人物日常的战斗生活、质朴的思想感情、高尚的情操中，激起人们对他们的爱。同时揭露敌人的残暴丑恶，加深群众对敌人的憎恨。由于真正深入了生活，剧社的创作有了很大发展，胡可的《战斗里成长》、杜烽的《李国瑞》、丁里的《子弟兵和老百姓》、刘肖芜的《我们的乡村》、吴畏的《挑渠放水》、刘佳的《不要杀他》等，都是经过长期生活积累创作成功的。

八年间，在党的文艺路线、方针、政策指导下，在战斗频繁的敌后环境中，抗敌剧社创作的剧本据不完全统计有150多个，歌曲100多首，绘画200多幅（木刻占三分之一），还有一些其他文艺形式的作品。为了借鉴和学习古今中外的优秀文学艺术作品，以提高自己的艺术水平，他们还演出过我国五四运动以来的优秀剧目《日出》《雷雨》和苏联名剧《前线》《俄罗斯人》，还同华北联合大学文艺学院和这个学院的文工团，以及西北战地服务团联合演出了《母亲》。

八年间，为交流部队文艺工作的经验和进行文艺普及工作，抗敌剧社曾办过八次短期连队文艺骨干训练班，其成员多为团和支队的宣传员，以及连队文艺骨干，并在巡回演出过程中，辅导连队文艺活动和驻地村剧团的文艺创作。1944年12月，汪洋、张非和林韦带领剧社一个创作组，到阜平县高街村辅导当地群众自编、自导、自演了话剧《穷人乐》和《做鞋组》，受到大家的好评。他们还编印了《连队文娱材料》若干期，下发到连队，促进了连队文化生活的开展。

八年中，抗敌剧社有11名同志在战斗中英勇牺牲。他们是：剧社派往冀东，为开辟工作而牺牲的黄天、今歌同志；在反"扫荡"中英勇牺牲的歌手赵尚武同志；与敌人拼刺刀而阵亡的作家吴畏同志；仅有十几岁的年轻歌手、舞蹈演员陈雨然同志；朴实无华的舞台工作者李心广同志；京剧演员安玉海同志；在美术方面很有成就的陈久同志；在政治攻势中英勇牺牲的女剧作者、演员方璧同志；被敌人俘获后惨遭杀害的剧作者崔品之、陈九同志。还有12名同志在艰苦的战争年代忘我工作，积劳成疾而病故。多才多艺的郑红羽同志也过早地离开了我们。

到1945年抗日战争胜利时，抗敌剧社已发展为拥有话剧、歌剧、京剧、活报剧等100多人的演员队伍和一支有较高水平的创作队伍。这个剧社还培养了一批优秀的作家、剧作家、作曲家和著名的话剧、歌剧、电影演员，如大家比较熟悉的白瑞林、汪洋、刘佳、胡可、刘肖芜、杜烽、胡朋、陈群、刘薇、田华等，都是在抗敌剧社成长起来的。

《晋察冀画报》

1939 年 2 月，军区政治部宣传部设立了新闻摄影科，开始了有组织的摄影采访报道和照片展览发稿工作。1942 年 5 月，又成立了晋察冀画报社，两个月后，出版了大型《晋察冀画报》创刊号。这期创刊号是以照片为主，并刊登了一些文学和美术作品，道林纸印刷，16 开本，近 100 页，受到根据地军民的热烈欢迎。

聂荣臻司令员非常重视晋察冀的摄影和画报工作。例如：没有放大照片的机器，聂司令员就把他的望远镜给摄影科，让他们利用望远镜镜头代替放大机镜头放大照片。为了解决出版画报的照相制版和印刷器材问题，他亲自同吕正操、程子华面谈，托他们在冀中地区帮助解决。吕正操、程子华对此非常重视，他们派了一个加强营的兵力，帮助摄影科派到冀中的采购人员，用三个多月的时间，把弄到的一大批纸张、油墨、铜版、药品等，护送通过敌人的封锁线，安全运到画报筹备组的驻地。出版方面的技术力量不足，听说平西有一些从北平出来参加抗日的制版印刷技术人员，聂司令员便很快给冀热察挺进军司令员萧克发电报商量，萧克随即派部队把 7 位技术人员和一些器材护送到军区，支援画报出版。军区政治部热情欢迎了这 7 位同志，春节期间，我还请他们吃了一顿饭，表示慰劳。大家都很高兴，下定决心要为出版画报贡献力量。出版画报时，工人同志们很辛苦，日夜干活，粮食不够吃，有人出现浮肿，聂司令员批了500公斤小米作为补助。工人同志们很受鼓舞，大家努力工作，仅用两个月的时间，就把大型画报创刊号印出来了。聂司令员为《晋察冀画报》创刊号题了词："五年的抗战，晋察冀的人民究竟做了些什么？一切活生生的事实都显露在这小小的画刊里，它告诉了全国同胞，他们在敌后是如何的坚决英勇保卫着自己的祖国；同时也告诉了全世界正义人士，他们在东方如何在艰难困苦中抵抗着日本强盗。"聂司令员还指示画报的设计和图片说明要用中英两种文字，以便向国外发行，进行国际宣传。特别给人留下深刻印象的是：在《晋察冀画报》第4期庆祝"八一"建军节的特辑中，刊登了中国工农红军的生活照片，这组照片就是聂司令员珍重保存、送交画报社发表的，它引起了广大读者的极大兴趣和向往。

为了完成采访任务，真实地记录中国人民英勇抗击日本侵略者的历史，不少优秀的摄影工作者献出了宝贵的生命。摄影员李乃随部队参加平原游击战，一天深夜，部队夜袭敌人岗楼，他积极要求参加，为了抢拍清晰的战斗照片，他始终战斗在最前沿。他用镁光摄影，敌人见到亮光，便朝他射击，他手腕中弹，血流如注，仍坚持拍摄，硬是忍着伤痛，完成了任务。记者高明，一次随我骑兵部队挺进察北坝下（在长城独石口一带），抢拍我军追歼敌人的战斗场面，不幸身负重伤。在生命垂危的时刻，他将所拍胶卷嘱托部队同志一定要转交给晋察冀画报社，画报社收到他用鲜血和生命抢拍下来的珍贵照片后，很快就在画报上发表了。1944 年被我军营救的美国人白格里欧到画报社参观，当看到画报上刊登的高明的摄影作品，听到关于高明采访的事迹时，深表钦佩。

《晋察冀画报》出版伊始，就引起各方面的反响。画报发到部队，战士们很受鼓舞，立志要向画报上宣传的英雄人物学习、看齐，"下次战场见，看谁上照片"成为战士们的响亮口号。《晋察冀画报》发到重庆，有些报刊发表介绍文章，做了很高的评价。1944 年 12 月，大型（90 余页）《晋察冀画报》出版了，清晰而秀丽的图片，比之抗战前上海出版的最好画报也不逊色。

日军见到《晋察冀画报》后大为震惊，曾出动大批日伪军搜查了保定市所有印刷所，想查出代印《晋察冀画报》的地方，结果折腾了好多天，一无所获。日军把晋察冀画报社列为他们进攻我晋察冀军区的目标之一。1943 年秋，日军抽调大批兵力，对我晋察冀军区所在地发动了大规模"扫荡"，这次"扫荡"持续了三个月。在反"扫荡"斗争中，晋察冀画报社牺牲了九位同志，其中有领导干部、编辑人员、技师、工人和战士。政治指导员赵烈，17 岁从广州跑到延安投身革命，先后在陕北公学和抗日军政大学学习，他决心到前线参加抗日战争，于 1939 年被分配到晋察冀军区政治部，当时是我们军区政治部最年轻的干部之一。他政治上坚强，朝气蓬勃，多才多艺，会摄影、画画、作曲，还会写文章，常给晋察冀的报纸写通讯。晋察冀画报社成立时，他被任命为政治指导员兼党支部书记。他善于团结群众，热爱同志，为人模范。在反"扫荡"战斗中，他为掩护同志们突围，献出了年轻的生命。赵烈同志和其他烈士们用鲜血浇灌了《晋察冀画报》，值得我们永远怀念。

日军以为在这次大"扫荡"中，晋察冀画报社被彻底摧毁了，于是他们在北平的《华北日报》上大肆吹嘘，说晋察冀画报社已被消灭。敌人哪里知道，在反"扫荡"斗争中，晋察冀画报社虽然人员遭受了伤亡，物资器材也有损失，但当时还有26名记者和编辑人员，照样出版画报。为了及时恢复画报的出版，粉碎敌人的谎言，反"扫荡"战役一结束，我就派机要通信员通知画报社赶快把人员集中起来。

当时画报社主任沙飞因在战斗中脚被冻伤住进医院，我便把画报社副主任石少华找来，当面向他交代：要尽快整顿好机器设备，编辑出版画报，宣传这次反"扫荡"战役的胜利。这是很有重要意义的，可以鼓舞边区人民的斗志，重建家园，恢复生产；可以揭露敌人的野蛮暴行和欺骗宣传。石少华愉快地接受了任务，并立即组织全社人员投入画报的出版工作。他们发扬艰苦奋斗的工作作风，昼夜奋战，只用了一个月的时间就又出版了画报。

在艰苦的抗日战争中，《晋察冀画报》一直坚持出版发行，并积累了大量反映抗日斗争的照片资料。日军无条件投降后，晋察冀画报社的同志及时从所保存的2万多张底片中，精选编印了《晋察冀画报丛刊》四种，即《人民战争》《民主的晋察冀》《八路军和老百姓》《晋察冀的控诉》，这四本丛刊具有重要史料价值。1946年，上海复旦大学新闻系舒宗侨编印的《第二次世界大战画史》，选用了《晋察冀画报》的照片20多幅；1947年曹聚仁、舒宗侨编著的《中国抗战画史》，选载了《晋察冀画报》的照片28幅。这两本书都肯定了中国共产党领导的人民军队在抗日战争中所起的伟大作用。

在艰苦的抗日战争年代，晋察冀画报社的技术人员，为坚持画报的出版，发挥了极大的聪明才智，他们克服种种困难，革新创造了许多制版印刷器材，对画报事业做出了突出的贡献。

日军对敌后抗日根据地不断实行封锁、"蚕食"和"三光"政策，这给我们画报的出版发行造成了很大困难：一是照相、制版、印刷等器材常常缺乏；二是印刷场所和器材常常要转移。为了解决这些实际问题，1943年画报社成立了自然科学研究会，将技术人员组织起来，集思广益，大搞技术革新。以技师何重生为主，研究试验成功了铅皮制版法和平版轻便印刷机。那时购买铜版是很困难的，铅皮则容易得到，用铅皮代替铜版，分量既轻，药品消耗也少。平版轻便印刷机是木质结构，整个机器重量只有25公斤，相当于石印机的六分之一，铅印机的二十分之一，便于拆卸、搬运、转移。这两项科技研究成果应用后，用两辆马车就可以装上全部照相、制版、印刷等器材，随军转战，及时出版画刊。这就解决了画报在战争环境中制版印刷方面的困难。晋察冀边区行政委员会对这两项成果予以嘉奖，给画报社自然科学研究会发了奖状，给何重生技师发了奖金，奖状上的题词是"匠心创造，贡献抗战"。

晋察冀画报社在对外宣传方面也做了不少工作。从1939年2月军区摄影科成立起，他们就十分注意利用照片进行对外宣传工作。仅在1940年至1941年上半年一年多的时间里，他们就先后向苏联、菲律宾、越南、泰国、新加坡等国家发送了3000多张照片，在国际上扩大了我根据地军民坚持抗日斗争的政治影响。1941年上半年，我在军区政治工作会议上讲话时，对他们坚持进行对外宣传给予了表扬，并要求他们进一步做好这项工作。1942年5月《晋察冀画报》出版后，他们在对外宣传上，更是做了大量工作。例如：他们曾为党中央妇委编了两套《晋察冀解放区的妇女》放大照片，一套经妇委加译英文说明，送往美国；另一套送往法国。1949年，他们放大了2000多张反映晋察冀根据地军民坚持斗争的照片，送往在延安的美军观察组。1946年，丁玲同志准备到巴黎参加世界妇女联合会大会，要带一套解放区妇女生活照片，画报社给她选放了120幅。他们还通过各种渠道，把《晋察冀画报》及反映我根据地军民坚持抗日斗争的照片带到国外，在国际上造成了很好的影响。当时出席在捷克斯洛伐克召开的世界青年代表大会的我解放区青年代表回来说：《晋察冀画报》和画报社洗印的照片，在会上受到各国青年的欢迎，他们非常希望能看到中国解放区的画报和照片。1948 年，邓颖超同志来到晋察冀，她写信给画报社的同志说："你们对国际宣传做过很多努力和贡献，我们甚为欣慰。"

《晋察冀画报》坚持出版到 1948 年。那时解放战争的形势有了新发展，党中央做了新的部署，决定晋察冀军区和晋冀鲁豫军区合并为华北军区；相应地，《晋察冀画报》同晋冀鲁豫出版的《人民画报》合并，改出《华北画报》。自此，《晋察冀画报》完成了它的历史任务。

白求恩在华北抗日前线

叶青山

　　诺尔曼·白求恩同志为了支援中国的抗日战争，受加拿大和美国共产党的派遣，远渡重洋，艰苦跋涉，在1938年6月17日下午，到达我晋察冀军区司令部驻地——山西五台山金冈库村。我跟随聂荣臻司令员一起热情地欢迎了这位加拿大劳工进步党（即共产党）党员、世界著名的胸部外科专家。这位身材高大、态度非常谦逊的第一流的外科专家，曾随加拿大志愿军参加了西班牙人民反佛朗哥的正义战争。回国刚刚三个月，又来到了中国。如今，他穿一身灰布的中国式服装，高高的鼻梁上架着一副金丝眼镜，头发虽已斑白，精神却依然十分健旺。

　　谈话一开始，白求恩同志便迫不及待地提出了一连串问题。那时军区的卫生医疗事业处于初建时期，医务工作人员很少，而伤员却有600多名。更困难的是，我们医务人员的技术水平较低，器械和药品非常缺乏，组织机构和工作制度也不健全。聂司令员介绍了这些情况后，当场请他担任晋察冀军区卫生顾问，以加强军区的卫生工作建设。翻译还没有把话译完，白求恩同志就一口答应了下来。

他急于要工作，第二天便来到军区卫生部，随后就到了后方医院。一连四个星期，白求恩同志成天忙着给伤员们进行治疗并且向院方提出了许多改进工作的意见。他一面工作，一面思考着如何在现有物质条件的基础上，把原来的后方医院改建成一所模范医院。他的计划得到聂司令员的热烈赞助。白求恩同志立即投入了紧张的筹备工作，每天一大早就起来，除了给伤病员诊治外，便忙着指挥和帮助工人们盖手术室，做骨折牵引架和妥马氏夹板，打探针、镊子等等。甚至裁缝做衣服、床单，他也要亲自过目查问。晚饭后，还要给医务人员上课。深夜，山村已经完全沉寂了，他紧张的工作还没有结束。在黯淡的烛光下，他用极快的速度赶写适合我们医务人员需要的医学教科书，给毛主席、聂司令员和美国、加拿大党组织写工作报告，或是孜孜不倦地学习。有一次我去看他，他正在看书。我说："你年过半百，要注意休息！"他笑嘻嘻地握着我的手说："你们中国有句俗语说得好，活到老学到老嘛！"就是这样，白求恩同志以无限的热情为中国人民的革命事业辛勤地工作着。两个月以后，模范医院建成了，在落成典礼会上，他以主人的身份登台讲话，他说："……伤员们为我们打仗，我们也必须替他们打仗——我们要打倒的敌人就是'死亡'。因为他们打仗，不仅是为了挽救今日的中国，而且是为了实现明天的伟大、自由、没有阶级的新中国……"

会后，白求恩同志带领大家参观了刚刚落成的模范医院：伤员接待室，内外科室，奥尔臭氏治疗室，罗氏牵引室，妥马氏夹板室，等等。各种设备，虽然简陋，但却整齐、清洁、井井有条。接着，他又在广场上做了一次实际的手术表演和换药表演，人员分工、工作秩序、进行速度，都使人们惊叹不止。这天，各分区卫生部长、医院院长、医生和护士都得到极大的启发，都说："回去后一定要按照白大夫的做法，把我们的医院办好。"

勇于克服困难、艰苦朴素是白求恩同志一贯的作风。为了减轻伤员的痛苦，他提倡下病房换药，并创造出一种用木板制成的药篮子（我们称为"白求恩篮子"），下病房换药时用它非常方便。对于敷料和绷带的消毒工作，虽然在白求恩同志来边区以前我们也曾做过，但不够完善。有些棉花、纱布使用过一次便扔掉了，浪费很大。他来后经过一段摸索研究，提出了"消毒十三步"的建议。这个办法不但把用过的纱布、棉花更合理、充分地使用起来，节省了大量材料，而且使敷料和绷带的消毒工作更趋完善。以后，为了适应战地流动环境，他又精心设计了一种可以用两个牲口驮运的轻便手术室设备，其中包括一张能折叠的手术台，一整套外科器械和做 100 次手术、上 500 次药的药品和敷料。

白求恩同志的工作态度非常认真严肃。有一次，他发现一个护士换药时，瓶里的药和瓶签不一致，他生气地立刻用软膏刀把瓶签刮掉。护士愣了一会儿，白求恩同志和蔼地拍着那个护士的肩膀说："亲爱的小同志，我刚才做的是对的，就是态度不太好。要知道这种粗枝大叶的作风会致人死亡的，今后绝不允许再有类似事情发生。我们要对病人负责啊！"护士听了非常感动。

当时，敌后的生活非常艰苦，党为了照顾他的健康，每月给他100元津贴。但他马上写信给毛主席，谢绝了，而且建议把这笔钱作为伤员的营养费。他的理由是：聂司令员每月才五元钱津贴，自己是一个共产主义战士，不应有特殊的享受。他在日记上这样写道："我不需要钱，可是我万分幸运，能够来到这些人中间工作……我已经爱上他们了，我知道他们也爱我。"

9月下旬，敌人以步兵、骑兵、炮兵共2.3万人，配合空军和机械化部队，分十路向我晋察冀抗日根据地进攻。白求恩同志振臂而起，向医生们提出了响亮的口号："到伤员那儿去，哪里有伤员，我们应该在哪里！"在他的主持下，军区成立了几个医疗队，分赴各地。

白求恩同志率领一个医疗队，来到了军区医院第一所，工作还不到三天就接到三五九旅王震旅长自雁北打来的电报，告诉他前线的战况。他一听到那里战斗频繁，饭也没有顾得上吃，黑夜便出发了。11月，崇山峻岭的雁北已是严寒气候，白大夫走了80里山路，披着一身雪花，黄昏才到达灵丘河浙村旅后方卫生部。一进村他就急忙问顾正钧部长："病房在哪儿?"

顾部长说："不远。吃完饭再去吧。"

"吃饭还有多久?"

"20 分钟。"

"那太久了,先去看病房。"

他检查了一些伤病员,其中有几个是刚从前线抬下来的。一个叫肖天平的伤员躺在手术台上,脸色苍白,腿上的伤口发出一股腥气,看来是没得到及时的治疗。白求恩同志很激动地说："是哪个医生负责?为什么不上夹板?中国共产党交给八路军的不是什么精良的武器,而是经过二万五千里长征锻炼的干部和优秀战士,对于他们,我们必须倍加爱护,宁可自己累一点,饿一点,也不能让伤员受痛苦。"说着,他俯下身去,惋惜地对伤员说："时间太久了,要切掉呀,好孩子!"

直到深夜 12 点钟,才把全部手术做完。他回去吃饭,刚脱下外衣,又跑回了病房,用生硬的中国话问那些刚动过手术的伤员："好不好?"伤员们个个很平静,都说："好!"他快乐得简直跳了起来,对旅卫生部潘世征政委说："只要伤员告诉我一声'好',我就不知该怎么快乐了。"

吃饭的时候,他还在为那个伤员的腿惋惜："假使一个连长丢掉一挺机关枪,那不用说是会受到处罚的。可是,枪还可以夺回来,而一个生命、一条腿失去以后就不能再挽回

241

了。我们花了多少年的工夫，工作、学习，为的就是保护自己同志的生命和健康……"这时候，他在想着如何缩短运输时间，使伤员得到及早治疗，避免不必要的损失。最后，他决定在沿途设立救护站，这样便使伤员们得到了及时的治疗，大大减少了伤员的痛苦和死亡。

从三五九旅回到一所，他就忙着筹备建立特种外科医院，培养一批医务人员，给300多名重伤员进行治疗。他差不多每天要给10个以上的伤员动手术。

有一次，一个股骨骨折的伤员须做离断术。可是，这个伤员因流血过多，体温很高，精神萎靡，看样子难以经得住这种手术，为了抢救这个伤员的生命，白求恩同志决定给伤员输血。

当时，血的来源比较困难，我要求输我的血，可是白求恩同志却对我说："你刚输过血不久，不能再输你的血了。我是'O型'，万能输血者，这次输我的。"我们考虑他的年纪太大了，而且身体又不太好，因此都不同意输他的血。

这时，白求恩同志严肃地说："前方将士为了国家民族，可以流血牺牲，我在后方工作，拿出一点点血，有什么不应该的呢？以后，我们可以成立志愿输血队，把血型预先检查好。现在，不能再耽误时间了，抢救伤员要紧，来！快动手吧！"说罢，便伸出了他那青筋隆起的瘦弱的手臂。于是，加拿大人民的优秀儿子——诺尔曼·白求恩同志的300毫升血液，徐徐地流到中国人民战士的身上。国际无产阶级朋友的血，使这个战士获得了第二次生命。

此后，根据白求恩同志的倡议，志愿输血队组织起来了，医院的政委、翻译、医生、护士，甚至附近的老乡也都争先恐后地报了名，白求恩大夫也报名参加了这个志愿输血队。从此，输血就在晋察冀边区逐渐推广，不少伤员因此从垂危的边缘被挽救过来。

不久，特种外科医院建成了。为了加速训练卫生干部，白大夫通知各部派人来学习。1939 年 1 月 3 日，实习周开始了，这是白大夫对边区医务人员进行集体教育的一个运动周。大家不分职别，分着什么就干什么，第二天按职务升一级，招呼员升看护，看护升医生，医生降下来当招呼员。张杰、潘世征等同志都当了看护。大家非常高兴，认真地替伤员端尿盆、扫地、剪指甲。

白大夫每天给大家讲"离断术""腐骨摘除术""赫尔尼亚手术"等，一边讲，一边做，用实际例子说明问题。行手术后，叫学员们每个人开 10 个处方，然后他细心修改，自己也开 10 个处方给大家学习。学习周结束时，潘政委在日记上写道："七天，胜于读书七个月，每一个学员都感觉空空而来，满载而归……"他们回到自己的单位，都按照白求恩的方式，展开了同样的实习周。

这时，日军正对我冀中抗日根据地发动疯狂进攻。白求恩同志见全军区的医疗、卫生、训练干部、治疗伤员等各方面的工作已整理得有了头绪，便请求去冀中参加战救工作。

得到聂司令员的批准后，他便和晋察冀军区卫生部的 18 个同志一起，组成了"东征医疗队"，于 2 月 19 日，冒着危险，穿过了平汉路敌人的封锁线，到达冀中。

像在山西的丛山里一样，在这里的平原上、茅屋里、战壕里，早就传开了这个令人崇敬的名字：白求恩——一个能把垂死的伤员变成生龙活虎的战士的大夫。有一次，贺龙师长请白大夫看戏，想不到这个剧演的正是白大夫的事。剧刚演完，贺师长当场宣布："白求恩同志就在这里！"会场顿时轰动了，人们把他簇拥上台，和战士们见了面。于是，前线的每个角落里，立即传遍了这个喜讯："白求恩来了！"

4 月下旬，齐会战斗打响了。一天夜晚，白求恩的医疗队就在温家屯村边一个小庙里布置好手术室，白大夫穿上手术衣，围上橡皮围裙，头上戴好小电池灯，又忘我地忙碌起来。忽然，一颗炮弹在手术室的后面爆炸，震得庙宇的瓦片咯咯作响。一二〇师卫生部的曾部长劝白大夫转移到后方去做手术，白大夫毫不在意地说："前面有队伍，不要紧。做军医工作的，就要亲临前线。你去看看，有头部、胸部和腹部创伤的，不必登记，马上告诉我……"

一会儿，火线上下来一个腹部创伤的伤员——七一六团三连连长徐志杰，他冲击时中了步枪弹，肠间膜动脉管破裂，腹部大量出血，眼看就要死亡。白大夫把他的腹部剖开，发现横结肠和降结肠有 10 个穿口的裂缝，便用羊肠线一一缝好。他还拿出木匠家具，自己动手替徐连长做了一副靠背架。过去，他经常教育医务人员："一个医生，没有任何事情是不屑一做的。"这时，他又一边锯一边说："一个战地外科医生，同时还要会做木匠、缝纫匠、铁匠和理发匠的工作。这样，才能算是好的外科医生。"他把徐连长安置好，又回来做手术，每隔一小时去看一次。他自己吃很简单的点心，把省下来的荷兰牛乳和咖啡给徐连长吃，把别人送给他的梨子放在徐连长的枕边，把香烟放在他的嘴里，给他点火。部队行动时，他叫人抬着徐连长，跟他一块儿走。28天以后，徐连长的伤口已没有问题了，白大夫这才叫人把他送后方去休养。徐连长抓着白大夫的衣服，感动得放声大哭，舍不得离开，白大夫给他擦干了眼泪。徐连长哽咽着说："我以后只有多杀几个敌人来报答你！"

在冀中短短几个月，经他救护治疗的伤员就有1000人，其中不少伤员像徐连长一样，是在死亡的边缘被抢救过来的。白求恩大夫的动人事迹，在部队中传诵着，大大鼓舞了同志们的斗志。在战场上，战士们高喊："冲啊！白大夫就在后边！"

7月1日，他回到冀西山地。

聂司令员得到好几次报告，说白大夫工作太累，不肯休息，在冀中时，曾经一连69个小时替115个伤员做手术，生活很艰苦，气色很不好。聂司令员为他的健康担心，便请他回到司令部来，休息几天。

他从聂司令员那里，知道国际援华委员会曾从纽约给医疗队汇钱，宋庆龄先生也从南方设法运了一批药品来，有些外国的和中国的外科医生也曾极力想法到敌后来，但是这一切都被蒋介石国民党扣留了。他气愤之极，痛心地想到：现在，药品快用光了，在齐会战斗时，就已经没麻醉药了。那些为了国家民族的自由独立而在战场上负伤的八路军战士，还得在手术台上忍受痛苦！必须做出一个适应目前条件的计划。他想开办一个新的医科学校，来迅速造就大批中国医生和护士；同时建立自己的合作工场，以便制造几种主要的器械和一些简单的药品。为此，他提议亲自去美洲一趟，募集经费、药品、器械和书籍。

他的提议，不久便得到党中央的批准。白求恩一面忙着照顾伤员，一面做各种赴美洲的准备工作——为未来的学校写了《游击战争中野战医院的组织和技术》《模范医院组织法》等教材，筹办了制造纱布、假腿、夹板的合作工场……

10月20日，是他预定启程回国的日期。这时，日寇突然发动了大规模的"冬季扫荡"。白求恩说："我不能在战斗的时候，离开部队。等这场战斗结束，我再启程。"于是，他毅然率领战地医疗队来到一分区。

从摩天岭前线下来的伤员，来到了涞源的孙家庄。白求恩同志把手术室设在孙家庄的木板戏台上，台上挂起几幅白布。白大夫又开始了紧张的工作。

前线激烈的枪炮声，十分清晰。战斗的第二天下午，一个哨兵突然跑进了手术室，报告北面山上发现可疑的活动。

我们立刻去村北观察，果然看见对面山顶上有许多像是敌人钢盔似的东西在闪闪发光，马上回来告诉白求恩同志："敌人从我们后方袭击过来了，离这儿不远!"一个勤务员跳上戏台，一把拉开白布幔，气喘吁吁地问道："伤员怎么办?"

"等一下!"白求恩一面继续着手中的工作，一面问："外面还有多少没有动手术的伤员?"

"10个，大部分是重伤。"

白求恩下命令："把已经动过手术的伤员立刻运走；马上在这儿添两张手术台，把伤员抬上来，一次抬三个。派一个卫兵去北面放哨，另一个卫兵照顾民夫，把驮子收拾好，准备随时出发。"

这时翻译说："白大夫，现在的情况，和以前在齐会、宋家庄都不一样，如果有必要，我们大家都愿意留下来。可是你……"

"可是什么?"白求恩打断了他的话，"如果我们现在走，岂不是增加伤员的痛苦和危险? 我们并不是没有时间，敌人暂时不会到，我们还可以给剩下的伤员做完手术。"说着，他走到台边，对护理员喊道："把伤员抬上来!"

三张手术台上，同时进行着工作。除了手术的器械声，一点声音也听不到。

几分钟以后，哨兵又来报告，至少有700个日军下山来了。白求恩专心工作，没有讲话。

山谷里突然响起了一阵枪声，仿佛就在身边。

"糟糕!"白求恩生气地说了一声。大家飞快地转过身来。但是,他让大家继续工作:"没什么,我把手指切破了。"他举起左手,浸进旁边的碘酒溶液里,然后又继续工作。

20 分钟以后,剩下一个腿负枪伤的年轻人,被抬上白大夫的手术台。枪声又响了,这回更近。哨兵又跑回来嚷道:"白大夫,你一刻也不能逗留了!"林大夫扯着白求恩的胳臂:"我来接替你……你不能再停留了……"手术台上那个年轻的伤员也抬起头来,恳求说:"白大夫,你走吧,我伤得不很厉害。把我带走、丢下,都可以,但是你千万快走吧!"

"好孩子,只需要一会儿工夫。"白大夫温和地说,"如果现在花几分钟,以后我可以给你治好;要不你这条腿就完了。"

激烈的机枪声越来越近。这时,手术已经做完,伤员都被抬走了。

白求恩骑上那匹棕红色的骏马,走在担架后面。伤员们刚刚进入山沟,敌人的先头部队就冲进了那个村庄。

医疗队回到一分区卫生部第一所。白大夫虽然左手中指被伤着了,局部发炎,但仍然继续给伤员动手术。11 月 1 日那天,他检查了一个外科传染病病人(颈部丹毒合并头部蜂窝组织炎),白大夫给病人做手术时没顾得戴橡皮手套,可能他那切伤了的中指,这时受了感染。他把所需要做的手术做完后，派一个组去检查南线四分区的医疗卫生工作，自己去冀中部队的后方医院。到了目的地，他的患部恶化起来，肿胀，痛得厉害。王大夫把他发炎的中指切开，放出脓来。

11月7日，日军猛烈向我军进攻，前线的战斗更加激烈了。他不顾自己的病，急着要到前线去。大家劝他多休息几天，他却发起脾气来："你们不要拿我当古董，我可以工作，手指上这点小伤算什么？你们要拿我当一挺顶呱呱的机关枪使用！"

任何人的劝解，都没有效果，医疗队又出发了。白求恩同志骑在马上，摇摇晃晃。路上有一些伤员从前线抬下来，他难过得连声责备自己："来迟了！来迟了！"到达王家庄一个团的卫生队，他手指肿得越发厉害，肘关节下发生转移性脓疡，体温增高，他服了一些药，又顽强地支撑起来。这儿到火线没有电话，他叫翻译派通信员去通知各战斗部队，把所有的伤员一齐送到他这儿来。同时，他命令把头部、胸部、腹部负伤的伤员，一定要抬来给他看，即使睡着了，也要叫醒他。

11月9日，他把左肘转移性的脓疡割开，精神稍好一些。但到了下午，体温又增高。敌人从五亩地白家庄袭来，必须转移。但是白求恩不肯走："几个钟头以后，我就又能动手术了！"直到季团长赶来慰问他，同时命令部队转移，他才没有话说了。他躺在担架上，在密集的机枪声中，离开了王家庄。途中，他浑身发冷，呕吐了好几次，说话也没条理了。

11 月 11 日，他们宿营在唐县黄石口。这时，聂司令员派人送来了急信，要部队不惜任何代价安全地把白求恩同志送出在敌人威胁下的区域，挽救白求恩同志的生命。军区卫生部也派人来了。

长期疲劳和疾患的折磨使白求恩同志清瘦的面孔越发苍白了，四肢冰冷，身体已到了最坏的程度。医疗队的大夫采取了紧急措施和外科处理，但病情仍不见好转。绝望之余，他们建议把手臂割掉。

白求恩摇摇头："不要治了，我是信任你们的。只要能活得下去，我牺牲两条胳臂都愿意。同志，已经不单是胳臂的问题了，我的血里有毒，败血病，没有办法了……请你们出去一会儿，让我一个人安静一下。"

全村人都知道了白求恩病重，聚集在院墙外面倾听着，谁也不说话。这时候，有一支部队经过黄石口，听到白求恩同志病在这里的消息，都不走了。他们中间有好多是受到白求恩的治疗归队的战士，有人血管里还流着白求恩同志的血液。他们商量好，派了几个代表来到院子里，医生们只允许他们从窗孔里看一看白求恩大夫。战士们挤在窗台前，悄悄地张望着，看到了他们所熟悉的、日夜思念的那张外国人的脸，看到了他那翘起的鬓须和那只瘦骨嶙峋的、已经变青的手臂，都流泪了。走的时候，他们要求医生们一定要治好白大夫，并说："我们要用战斗来帮助你们治疗他的病，他听到胜利的消息一定会高兴的……"

到了晚上，村里的人们在黑暗中隔着院墙注视着翻译和医生，还是一动不动，还是一声不响。

白求恩同志勉强坐了起来，沉重地呼吸着，开始写他的长篇遗嘱。他向聂司令员建议："立刻组织手术队到前方来做战地救护……千万不要再往北平、天津、保定一带去购买药品，因为那边的价钱比沪、港贵两倍！"他请聂司令员转告加拿大劳工进步党和美国共产党："我十分快乐，我唯一的希望，是能够多有贡献……"最后他说："最近两年是我生平最快乐最有意义的时日……让我把千百倍的谢忱送给你和其余千百万亲爱的同志。"

黄昏，他把写好了的遗嘱交给了翻译，解下手上的夜光表赠送给他，作为最后的礼物。他脸上浮起微笑，谆谆地对翻译和医生们说："努力吧，向着伟大的路，开辟前面的事业！"

夜色笼罩着山野，寒风怒吼，屋子里却静悄悄的。白大夫床头的那支黯淡的烛光，映着白色的墙壁，烛油眼泪似的一滴滴滚落下来……

1939 年 11 月 12 日凌晨 5 点 20 分，在这安静的黎明，加拿大人民优秀的儿子，勇敢、严正、热情的国际主义战士，我们的白求恩大夫，结束了他光辉的生命！

消息从八路军的无线电网传布出去。在军区司令部里，聂司令员和许多同志流下了眼泪；在前线，战士们高呼着白求恩的名字向日寇冲去；在军区医院里，医务工作人员把悲痛变成力量，用白求恩的精神工作着。后来，这个简陋的乡村医院，建成为现代化的综合性的国际和平医院，在各个革命时期做出了巨大的贡献。

白求恩同志光辉的一生，永远是我们的学习榜样。正如毛泽东同志在《纪念白求恩》一文中教导我们的："……一个外国人，毫无利己的动机，把中国人民的解放事业当作他自己的事业，这是什么精神？这是国际主义的精神，这是共产主义的精神，每一个中国共产党员都要学习这种精神。"

忆柯棣华

江一真

柯棣华，1910 年 10 月生于印度，本名德瓦纳特·桑塔拉姆·柯棣，柯棣华是他到中国后新起的名字。1937 年底，印度国民大会派遣医疗队援华抗日，1938 年 9 月，他随印度援华医疗队来到中国，次年 1 月到延安，曾参与治疗周恩来同志的臂伤。

我第一次见到柯棣华是在 1940 年 6 月中旬，当时我是晋察冀军区白求恩卫生学校校长。一天上午，军区卫生部电话通知说：印度援华医疗队的柯棣华和巴苏华已经到了第三军分区，要我接他们到白求恩卫生学校和学校附属的白求恩国际和平医院工作。我扔下话筒，立即出发去三军分区司令部接他们。我们没走多远，一队人马迎面走来，其中正有柯棣华和巴苏华，他俩也是急不可待地要到我们这里来的。我仔细打量他俩，说实话，他俩可不如白求恩的堂堂仪表：高大、潇洒，像诗人兼骑士。他俩个子不高，面色黝黑，憨厚谦恭的神态，倒像是我的福建同乡。尽管天气热，他俩的衣着却很整齐，连腰间的皮带也没解下来。

在我们起初共事的一些日子里，我更认为我对柯棣华的第一个印象准确无误。我当时虽是校长，但要把相当一部分精力放到医院的工作上，特别是大手术，要亲自动手。柯棣华到来后，我就想拉他做帮手，他听我说了这个意思，高兴得眼睛都亮了。第二天，我来到手术室，发现他已洗好手等在那里。他到底是受过高等教育，基础好，又在延安我军医院工作过一段时间，所以很快便适应了我们的情况，手术做得干净、漂亮，不过他处处谨慎，遇到截肢或摘除脏器一类手术，从不单独处理，要和我们反复商量。有时我讲了处理意见，他又要刨根究底追问理由。他认真谨慎的工作态度使我高兴，可他那"打破砂锅问到底"的劲头又使我狼狈。我只上过红军卫生学校，被他问得兜出了全部家底。

一个多月后，我发现他的脸色很是不好。一天手术结束，他突然弯腰蹲在地上，我赶快扶他躺在一张诊断床上，问他有什么不舒服，他不肯说。以后我又追问，他才告诉我说，他下腹痛，伴有饥饿感，大便时曾排出过几节绦虫。感染了绦虫病可太糟糕了，我不由得为他担心。他或许看出了我的心情，若无其事地说："没有关系，我已经喝了一些煎石榴根水，看看效果吧。"

"煎石榴根水？"我很惊奇，煎石榴根水是当地群众用来治绦虫病的偏方，他怎么会知道？

"我刚学到的，我还知道十几种偏方呢！"他带着几分自豪。

石榴根水还没有发挥效力，柯棣华同志却要上前线了。1940 年 9 月中旬，交通破击战（以后称百团大战）第二阶段战斗开始打响了。柯棣华和巴苏华被分别派到三军分区和四军分区工作，临行前，他俩提出挑战，看谁治疗伤员又快又好并节约医药材料。10 月中旬，他们回来了，我发现柯棣华黝黑的脸膛透出了黄色，眼窝更深了。随去的同志告诉我，柯棣华在前线工作了 13 天，共接收了 800 余名伤员，为其中 585 人施行了手术。似乎在他脑子里不存在什么苦和累，也不存在什么危险，只有千方百计抢救伤员。有一次，他连续三天三夜不离开工作岗位。

柯棣华和巴苏华在前线时，我就接到军区转来一封毛主席给他们的电报，要他俩立即取道延安回印度。待他们回来时，我把电报交给他们，柯棣华很惊讶，怀疑电文译错了，一再说："这是为什么呀？战斗正在进行而要我们离开，我不能理解。"巴苏华比他冷静，分析是印度方面来电报催他们，他们出国已两年多，超过了原定一年的期限。我建议他和巴苏华讨论讨论，尽快上路，抢在敌人采取新的战役行动之前。

没过多会儿，他俩又来了，说讨论有了结果：由巴苏华返回延安弄清情况，柯棣华则留下来在学校或医院工作，因为这里需要医生。我感到为难，毛主席要他俩一起回去，我怎好改变？柯棣华见我面呈难色，主动说："我留下的原因由巴苏华向毛主席解释吧，我是自愿的。"巴苏华瞥了他一眼说："我走可不是自愿的。"我又何尝不希望他俩全留下！我们不仅十分需要他们这样的人才，仅是他们留在边区工作这一事实，便有利于鼓舞士气！可我不能将这话告诉他俩，我说："如果留下一个人，那还得报告军区聂司令员决定。"

请示的结果，柯棣华的要求被批准了，聂荣臻司令员严肃地指示说："柯棣华留下是可以，但要绝对保证他的安全。"

留下来的柯棣华被任命为白求恩卫生学校的外科教员。由于他坚持说自己能讲汉语，原来随他们来的翻译马寒冰就随巴苏华返回延安了。可是，他用汉语讲医学术语还有困难，只好借助词典，把生词用英文字母注音，这就增加了备课工作量。为了搞好教学，他几乎天天打夜战，情绪极好，仿佛绦虫也不打扰他，脸色反而渐渐好起来。进进出出，他口里总是哼着歌曲或小调，时而还到篮球场上来两下。一天，夜深人静，也许是工作顺利吧，柯棣华竟哼起京剧来，他捏尖嗓门学女声的怪腔怪调，先是把我吓了一跳，及至听清他是在唱京剧，我又忍不住笑出声来。他真是一个永远不知忧愁的乐观主义者。

1941 年 11 月，柯棣华被任命为白求恩国际和平医院院长。上任之初，他便领导制定了不少切实可行的管理制度，像伤病员班排组织、领导干部轮流查房、医生护士每周一次工作汇报会等等。他言必行、行必果，雷厉风行。在一次征求意见的会上，有位同志提出在平时就应该组成战地救护医疗组，以便适应战时需要。散会后，柯棣华立即召集医院领导开会，决定采纳这条意见并付诸实施，他自己也担任了一个救护组的负责人。在他领导下，医院工作迅速改善。

在当时的环境里，作为一个医院院长，远远不能只潜心于医学，使柯棣华犯难的事多着呢。上山砍柴，到平原区去背粮，他得过问，以至亲自参加。他身体不好，我们曾一次又一次地制止他参加繁重的体力劳动，但都被他一次又一次地笑着拒绝了。有一次，我们奉命去背粮，来回要走40多公里山路，还要穿过敌人的封锁线，我告诉柯棣华不要参加。谁想临出发时发现他也在队列里，手中还握着一条做粮袋用的裤子。我请他出列，他不听。我提醒他执行命令，他倒笑嘻嘻地反问我："我们不是奉命背粮吗？"队列前我不便多说，只好由他。待返回时过了封锁线，他不顾自己身体还带着病，又别出心裁，要和高他一头的奥地利籍教员傅莱搞"马拉松"竞赛。没等我制止，他抢先跑起来。

柯棣华领导的医院日新月异，而他的健康却每况愈下。患难中，柯棣华和本校护理教员郭庆兰产生了爱情。聂司令员知道后很是赞成，认为组织家庭对他的健康有好处，要我促成其事。11 月，由我和教务主任殷希彭主婚，他们结婚了。不久，这对新婚夫妇就遵循当时惯例，各自回到原住处，只在星期六才住到一起。直到1942 年夏天柯棣华病情严重，我们才说服他俩一起生活。

1942 年 7 月 7 日，经党的支部大会通过，军区党委批准，伟大的国际主义战士柯棣华加入了无产阶级先锋队的行列，成为光荣的中国共产党党员。柯棣华入党后，学习和工作更加勤奋，病情也似有好转，像是他的虎虎生气把病吓跑了。这年秋天，他写完《外科总论》这部讲义，接着开始编《外科各论》。他信心十足地对我说："有把握在年底前交稿。"谁料想，一部《外科各论》成了他未竟的遗作！

12 月 9 日清晨 6 点 15 分，伟大的国际主义战士、印度人民的优秀儿子、中国人民的亲密朋友、中国共产党党员柯棣华的心脏停止了跳动，年仅 32 岁。他把年轻的生命献给了中国人民的解放和中印友好的崇高事业。

"子弟兵的母亲"戎冠秀

肖　锋

　　"子弟兵的母亲"，这是 1944 年初晋察冀军区授予拥军模范戎冠秀的一个光荣称号。从此，戎冠秀热爱子弟兵的事迹迅速传遍各地，至今仍被人们传颂。我当时任晋察冀军区第四军分区第五团政治委员。戎冠秀所在的河北省平山县观音堂乡下盘松村，就在四分区辖区内。因此，我与戎冠秀有过多次接触。她热爱子弟兵，一心一意救护伤员的感人事迹，给我留下了深刻的印象。

　　戎冠秀出生在一个贫苦农民家庭，自幼受尽了地主老财的压迫剥削，饱尝了辛酸苦难。抗日战争中，八路军一到平山，她便积极参加了减租减息斗争和妇女抗日救国会（简称妇救会）的各项活动。1938 年 2 月，她光荣地加入了中国共产党。不久，她担任了村妇救会主任和观音堂乡妇救会委员，领导全村和临近村庄的妇女，积极参加各项抗日活动和各项拥军支前工作。为了让前方的战士安心打日军，她主动担任了代耕团团长，动员各个方面的力量，帮助有困难的军烈属搞好生产，安排好家庭生活。她还经常带领妇女们走访军烈属，帮助解决各种困难。她常说："人家的孩子为了抗日到前线去了，咱们一定要安排好他们家里的生活，好让他们安心打仗，杀敌立功。"为了解决根据地部队吃粮的困难，她动员组织妇女们积极下田生产。该交公粮了，她带头交好粮，并挨门逐户进行宣传。她对妇女们说："交公粮，一定要交好粮，把烂米和沙子拣掉，把糠筛簸干净，决不能让咱们的子弟兵吃带沙子的米。"她还积极组织妇女们做军鞋，她对妇女们说："咱们的子弟兵在前方打仗，整天翻山爬坡，光着脚怎么行！穿着不合脚的鞋也不能走长路。所以，咱们要像给自己亲人做鞋一样，双双都要做得结结实实的。"

1941 年春，晋察冀边区政府号召根据地青年踊跃报名参加八路军。戎冠秀又挨家挨户进行宣传。她召开妇女会，动员妇女们不要"拖后腿"。她说："咱们要明白八路军是咱们自己的队伍，咱们离了子弟兵，就要受鬼子的杀害，咱们的民主生活就没有了，就要当亡国奴。"妇女们回答："明白啦！"她又说："明白了，就应该动员自己家里的人参加子弟兵。"在参军动员大会上，她首先替自己的丈夫、共产党员李有报了名。政府考虑到她丈夫已 50 岁，年龄大了，没有同意他参军。戎冠秀又给三个儿子报了名，但政府考虑，她三个儿子当时最大的刚 17 岁，所以只同意她送大儿子李聚金和二儿子李春金入伍。后来，她又送三儿子李兰金参了军。李兰金在抗美援朝战争中光荣牺牲。

戒冠秀事事处处关心子弟兵，特别是对前线下来的伤病员，更是千方百计精心照料。1941年秋，日军对我晋察冀的北岳、平西地区进行了大"扫荡"。为了粉碎敌人的"扫荡"，我们五团根据晋察冀军区的指示，化整为零，分成若干小分队深入敌后，寻机歼灭敌人。当时一连连长邓世军率领全连活动在上、下盘松村一带。戒冠秀积极主动配合一连活动，掩护和救护伤员。一次一连与日军激战4个多小时，有4名战士负重伤，其中一名战士抬到下盘松村时，已不省人事了。我听到这个消息后，马上带侦察班2名战士赶到下盘松村看望，伤员已被戒冠秀接到家里救护。当时经常有敌人活动，我担心戒冠秀有危险，想派人把伤员送走。她坚持不肯，说："为了救护伤病员，我什么都不怕。"我只好同意了。据说她为了救护这位伤员付出很大辛苦。她想方设法为伤员做可口的饭菜。敌人"扫荡"时，她把伤员背进山洞里，自己顶着冷风为伤员站岗。

还有一次，我们团在上、下柳村，上、下观音堂和东柏叶沟一带，与进犯"扫荡"的日军展开了激烈战斗，战斗中有18名同志负重伤。我们派人把重伤员抬到下盘松村转运站，准备转送到古榆树村临时医院治疗。戒冠秀坚决要求留下几名重伤员，由她护理。开始我们考虑日军频繁搜山抓人，怕她遇危险，没同意。戒冠秀说什么也不干。最后我们只好把一连六班战士封建明留给她救护。以后随着战斗不断增多，伤员也多起来了。每次一听说有伤员下来，戎冠秀都跑到转运站照料或争着把伤员接到家里救护。有一次，她听人说，站上有两个伤员想吃点萝卜，就赶紧跑回家拿了 8 个大梨跑到站上。这时抬担架的民兵正抬起伤员要走，她让民兵们把伤员先放下，亲自把梨放在伤员的胳膊窝里，还一再嘱咐伤员同志说："想吃时就从胳膊窝里拿。以后如需要可捎信来，我再送去。"还有一次，一个伤员从前线下来走到她们村附近，疟疾突发，坐在路旁不能动了。正在这时，日伪军"扫荡"来了，情况非常危险。恰好戎冠秀领着妇女们走到这里。她忙上前问清了伤员的来历，确认是自己的同志后，马上冒着敌人"扫荡"的危险，扶着伤员爬上北山坡。她想把伤员安置在一处石崖藏身，可伤员自己爬不上去，她就蹲在崖边，让伤员踩着自己的肩膀爬上去，然后她在附近找了个隐蔽地点，监视日伪军搜山队的行动。敌人走远了，她又把伤员转移到一个安全的地方进行治疗。

隔了几天，戎冠秀正在碾米，听说伤员转运站又来了一副担架，她赶紧丢下碾杆子跑到担架跟前。只见伤员有六七处伤，浑身上下净是血，闭着双眼，一声不哼。戎冠秀摸摸他的鼻孔还有一点气。这时，站长来了，说："伤这样重，不能耽搁，赶紧转送。"但负责转送的民兵都回去了，站上的同志由于连日来打游击，爬山头，都累倒了。怎么办？这时戎冠秀忙对站长说："这伤员我来照顾。"站长知道这几天戎冠秀比谁都累，她已两天两夜没合眼了，所以没同意。但戎冠秀坚决要求护理这位伤员。最后，站长只好又找来宋生生的媳妇陪着她守护伤员。这天夜里戎冠秀一直蹲在伤员跟前。开始她不断低声呼唤："同志！同志！你醒醒！"伤员不吭声。戎冠秀又让宋生生的媳妇端来半碗温开水，轻轻地掰开伤员的嘴一点一点地喂下去。戎冠秀又低声问伤员："你还喝吗？"这时只见伤员嘴唇稍微动了一下，仍没有说话。接着戎冠秀又喂了一碗水，伤员的嘴开始张开了。戎冠秀忙问："你还喝不喝？"

"喝……"

见伤员说话了，戎冠秀高兴极了。她问伤员是哪个单位的，什么时候负的伤。伤员回答说，他是五团一连八班战士，叫李栓栓，是在柏叶沟战斗中，与敌拼刺刀负的伤，已经四五天没吃没喝了。于是戎冠秀马上跑回去端了一碗豆腐脑，一口一口地喂伤员。她又问伤员是想吃还是想喝？伤员说："不啦。"说完就躺下了。这时戎冠秀心里仍不安，她想这伤员四五天没吃饭，喝口汤水怎能充饥呢？所以马上找来点面，和宋生生的媳妇一起做了一碗面片，一口一口地喂伤员吃下，又问："同志，你想吃玉茭饼子吗？"伤员点点头："好大娘，我就是想吃块饼子。""好，好，我去给你拿。"戎冠秀说完马上跑回家烤了一个饼子。她还一再叮嘱伤员说："先吃半个，吃太饱了不好受。"

就这样，戎冠秀整整忙了一宿，像照顾自己的亲人一样照料伤员李栓栓，终于使李栓栓转危为安。天亮了，李栓栓吃饱喝好了，戎冠秀又把他安置在一家炕上，看着他睡着了，才回到自己家休息。她刚睡下不大工夫，忽听门外有人喊："那个伤兵下地了！"戎冠秀急忙跑去，只见伤员李栓栓站在炕沿边，戎冠秀赶忙上前扶住他说："同志，你可不要下来，要好好地躺着！有事我帮你做。"一边说一边把他扶上炕。细心的戎冠秀在扶李栓栓上炕时，发现他的鞋丢了，光着脚踩在地上。这么冷的天不穿鞋怎么行？可这伤员的脚还肿着，穿不了鞋，怎么办？她跑回家想找些棉花给伤员包脚。家里的棉花已经用完了，她就从女儿李荣花的棉袄衣襟里撕下一大块棉絮，把李栓栓的脚轻轻地包起来。她怕李栓栓睡觉冷，又跑回家把自己的棉被拿来给他盖上。此时，戎冠秀已经三天三夜没睡觉，一天多没吃饭了，但她却没想自己，又在想李栓栓醒来后该吃什么。她想，这位伤员伤势重，光吃稀的尿尿多，动弹多，这对养伤不利。所以她又做了一碗小米干饭给李栓栓吃，还做了碗玉米粥；李栓栓一连吃了三碗。李栓栓吃饱喝足了，身上也暖和过来了。正在这时，担架来了，戎冠秀在担架上铺了厚厚的一层干草，又把自己的被子铺上，这才扶着李栓栓躺在担架上。李栓栓感激地说："好人啊，好人啊，是你救了我的命，我什么时候也忘不了你的好处呀！"戎冠秀说："咱们军民是一家人。你下次过我们下盘松村时，千万要到我家里坐坐。有你吃的，也有你喝的。"

民兵们抬起担架走了，还听得李栓栓不停地说："好人啊，好人啊，我的好老人啊!"

戎冠秀时时处处关心和爱护子弟兵，得到了人民子弟兵深切的爱戴和崇敬。她成为晋察冀边区北岳区的拥军模范。

1944年2月8日，中共中央晋察冀分局、晋察冀军区、晋察冀边区政府和抗日救国联合会邀请她出席了晋察冀边区群英大会，她的拥军模范事迹得到了与会代表们的一致赞扬。军区聂荣臻司令员，萧克副司令员，程子华、刘澜涛副政委和政治部代主任朱良才，代表晋察冀军区全体子弟兵给戎冠秀送了一面光荣旗。这面旗高高地挂在边区英模大会的正堂上。旗上贴着一个老太太的半身像，像下面写着六个大字：子弟兵的母亲。五天的群英会结束了，军区直属队干部战士全副武装列队欢送戎冠秀。军区副政委刘澜涛、政治部代主任朱良才，亲自扶着她跨上一匹大红骡子，并派人护送她到平山县。

戎冠秀回到家乡以后，马上投入了新的拥军工作。她用上级奖给的大骡子给抗日军烈属送粪、耕田；她把上级奖给的布和钱分给了有困难的军烈属。她积极组织群众努力搞好生产，多交公粮，交好公粮。部队来了，冬天，她组织乡亲们腾出暖和的房子给部队住；夏天，腾出凉快的房子给部队住；伤员来了，她跑前跑后精心照料。戎冠秀拥军的模范事迹，很快传遍晋察冀边区，全区迅速掀起向戎冠秀学习，热爱子弟兵的热潮，并涌现出一批新的拥军模范。

冀中平原的医疗救护[*]

王恩厚　李亚荣

冀中平原，水陆交通四通八达，土地肥沃，物产丰富，是我晋察冀抗日根据地的粮仓，也是日本侵略者"以战养战"的重要地区。日军不仅占据着城镇，而且严密控制着铁路、公路沿线的村庄，并大修公路、据点，频繁进行"扫荡"。这些都为我们在平原游击战中收治伤病员的工作，带来了很大的困难。

但在抗战初期，敌人只控制着铁路沿线，其他地区基本上掌握在我军手中。根据这种形势，1938 年春，我冀中军区和各军分区先后建立起后方医院（军分区后方医院后来改为休养所），并吸收了一批爱国医学专家担任领导工作。冀中军区后方医院院长周之望是北平协和医院外科大夫，后任院长陈洪园是留学日本的儿科专家，医务处处长殷希彭是留

---

　　* 本文原标题为《我们的靠山是人民——忆冀中平原游击战中收治伤病员的工作》，收录时做了适当修改。

学日本的病理学博士，副院长薛克铮及医生王育荣、张禄增、罗廷贵等也都是医科院校毕业生或肄业生；此外，还吸收了一批护校毕业的护士。这些同志不仅有丰富的经验，而且抗战热情高，工作认真负责，吃苦耐劳，是我们医院建设和医疗的骨干，同时他们也以自己精湛的技术，带出一批医疗人员。抗日战争进入相持阶段后，敌人对冀中的"扫荡"越来越频繁，规模也越来越大。在反"扫荡"斗争中，医院经常要带领伤病员转移，目标大，行动也很不方便。为了在游击战争中，保证伤病员有个安定的治疗环境，1939年春，军区卫生部决定，把军区后方医院分批转移到冀西山区完县一带清醒、杨家村庄。1940年以后，斗争更加艰苦，各军分区的休养所，除留一两个所坚持在平原敌后收治伤病员外，其余均转移到冀西山区。

1942年日军"五一大扫荡"后，冀中斗争更加残酷，敌人占领了冀中大部分城镇和村庄，大搞"治安强化运动"，出动大批兵力反复"扫荡""清剿"，敌人所到之处，烧光、抢光、杀光。恶劣的斗争环境，给我们收治伤病员带来了难以想象的困难。为此，我们紧紧依靠人民群众，采取了分散治疗，就地收治的方法。

分散治疗，就是把原来实行集中治疗的休养所化整为零，分成若干医疗小组，每组两三人，以医生或护士为组长，分散到各县各区各村进行治疗。

就地收治，就是部队在什么地方打仗，伤员就留在附近的村庄，由当地医疗小组负责收治，不再向后方转送。

每个医疗小组都划定了活动地域，在敌人"扫荡""清剿"的时候，各小组就在指定的地域与敌周旋，敌来我走，敌走我来，与敌人绕圈子，但又不跳出圈子。各医疗小组紧密依靠群众，利用两面政权，独立工作，各自为战。医疗小组在选择住宿村庄时注意了三个条件：一是"两面政权"确实掌握在我们手里，村长和联络员绝对可靠；二是群众基础好，没有投敌叛变分子；三是有良好的地道。选择住户一般是选择在靠近村边的抗属、干属、贫雇农和堡垒户家中，家里有秘密的地道口。在医疗小组组长的选择上，我们尽量选些本县、本区、本村的人，这样人地皆熟，便于展开工作。外乡外地同志，则分别安排到各小组内。第九军分区女护士张晶是高阳县人，她哥哥是高阳一区区长，就把她带领的医疗小组分配在高阳一带活动；女护士李淑英、徐瑞兰、张兰英等是蠡县三区人，就把她们分配在蠡县三、四区一带活动。

为了解决分散治疗中伤员手术的问题，分区手术组采取了不定期地到各组巡回手术的方法。

为了保证分散治疗，就地收治，安全隐蔽，医护人员和伤病员都化装成农民，与住户同吃、同住、同劳动，并事先协商好是什么亲属关系，这样万一遇敌盘问，就能对答如流，使敌人找不出破绽。伤员分住各村，医护人员到各村给伤病员换药或巡回治疗时，男同志一般化装成下地做农活或赶集做小买卖的，女同志梳起髻来，化装成回娘家或去婆家的。

在分散治疗中，医疗小组一般只能做到为伤病员治疗换药，伤病员的饮食、护理和安全，则全部由房东包下来。冀中人民对子弟兵有着真诚、淳朴、深厚的感情，他们把伤病员当作亲人，喂水、喂饭、端屎、端尿，并尽一切可能，为伤病员做可口的饭菜吃。一次，一个下肢骨折的重伤员，住在任丘县东王庄刘大娘家里，伤员因为发烧，吃不下饭，刘大娘就用平时自己都舍不得吃的香油给伤员烙饼、炒鸡蛋，伤员感动得流下了热泪。遇到敌人搜查，发生危险情况时，房东挺身而出，机智勇敢地掩护伤病员脱险，甚至不惜牺牲自己，也要保护伤病员的安全。

女护士王桂平小组，住在蠡县杜各庄。一天拂晓，突然被敌人包围，她们把五个重伤员隐蔽在夹壁墙内，而后与轻伤员迅速钻入地道。地道口在牛棚里，她们钻地道后，房东的老牛正好卧在地道口上，这时敌人窜进院子，逼房东老大伯要八路，老大伯坚定地回答说："没有！"敌人就翻箱倒柜到处寻找地道，还到牛棚想把老牛赶走，老牛就是不动，牵不动，就打，老牛还是纹丝不动。敌人找不到地道，便气急败坏，毒打老大伯，老大伯被打得死去活来，周身是伤，但他一口咬定："不知道！"敌人走后，王桂平出来一看，隐蔽在夹壁墙内的五个重伤员已被敌人拖到院子里，横躺竖卧在地上。她听伤员们说，伪军曾欺骗说他们也优待俘虏，伤员们怒斥伪军："收起你们的那些鬼花招儿吧，当八路军就不怕死，怕死就不当八路军！"听到这里，她立刻意识到，敌人不杀害重伤员是个阴谋，是想放长线钓大鱼，留着重伤员，诱捕工作人员，不能上当，三十六计走为上计。于是医疗小组连夜把伤员全部转移了。果然第三天敌人又包围了村庄。

还有一次，肃宁县卫生所的支部书记刘福林、护士长赵华臣和两名护士住在高阳县庄头村。这时正是麦收季节，村东头的张大伯、牛大嫂两户贫农缺乏劳动力，赵华臣同两个护士商定，趁月夜为这两户收割麦子。拂晓，他们赶着满载麦子的大车回到打麦场的时候，突然发现场边的椿树上拴着几匹军马，四五个横眉竖眼、歪戴军帽的伪军，正围坐在场边吸烟，见他们来了，一下子包围上来。怎么办？这时，牛大嫂正带着她不满三岁的儿子斗儿和张大伯在场边等候卸车，只见牛大嫂大声地对赵华臣说："斗儿他爹，你把斗儿带走，叫他找奶奶去，水缸里也没水了，你去担水去！车，我来卸。"赵华臣马上心领神会，抱起斗儿离开打麦场。接着张大伯又故意大声说："你们小哥儿俩卸完这车麦，把大洼里割的麦子拉回来再吃早饭！"两个护士卸完麦子，又赶起大车走了。伪军在一旁听着看着，对这"一家人"打消了怀疑。刘福林头天晚上因写材料睡得晚，对被敌包围毫无察觉。起床后，他在街上被伪军看见，正要盘查他，村妇救会主任刘凤芝看见，急忙赶过来，指着刘福林的鼻子气呼呼地喊道："你这懒东西，我早就叫你起来去割麦子，你磨磨蹭蹭不起来，这会儿老总们来啦，还不赶快挑担水给'老总'们饮马！"伪军见此情景，一齐笑了，以为这是怕老婆的"窝囊废"。刘福林担了水，趁敌人饮马当儿溜了。

在高阳，一天拂晓，敌人包围了北窝头村，挨门挨户地搜查八路军。住在村南头焦大娘家的伤员在炕上动不了，屋里的药味和脓腥味很大。敌人在大娘邻居那边的翻箱倒柜声、打骂声和小孩的哭声隔墙传来。怎么办？出于对人民子弟兵的高度热爱，大娘急中生智，从厕所里拿了个大尿盆，捞上半盆屎尿，倒上半盆水，在炕上、地上倒了一片，药味、腥味被臭味代替了。等敌人要进门时，满脸泪痕的焦大娘端着尿盆和敌人碰了个照面。"可别怪我老婆子，儿子正闹病，看把这屋弄得不像个样子，可苦了我老婆子了！"敌人嘴里骂着，捂着鼻子争先恐后地跑了。

在献县军王庄，一个下肢骨折的伤员住在王大嫂家里。一天，王大嫂正给伤员喂饭，突然闯进来一个伪军，指着伤员问道："他是什么人？"王大嫂回答："我男人！"伪军用刺刀挑伤员的被子，王大嫂厉声说："不准动他，他害的是伤寒病！"伪军一听是伤寒病，吓得扭头便走。

在蠡县握纽庄，一天，敌人要把一个轻伤员抓走，村长齐振耀挺身而出，以性命担保，说伤员是本村的"良民"，敌人看村长态度坚决，信以为真，就把伤员放了。还有一次，七军分区的王泽清医生在定县安家营遇到敌人，医生马炳南在安国县境内被捕，这两个医生都由他们所在的村庄以本村"良民"的身份用钱赎了回来。

分散收治，我们大体上坚持了两年时间。到1943年下半年，冀中形势逐渐好转，1944年愈趋好转，于是各分区休养所又先后恢复集中收治。

在冀中，敌人常借碉堡林立、公路如网的条件，对我军实行突然袭击，这给我们收治伤病员带来了很大危害。为了防止伤病员受害，最初我们是利用群众的菜窖、夹壁墙把伤病员隐蔽起来应付紧急情况。但这样隐蔽易被敌人发现，吃过亏。吃一堑，长一智，后来我们又和群众一起研究，创造了用挖地道的办法来隐藏伤病员。这样，安全才有了较为可靠的保障。

八军分区献（县）交（河）大队医生杨国藩是献县军王庄人。1940年10月，他奉命回本村建立医院。从1941年起，他就同村干部共同设计挖掘地道，在地道内收治伤员，名曰"地下医院"，又称"地道医院"。这所"地下医院"主要是依靠村党支部和群众的积极支援办起来的，脱产的只有他一个医生，而伤员的最大收容量曾达到过100多人。在一年多时间里，累计收治伤病员600多人。有了地道，我们收治伤病员就安全多了。但开始的地道，多是一家一户地挖，进出口只有一个，有的地道口不够隐蔽，有时还会被敌人发现。后来，聪明的人民群众，巧妙地把地道口设在牲口棚内、碾盘、磨盘下面，甚至灶膛内；不少地道挖了两个以上的进出口，这样，敌人就很难找到地道口，就是找到一个口，我们的人还可以从另一个口出去。以后又挖了连户、连村地道。这就更安全了。

九军分区护士张兰英小组，住在蠡县潘营村抗属刘大娘家里，大娘待她们像亲生女儿一样，关怀照顾，无微不至。大娘善良忠厚，寡言少语，但在关键时刻却非常坚定。一天拂晓，敌人突然窜来，张兰英她们带领伤病员迅速钻入地道。敌人进院毒打刘大娘，逼她说出地道口在什么地方，伤员藏在哪里？大娘坚定地回答："不知道！"敌人把刘大娘打得口吐鲜血，遍体鳞伤，但她始终一口咬定"不知道！"终于保护了同志们的安全。

七军分区的王君平所长和看护员赵志义，住在定县土厚村杨二嫂家中。一天，被敌人包围，他们钻进地道，但不小心把一枚手榴弹落在外面。敌人捡起手榴弹向杨二嫂要八路军，机敏的杨二嫂没有被这意外的险情吓倒，她面不改色，从容不迫地对敌人说："手榴弹是孩子在街上玩的时候捡来的，我家如果藏着八路军，我能把手榴弹摆在明处吗？"敌人将信将疑，毒打她一顿，又逼问她，她忍痛始终不改口。敌人只好拿上那枚手榴弹没趣地走了。

我们不仅利用地道保护伤病员的安全，还利用地道给伤病员进行治疗。当时的地道，一般是高 1.5 米，宽 1.2 米，有通气孔，并利用群众做饭的风箱不断输送新鲜空气，伤员坐着躺着都可以换药，还可以做简单的扩创手术。

后来我们还利用地道存放或制作药品。八军分区卫生处曾在献县孝巨村、泗水岸村，饶阳县大宋驾庄等地，利用地道开办过小型地下制药厂。九军分区卫生处也曾在任丘县檀庄建立过地下药房，在白洋淀小梁庄建立过地下制药厂。

在抗战初期，九军分区就曾在白洋淀采蒲台、圈头、小梁庄一带建立起了休养所和制药厂。白洋淀内一个个渔村，就像海上星罗棋布的群岛，没有船休想进村，伤病员住在这里比较安全。同时每个渔村的周围，遍布藕塘、苇塘，夏季来临，藕塘内"映日荷花别样红"，茂密翠绿的芦苇，一望无际，景色十分优美；秋季到来，天高气爽，湖天一色，微波荡漾，渔船往来，傍晚时分，夕阳西下，晚霞如火，令人心旷神怡。真是为伤病员治疗的好环境。

敌人对白洋淀不断进行"扫荡"。白洋淀家家捕鱼，户户有船，休养所的工作人员和轻伤员，都向渔民学会了使船、捕鱼。在敌人"扫荡"时，休养所的全体同志便马上驾驶小船，带上伤病员，同渔民一起，钻进浩瀚的芦苇荡隐藏起来。住在船上，吃在船上，治疗在船上，同志们称之为"水上医院"或叫"船上医院"。这时常常是白天太阳晒着，夜晚暴雨淋着，秋天蚊虫叮着，生活虽然艰苦，但大家情绪很高，敌情稍有缓和，便可听到他们激情满怀的抗日歌声。

在反"扫荡"和冬季结冰期间，休养所就化整为零，实行分散治疗。白洋淀也会遇到危险情况，一次，休养所在采蒲台就险些被敌人包围，他们刚转移出去，敌人就把采蒲台包围起来，但没有包围住伤病员。

1944 年春节，我九军分区四十二区队端了大清河畔苟各庄的炮楼，消灭日军 20 多人、伪军 60 多人。第二天敌人就来白洋淀进行报复性"扫荡"。任丘休养所护士卢杰等同志，带着八名重伤员，坐上白洋淀结冰后的快速交通工具——冰床子与敌兜圈子。敌人到这村，他们到那村，敌人进村，他们出村，最后终于在渔民掩护下安全脱险。

抗战时期，白洋淀大部分时间控制在我军手里，只有1942 年几个月的时间被敌人控制。在此期间，我们把休养所转移到大清河北的老苇滩实行分散治疗，到 1944 年夏又回到白洋淀，直到抗战胜利。